EBERHARD
MICHAELY

FRAU HELBING UND DER TOTE FAGOTTIST

DER ERSTE FALL

K
A
M
P
A

Für den Blick hinter die Verlagskulissen:
www.kampaverlag.ch/newsletter

KAMPA POCKET
DIE ERSTE KLIMANEUTRALE TASCHENBUCHREIHE
Gedruckt auf säurefreiem und chlorfrei gebleichtem Papier zur Unterstützung verantwortungsvoller Waldnutzung, zertifiziert durch das Forest Stewardship Council. Der Umschlag enthält kein Plastik. Kampa Pockets werden klimaneutral gedruckt, kampaverlag.ch / nachhaltig informiert über das unterstützte CO_2-Kompensationsprojekt.

Veröffentlicht im April 2023 als Kampa Pocket

Satz: Tristan Walkhoefer, Leipzig
Gesetzt aus der Stempel Garamond LT / 230135
Druck und Bindung: GGP Media GmbH, Pößneck
Auch als E-Book erhältlich
ISBN 978 3 311 15522 5

www.kampaverlag.ch

1

Mit beiden Händen hielt Frau Helbing ihre Handtasche fest umklammert und presste die Kiefer aufeinander. Einer der Oboisten hatte gerade wieder die Melodie übernommen und blies kraftvoll durch das Doppelrohrblatt seines Instruments. Er tat das mit einer Inbrunst und Hingabe und vor allem mit einem Aufwand an Energie, als spielte er um olympisches Gold. Ganz dick traten die Adern aus seinem Hals, und sein Kopf färbte sich rot, um nach einer kurzen Zeit ins Violette zu changieren. Frau Helbing hatte den Eindruck, einer Strangulation beizuwohnen. Oder einem brutalen Würgemord, obwohl ihr natürlich klar war, dass hier nur ein Musiker aus freien Stücken eine Komposition von Mozart spielte.

»Atme!«, dachte sie. »Bitte, atme!«

Der Oboist aber führte die Melodie zu einem hohen, lang gezogenen Ton, wobei er mit dem Instrument kreisförmige Bewegungen zwischen seinen Beinen ausführte, als rührte er fünfzig Liter Erbsensuppe in einer Gulaschkanone, um sie vor dem Anbrennen zu bewahren.

Frau Helbing standen Schweißperlen auf der Stirn. Endlich setzte der Musiker kurz das Instrument ab, um knapp, aber tief nach Luft zu schnappen. Einen Atemzug nur! Frau Helbing atmete mit. Geräuschvoll saugte sie ihre Lungenflügel voll. So laut, dass Heide, die neben ihr saß, nicht nur den Kopf zur Seite drehte, sondern auch nach ihren Händen griff, um sie zu beruhigen.

In der ersten Reihe hatten sie Plätze, direkt an der Bühne des kleinen Saals der Hamburger Laeiszhalle. Umsitzende Konzertbesucher waren schon auf die aufgeregte ältere Dame aufmerksam geworden, die so offensichtlich mit den Musikern mitlitt.

Frau Helbing war keine passionierte Konzertbesucherin, wie man sie immer wieder in den Premieren und Gastspielen weltbekannter Künstler vorfand. Alleinstehende Frauen, meist von stämmiger Statur und verschwenderisch mit Geschmeide behängt, die Kulturverständnis aus allen Poren zu schwitzen schienen. Frauen, die umgeben waren von einer Aura aus Fachwissen, Weltgewandtheit und einem Hang zum Snobismus.

Nein, Frau Helbing war das Gegenteil dieser Gattung von Konzertgängerinnen. Eigentlich eine Auszubildende auf diesem Gebiet. Zusammen mit ihrer Freundin Heide saß sie hier auf Einladung ihres Nachbarn, Herrn von Pohl.

Herr von Pohl bediente in diesem kleinen Ensemble eines der Fagotte. Ein Instrument, das – ebenso wie die Oboe – ein im Größenverhältnis zum Korpus lächerlich kleines Mundstück aufwies und gleichfalls unter hoher Lungenbelastung mit Luft versorgt werden musste.

Der benötigte Luftdruck zur Tonerzeugung schien beim Fagott nicht ganz so hoch zu sein wie bei der Oboe. Herr von Pohl machte beim Musizieren keine Anstalten zu platzen, mahlte aber bei kurzen Noten mit dem Kiefer, als hätte er noch ein paar Nussreste zwischen den Zähnen gefunden. Er rührte auch nicht mit dem Instrument. Dafür war das Fagott zu unhandlich. So blieb ihm und dem zweiten Fagottisten nur, mit dem Oberkörper rhythmisch vor und zurück zu schaukeln.

Die Holzblasinstrumente waren alle doppelt besetzt. Zwei Oboen, zwei Fagotte, zwei Klarinetten und zwei Bassetthörner.

Frau Helbing hatte noch nie zuvor von Bassetthörnern gehört, geschweige denn welche gesehen. Sie hatte den Namen dieser Instrumente erstmals im Programmheft gelesen und fand sie neben den Fagotten enttäuschend unspektakulär. Um die Bassetthörner sehen zu können, musste Frau Helbing immer den Kopf zur Seite neigen, weil der dicke Dirigent ihr die Sicht versperrte.

Die Hornisten dagegen saßen präsent auf einem kleinen Podest. Vier Hörner waren besetzt. Diese Musiker kamen weitestgehend ohne Verrenkungen aus und verrichteten stoisch ihren Dienst.

Der Kontrabassist im Hintergrund war für Frau Helbing uninteressant. Er strich mit seinem Bogen eher gelangweilt hin und her, als wollte er bald nach Hause.

Frau Helbing starrte jetzt, leicht nach vorne gebeugt, auf die Klarinettistin. Herr Mozart schien ein Faible für Klarinette gehabt zu haben, denn diese Dame durfte immer wieder wichtige, herausragende Passagen zum Besten geben und schien die Aufmerksamkeit des Dirigenten genüsslich auszukosten. Sie rührte beim Spielen nicht zwischen den Beinen, was bei einer Frau auch ziemlich unschicklich ausgesehen hätte, schaukelte aber auch nicht, wie es die Fagottisten zelebrierten. Nein, sie hob und senkte ihr Instrument. Dabei spreizte sie die angewinkelten Arme ab, als wollte sie Flugübungen machen. Zusätzlich bewegte sie ihren Kopf in alle Richtungen. Und, als wäre das noch nicht genug, zog sie als Zeichen der vollendeten Hingabe die Augenbrauen so hoch, dass diese unter ihrem Pony verschwanden. Frau Helbings Augenbrauen machten diese Bewegung mit. Sie fand es so aufregend, hier zu sitzen. Fast war es ihr, als spielte sie selbst die Melodie. Dabei hatte sie keine Ahnung von Musik. Sie konnte sich nicht erinnern, jemals ein klassisches Konzert besucht zu haben.

Frau Helbing kam aus einfachen Verhältnissen. 1942 war sie in Hamburg geboren. Ein Instrument anzuschaffen und den Kindern Musikunterricht zu ermöglichen, war damals ein unerschwinglicher Luxus gewesen.

Mit neunzehn heiratete sie Hermann, der gerade seine Meisterprüfung als Schlachter abgelegt hatte. Gemeinsam eröffneten sie eine Metzgerei im Hamburger Grindelviertel.

Vierzig Jahre lang stand Frau Helbing von morgens bis abends hinter der Wursttheke. Meist schon ab sechs Uhr. Auch samstags. Sie kannte es nicht anders. Nie war sie auf die Idee gekommen, ein Konzert zu besuchen oder mal in die Kunsthalle zu gehen. Auch weil sie sich zu ungebildet wähnte und Berührungsängste mit dem Kulturbetrieb sie davon abhielten.

Als Herr von Pohl sie eingeladen hatte, wollte sie erst ablehnen. Zwei Eintrittskarten hatte er ihr hingehalten und gesagt: »Machen Sie mir die Freude und kommen Sie mit einer Freundin am nächsten Sonntag zu unserer Matinee.«

Eine Matinee war ein Konzert am Vormittag, hatte ihr Heide später erklärt. Heide kannte auch das Stück, das gespielt werden sollte. *Gran Partita, Serenade Nr. 10, in B-Dur* von Wolfgang Amadeus Mozart. Allein der Name des Werks klang für Frau Helbing abschreckend. Sie hörte gerne Musik, aber normalerweise in der Küche, wo sie ein kleines Radio stehen hatte. Sie mochte Lieder, bei denen sie mitsingen konnte. Am liebsten etwas Folkloristisches.

Herr von Pohl hatte aber hartnäckig darauf bestanden, sie und ihre Freundin einzuladen, und Frau Helbing wollte ihn nicht verletzen.

Mehrere Monate schon wohnte er eine Etage über ihr. Gleich am Tag des Einzugs hatte er sich vorgestellt und ihr einen Strauß Blumen überreicht. Frau Helbing war seiner charmanten Art sofort erlegen.

»Guten Tag. Henning von Pohl, Musiker«, sagte er und vollführte dabei eine leichte Verbeugung.

Die Blumen seien schon mal vorab eine Entschuldigung. Er müsse hin und wieder ein wenig üben, um in Form zu bleiben, und das ginge nicht ganz ohne Geräusch. Die tägliche Auseinandersetzung mit dem Instrument sei wichtig, um den Ansatz nicht zu verlieren.

Frau Helbing wusste nicht, was es heißen sollte, »den Ansatz nicht zu verlieren«. Das spielte aber keine Rolle. Sie lud ihn auf einen Kaffee ein und belegte schnell ein paar Schnittchen. Frau Helbing war ein bisschen aufgeregt. Es kam nicht oft vor, dass sie Besuch hatte.

Herr von Pohl ließ sich nicht zweimal bitten, setzte sich mit ihr an den Küchentisch und griff beherzt zu.

Frau Helbing schätzte ihn auf sechzig Jahre. Seine silbergrauen Haare waren bis in den Nacken zurückgekämmt. Sie lagen aber nicht streng und glatt über dem Schädel, sondern fielen in sanften Wellen. Ohne Hilfsmittel wie Wachs oder Pomade – das erkannte Frau Helbing sofort – verliehen sie Herrn von Pohl die Aura eines Künstlers. Seine Haut war gebräunt, und in Kombination mit seiner perfekt sitzenden modischen Kleidung machte er einen äußerst gepflegten, gut situierten Eindruck. Er war ein Frauentyp, keine Frage. Als er bemerkte, er lebe allein, war Frau Helbings Interesse geweckt. Nicht in der Weise, dass sie die Hoffnung hegte, mit Herrn von Pohl einen potentiellen Lebenspartner im Haus zu haben. Frau Helbing fehlte kein Mann. Seit einigen Jahren war sie Witwe und hatte keinesfalls vor, in diesem Leben an ihrem Familienstand noch etwas zu ändern. Außerdem passte sie mit Sicherheit nicht in Herrn von Pohls Beuteschema. Nein, es keimte die Neugierde in ihr, welchen Typ von Frauen ihr neuer Nachbar in seinen Bau schleppen würde. Sie dachte bewusst an Frauen im Plural, denn Herr von Pohl war ein Jäger, da war sie sich sicher. Und aus den Kriminalromanen, die sie dauernd und überall las, wusste sie, dass solche Männer immer eine geheimnisvolle Seite hatten. Frau Helbing hatte sofort das Gefühl, etwas Rätselhaftes, Verborgenes umgab diesen Mann, und sie würde herausfinden, was es war.

Er habe eine Professur an der Musikhochschule und spiele in verschiedenen Ensembles, weswegen er auch manchmal mehrere Wochen im Ausland weile, erzählte er.

»Aha«, sagte Frau Helbing, »interessant.«

Professur, Ausland, Studentinnen. Sie hätte gerne noch mehr erfahren, aber als die Brote aufgegessen waren, entschuldigte sich Herr von Pohl, er müsse ja noch so viel auspacken und es ergäben sich bestimmt immer wieder Gelegenheiten zu einem Plausch. Schließlich sei man jetzt Nachbarn. Herr von Pohl stand schon vor der Wohnungstür, als Frau Helbing einfiel, dass er gar nicht erwähnt hatte, welches Instrument er denn spielte.

»Fagott«, rief er auf ihre Nachfrage. Da war er schon auf der Treppe.

»Heide, weißt du, was ein Fagott ist?«

Frau Helbing hatte umgehend zum Telefon gegriffen und ihre Freundin angerufen.

»Ein Blasinstrument«, sagte Heide, ohne zu überlegen.

»So was wie eine Trompete?«, fragte Frau Helbing.

»Nein. Es sieht eher aus wie …« Jetzt musste Heide doch nachdenken. »Wie ein Fallrohr. Weißt du, die Kupferdinger, die man am Haus hat, um das Regenwasser abzuleiten. Und da steckt noch an der Seite ein silberner Strohhalm drin.«

Frau Helbing blieb stumm. Sie versuchte, sich ein Bild von einem Fagott zu machen.

»Wie kommst du denn darauf?«, fragte Heide in die Stille hinein.

»Über mir ist einer eingezogen, der so ein Fagott spielt. Ich wollte ja nur mal fragen. Ich kenne mich mit Instrumenten doch nicht aus. Jedenfalls glaube ich, der Mann hat was mit jungen Frauen. Sagt mir mein Gefühl.«

»Hast du gerade einen Krimi gelesen?«

Heide schien sich lustig zu machen. Das mochte Frau Helbing gar nicht. Nur, weil sie gerne Krimis las, hieß das noch lange nicht, dass sie Hirngespinste hatte.

»Ist so ein Fagott laut?«, fragte Frau Helbing. »Und wie klingt das überhaupt?«

»Schwer zu sagen. Kannst du dir das Geräusch einer großen leeren Blechdose vorstellen, die auf einer Waschmaschine steht, welche wiederum mit eintausend Umdrehungen schleudert?«

Frau Helbing versuchte, sich ein solches Geräusch vorzustellen und selbiges mit einem Fallrohr in Verbindung zu bringen. Es gelang ihr nicht.

»Nein«, stellte sie knapp fest.

»Na, du wirst es bestimmt bald zu hören bekommen«, bemerkte Heide, und sie sollte recht behalten.

Es klang natürlich viel besser als eine Blechdose im Schleudergang. Besonders, wenn man es so gut spielen konnte wie Herr von Pohl. Und er hatte nicht gelogen. Maximal eine Stunde am Tag übte er. Ein schnarrender Ton drang durch die Decke, wenn Herr von Pohl auf seinem Instrument spielte. Tief und hölzern klang das Fagott. Und auch ein wenig behäbig. Die schnelleren Passagen wirkten immer zäh, wie ein Motor, der mit altem Öl gefahren wird.

Aber hier und jetzt, in diesem Konzert, merkte man das gar nicht. Die Fagotte fügten sich harmonisch in den Bläsersatz ein, ohne aufzufallen oder mit ihrem nasalen Ton den Gesamtklang zu dominieren.

Das Kammerorchester peitschte gerade durch die letzten Takte des Finales. Das hatte Schmiss und Schwung. Am liebsten wäre Frau Helbing aufgestanden und hätte getanzt. Es klang nach Bauernhochzeit, nach Polka. Frau Helbing war begeistert. Herr von Pohl hatte etwas gut bei ihr. Vielleicht sollte sie mal Schmorgurke für ihn kochen.

Als der letzte Akkord verklungen war, brandete der Applaus auf. Frau Helbing spürte, dass ihre Bluse am Rücken nass geschwitzt war. Üblicherweise fröstelte sie eher und trug auch im Sommer gerne etwas aus Wolle, aber jetzt glühte sie förmlich. Dabei hatte sie gar keine Jacke an. Sie trug ihre gute weiße Bluse und den langen blauen Rock.

Die Auswahl in ihrem Kleiderschrank war sehr begrenzt, und für einen Konzertbesuch dieser Art hatte es keine Alternative gegeben.

Frau Helbing war praktisch veranlagt. Kleidung musste bei ihr bequem und alltagstauglich sein. Und von guter Qualität, um lange zu halten. Als sie noch jünger war, hatte sie ein paar Sonntagskleider, um am Wochenende tanzen zu gehen oder bei schönem Wetter an der Alster zu spazieren. Das kam aber nicht oft vor. Hermann, mit dem sie zweiundvierzig Jahre lang verheiratet war, saß lieber auf dem Sofa und sah *Sportschau* oder traf sich zum Skat mit seinen Freunden. Jetzt brauchte sie nichts Schickes mehr. Heide hatte sich natürlich in Schale geworfen. Sie trug eine Hose aus glänzendem Material, deren Oberfläche an die Haut einer Schlange erinnerte. Dazu hatte sie etwas kombiniert, das aussah wie der Poncho eines Schamanen. Ein bestickter Umhang mit weit ausgeschnittenen Ärmeln und Fransen unten dran. Frau Helbing fand das gar nicht schlecht. Sie selbst hätte so etwas nie angezogen, aber dem Anlass entsprechend war Heide wirklich top gekleidet. Und ihre mahagonifarbene Frisur saß auch perfekt. Frau Helbing trug ihre Haare so grau, wie sie von Natur aus geworden waren. Eitelkeit war ihr fremd. Natürlich war sie nicht ungepflegt, aber sie fand es keinesfalls beschämend, sich genau so zu zeigen, wie sie nun mal war.

Frau Helbing wäre nach dem Konzert gerne nach Hause gegangen. Heide dagegen richtete noch einmal ihre Frisur und zog ihre Freundin hinter sich her zum Champagnerempfang. Nur deshalb war Heide mitgekommen. Das Konzert war eine private Veranstaltung. Im Anschluss war ein kleines Buffet im Brahms-Foyer vorgesehen, zu dem auch die Künstler und deren Gäste geladen waren. Das traf Heides Geschmack. Frau Helbing dagegen war der Gedanke eher unbehaglich, um zwölf Uhr mittags inmitten Hamburger Pfeffersäcken und deren Gattinnen Schaumwein zu schlürfen. Heide duldete aber keine Widerrede und führte ihre Freundin in den prachtvollen neobarocken Raum, wo sie zwei Champagnertulpen von einem Tablett angelte, welches von einer gazellenartigen Kellnerin gehalten wurde. Eine ganze Armada von Servicekräften balancierte Gläser durch den Saal. Und Schnittchen, die hier aber Kanapees hießen und nicht einfach mit Wurst belegt waren. Hier konnte man zum Beispiel zwischen Thunfisch-Avocado-Tatar, Ziegenkäse mit Feige oder Räucherlachs und Walnüssen wählen. Frau Helbing fand die Geschmacksrichtungen sehr interessant.

Heide sagte, sie drehe mal eine Runde. Sie meinte damit, dass sie sich unter die Leute mischte, die Ohren nach interessanten Themen aufsperrte, um sich bei Gelegenheit in ein Gespräch einzuklinken. Das machte sie gerne. Frau Helbing würde sich nie einer Gruppe wildfremder Menschen aufdrängen. Sie aß noch ein Kanapee. Diesmal mit Entenbrust und Kräuterpesto.

Herr von Pohl stand plötzlich neben ihr, breitete die Arme aus und begrüßte sie überschwänglich. Im Schlepptau hatte er die Klarinettistin mit dem Pony. Die Musikerin hatte schöne volle Lippen, stellte Frau Helbing erstaunt fest. Das war während des Konzerts nicht erkennbar gewesen. Da hatte sie einen verkniffenen Gesichtsausdruck gehabt, und es hatte ausgesehen, als hätte sie einen gigantischen Überbiss. Klarinette spielen macht Frauen nicht attraktiv, dachte sie. Jetzt wirkte Herrn von Pohls Kollegin entspannt, stellte sich kurz mit »Melanie« vor und griff nach einem Champagnerglas.

»Franziska«, sagte Frau Helbing. Sie mochte Melanie sofort und fand es erfrischend unkonventionell, auf sperrige Vorstellungsrituale zu verzichten, wie sie es bei einigen der umstehenden Gäste beobachtet hatte.

»Du bist die Nachbarin von Henning?«, fragte Melanie direkt.

»Ja, Herr von Pohl wohnt über mir«, bestätigte Frau Helbing.

»Herr von Pohl«, sagte Melanie mit spöttischem Unterton. »Pflegt er bei dir noch sein aristokratisches Gehabe?«

Frau Helbing drehte den Kopf zur Seite, um zu sehen, wie Herr von Pohl auf Melanies spitze Bemerkung reagieren würde. Der stand aber gar nicht mehr neben ihr.

»Wo ist er denn?«, entfuhr es Frau Helbing.

Melanie schluckte den letzten Bissen des Kanapees hinunter, bevor sie antwortete.

»Such nach einer jungen, schlanken Frau, einssiebzig groß, brünett, Kurzhaarschnitt. Wenn es eine im Raum gibt, steht Henning daneben, garantiert.«

Dann nahm sie einen tiefen Schluck aus ihrem Glas. Frau Helbing verstand sofort. Melanie klang nicht verbittert, aber in ihre Stimme mischte sich ein Hauch von gebrochenem Stolz. Reste verletzter Gefühle schwangen mit. Sie hatte mal eine Affäre mit Herrn von Pohl gehabt, da war Frau Helbing sicher. Bestimmt war es eine Weile her, denn Melanie war nicht mehr die Jüngste und früher bestimmt schlanker gewesen. Aber die anderen Attribute trafen noch immer auf sie zu.

»Ich habe mir schon gedacht, dass er so manches Herz gebrochen hat«, sagte Frau Helbing. »Aber immerhin redest du noch mit ihm.«

»Ach«, jetzt zog Melanie wieder die Augenbrauen hoch – wie eben, als sie die Melodie mit ihrem ganzen Körper unterstützt hatte, »eigentlich kann man ihm nicht böse sein. Er ist, wie er ist. Immer auf der Pirsch, auf der Suche nach der nächsten Trophäe für seine Sammlung.« Sie vollführte eine abwinkende Handbewegung, als wollte sie das Thema verscheuchen wie eine lästige Fliege. Frau Helbing wollte aber nichts verscheuchen. Hier und jetzt hatte sie die Chance, etwas über ihren Nachbarn herauszukriegen. Aus erster Hand sozusagen. Seit einigen Wochen schon registrierte sie in unregelmäßigen Abständen Damenbesuch bei Herrn von Pohl. Und zwar von zwei Frauen. Beide passten perfekt in das von Melanie umrissene Beuteschema. Die beiden Besucherinnen waren sich sogar so ähnlich, dass Frau Helbing anfangs dachte, es handele sich um ein und dieselbe Person. Nachdem sie ihren Irrtum erkannt hatte, nannte sie die Frauen Hanni und Nanni, um sie besser auseinanderhalten zu können.

Wenn sie Schritte im Treppenhaus hörte, positionierte sich Frau Helbing hinter dem Spion, der in ihrer Wohnungstür angebracht war, und beobachtete, wer im Haus ein und aus ging. Früher hatte sie das nie gemacht. Erst seit sie Kriminalromane las. Sie wollte ihre Beobachtungsgabe schärfen. Verdächtige Dinge registrieren, wie es die Ermittler in den Romanen machten. Das bereitete ihr Vergnügen.

»Hat Henning Familie?«, fragte Frau Helbing.

Sie nannte Herrn von Pohl bewusst Henning, um es Melanie leichter zu machen, vertrauliche Details preiszugeben. Um das Gespräch noch ein wenig intimer zu gestalten, beugte sich Frau Helbing vor, damit Melanie nicht so laut reden musste.

»Er hat einen Sohn aus einer früheren Beziehung«, antwortete sie. »Das war noch vor meiner Zeit.«

Melanie machte sich nicht die Mühe zu erklären, dass sie mal mit Henning zusammen war. Sie spürte, dass Franziska das schon verstanden hatte.

»Keine Geschwister?«, hakte Frau Helbing nach.

»Ich wüsste nicht.« Melanie überlegte kurz. »Nein, in seinem Leben gibt es nur Musik und Frauen. Und dann ist da noch sein Freund Georg.«

»Ach, der Herr mit dem schütteren Haar und dem breiten Schnurrbart?«

Frau Helbing hatte einen solchen Mann schon einige Male im Treppenhaus beobachtet.

Melanie nickte.

»Genau«, sagte sie. »Aber er ist nur eine Projektionsfläche. Er steht nicht auf einer Stufe mit Henning. Georg bewundert seinen Freund. Wahrscheinlich wäre er gerne genauso weltgewandt. Und Henning selbst braucht einen Vasall. Einen, der ihm hinterherläuft und neben dem er größer wirken kann.«

Melanie streckte ihren Arm aus und ergatterte das letzte Kanapee von einem Tablett, das von einem jungen Mann vorbeigetragen wurde.

»Georg hat erst kürzlich seine Frau verloren«, sagte sie und biss in das Brot. »Krebs«, fügte sie hinzu.

Es klang wie »Kreksch«, weil sie den Mund voll hatte. Frau Helbing fand das sympathisch. Die Klarinettistin gefiel ihr. Die war nicht so etepetete wie die eitlen Konzertgänger in diesem Raum.

»Georg war sein Leben lang verheiratet«, fuhr Melanie fort. »Ich glaube, er neidete Henning den lockeren Lebensstil.« Melanie seufzte, goss sich die Neige ihres Champagnerglases in den Rachen und sagte: »Es ist ein Elend mit den Männern.«

Nach kurzem Nachdenken musste Frau Helbing ihr zustimmen. Sie trank ebenfalls ihr Glas leer. Melanie hatte zwei weitere Champagnertulpen von einem der unzähligen Tabletts geklaubt und hielt Franziska eine davon hin. Normalerweise trank Frau Helbing keinen Alkohol am Vormittag. Auch nicht am Nachmittag. Eigentlich nur abends und dann auch höchstens ein Glas lieblichen Rotweins oder eine Flasche Alsterwasser.

Jetzt aber griff sie zu und stieß mit Melanie an. Gerne hätte sie noch das ein oder andere über Herrn von Pohl erfahren, aber Heide kehrte von ihrer Runde zurück und vertrieb die Klarinettistin.

Heide hatte noch nie ein Gefühl dafür gehabt, wann sie fehl am Platze war. Zurückhaltung war in ihrer DNA nicht angelegt. Sie spürte nicht, dass Melanie keinesfalls über Mozart sprechen wollte.

Musiker unterhalten sich nämlich nicht den ganzen Tag über Musik. Im Gegensatz zu den Laien spielen sie ihr Instrument von Berufs wegen, und das bedeutet, dass es sich um Arbeit handelt. Und wer spricht schon gerne über seine Arbeit? Melanie wollte auch nicht hören, wie ergriffen Heide bei ihrem letzten Wien-Aufenthalt war, als sie die einstige Mietwohnung von Wolfgang Amadeus Mozart besichtigt und einen Walzerabend mit Werken von Johann Strauss besuchte hatte.

Aber das merkte Heide nicht. Als sie ihr Handy zückte, um Fotos von sich vor dem Stephansdom zu zeigen, ging Melanie einfach weg.

Frau Helbing war Heide nicht böse. Von Kindesbeinen an waren sie befreundet und hatten sich oft in schwierigen Situationen Halt gegeben. Nach so langer Zeit sieht man über kleine Macken und Fehler des anderen einfach hinweg. Es war wie mit einer quietschenden Wohnungstür, die man nicht mehr ölt, weil einem das eigentlich unangenehme Geräusch mittlerweile vertraut ist und sogar Geborgenheit suggeriert.

Frau Helbing spazierte nach Hause. Heide hatte angeboten, sie im Taxi mitzunehmen, aber bei dem schönen Wetter wollte sie lieber laufen. Es war noch mal richtig warm geworden für September. Trotzdem war der Herbst nicht mehr zu ignorieren. Abends wurde es schon früh dunkel.

Als Frau Helbing wieder in ihrer Wohnung war, wollte sie noch ein bisschen lesen. Das gelang ihr nicht so recht, denn der Champagner hatte sie müde und unkonzentriert gemacht. Den Nachmittag über döste sie ein wenig in ihrem bequemen Ohrensessel. Obwohl sie mehrfach Schritte im Treppenhaus vernahm, war sie zu bequem, um an die Wohnungstür zu gehen und durch den Spion zu spähen.

Gegen sechs Uhr bereitete sie sich eine Portion Bratkartoffeln mit Speck und Zwiebeln zu. Dazu legte sie ein paar Gewürzgurken auf den Teller und schnitt eine Tomate auf. Beim Essen ließ sie den Tag noch einmal Revue passieren. Das Konzert hatte ihr sehr gefallen. Dass sie Melanie kennengelernt hatte, empfand sie ebenfalls als Bereicherung. Schade, dass sie mit der Klarinettistin keine Telefonnummern ausgetauscht hatte. Das kommt noch, dachte sie, denn mit der Erfahrung einer älteren Dame wusste sie, dass sich alles zum richtigen Zeitpunkt fügen würde. Sie goss noch die Pflanzen auf der Fensterbank im Wohnzimmer. Dann legte sich Frau Helbing auf das Sofa, wickelte sich in ihre flauschige Decke und schaltete den Fernseher ein. Heute war Sonntag. Den *Tatort* wollte sie auf keinen Fall verpassen.

2

Es war ein schöner Montagmorgen. Nicht bilderbuch schön oder mediterran schön, aber für Hamburger Verhältnisse weit mehr als zufriedenstellend. Frau Helbing sah aus ihrem Küchenfenster, wie sie es jeden Morgen zu tun pflegte, und nickte. Sie konnte das Wetter lesen. Ein Blick in den Himmel genügte ihr, um eine zutreffende Prognose für den weiteren Tagesverlauf abzugeben. Dazu brauchte sie keine Wetter-App. Nicht einmal die Nachrichten im Radio mit der anschließenden Vorhersage. Die Meteorologen lagen sowieso meistens daneben. Frau Helbing kannte die Wolken über der Hansestadt schon so lange. Auch die Kapriolen des Windes und die feinen Abstufungen des morgendlichen Lichts wusste sie zu deuten. Und sie irrte sich fast nie.

»Mein Wetterfrosch«, hatte Hermann sie manchmal genannt. Halb bewundernd, halb genervt, wenn er mal wieder gegen den Rat seiner Frau mit der falschen Kleidung aus dem Haus gegangen war.

Leicht bewölkt, aber kein Regen, ab mittags Sonne, an die zwanzig Grad bei schwachem Wind. So würde es heute werden, und das war für die Jahreszeit durchaus akzeptabel.

Frau Helbing liebte ihre Morgenrituale. Während sie ihren persönlichen »Wetterbericht« gelesen hatte, war bereits der Kaffee durch die Maschine gelaufen. Nun setzte sie sich an den Küchentisch, trank starken Kaffee mit einem Schuss Milch und aß Brot mit Quittengelee. Das war Frau Helbings Frühstück. Jeden Morgen. Im Hintergrund lief das Radio.

Natürlich nicht wegen des Wetters, sondern wegen der Musik. Wer allein lebt, braucht ein wenig Unterhaltung. Vor allem beim Frühstück. Stille verstärkt das Gefühl der Einsamkeit, und in der Frühe schon diese drückende Leere zu spüren, während man Quittengelee auf eine Scheibe Graubrot streicht, ist keine gute Voraussetzung für einen gelungenen Start in den Tag.

Nach dem Frühstück, das Frau Helbing stets pünktlich mit den Acht-Uhr-Nachrichten beendete, spülte sie das benutzte Geschirr. Ab diesem Zeitpunkt variierte ihr Tagesablauf. Heute stand Staubsaugen auf dem Programm. Frau Helbing saugte gerne und vor allem gründlich. Sie huschte nicht nur flüchtig zwischen den Möbeln umher, sondern räumte alles aus dem Weg, bevor sie den Boden nach einem ausgeklügelten System von Staub, Flusen und dem üblichen Dreck reinigte. Danach entfernte sie die Bürste vom Rohr des Staubsaugers und nahm sich die Spinnen vor, die sich – besonders zum Herbst hin – zwischen Wand und Zimmerdecke häuslich einzurichten gedachten. Richtig saugen will gelernt sein.

Gerade hatte sie ihr betagtes Haushaltsgerät ausgeschaltet, als sie Schritte im Treppenhaus hörte. Das war bestimmt Herr von Pohl. Frau Helbing strich ihre Schürze glatt, die sie gewöhnlich bei der Hausarbeit trug, und öffnete die Wohnungstür. Sie tat, als wollte sie nur ihre Fußmatte absaugen, aber in Wirklichkeit trachtete sie danach, einen Blick auf ihren Nachbarn zu werfen. Wahrscheinlich hatte er die Nacht bei einer seiner Gespielinnen verbracht und schlich jetzt müde und befriedigt zurück in seine Höhle.

Herr von Pohl sah ein bisschen zerfleddert aus. Sogar seine Haare waren in Unordnung. So hatte ihn Frau Helbing noch nie gesehen. In der Hand hielt er seinen Instrumentenkoffer.

Frau Helbing hatte ihn schon mehrfach mit diesem Kasten beobachtet, aber seit sie wusste, wie lang so ein Fagott war, fragte sie sich, ob Herr von Pohl auch zaubern konnte.

Am Stück passte das Instrument jedenfalls nicht in dieses Behältnis. Vielleicht konnte man es zusammenschieben, mutmaßte sie. Etwa wie eine Angel, die auch nicht in voller Länge transportiert wird.

»Guten Morgen!«, rief sie ihm entgegen, als er auf ihrer Etage angekommen war.

»Guten Morgen, Frau Helbing«, lächelte Herr von Pohl zurück.

Es war mehr als ein Lächeln. Er strahlte. Eine positive Energie umgab ihn, obwohl er so derangiert wirkte. Sein Hemd steckte nicht mal richtig in der Hose.

Gerne hätte Frau Helbing ihn gefragt, wo er gerade herkomme.

Stattdessen sagte sie: »Möchten Sie mir vielleicht beim Frühstück Gesellschaft leisten?«

Mit dem Blick einer erfahrenen Frau erkannte sie sofort, dass Herr von Pohl einen knurrenden Magen hatte. Seine Freundinnen mochten Vorzüge und Talente haben, aber in Sachen Vorratshaltung, Kaffee kochen oder gar Frühstück zubereiten waren sie mit Sicherheit nicht zu gebrauchen. Die Kühlschränke dieser Frauen waren sehr wahrscheinlich leer, bis auf ein paar Becher Diätjoghurt und vielleicht einer Packung Salamisticks zum Knabbern.

Natürlich war es Frau Helbing nicht entfallen, dass sie selbst bereits gefrühstückt hatte. Schließlich litt sie nicht an Altersdemenz. Clever wollte sie Herrn von Pohl in ihre Küche locken, um ihm Informationen aus der Nase zu ziehen. Und der Musiker ging ihr in die Falle.

»Gerne«, sagte er sofort und drehte direkt in Richtung ihrer Wohnungstür ab.

Frau Helbing brühte ein zweites Mal Kaffee auf, stellte neben Brot und Quittengelee noch ein bisschen Wurst auf den Tisch, für den Fall, dass es ihren Gast nach etwas Herzhaftem gelüstete, und setzte sich auf einen Küchenstuhl.

»Das ist aber nett von Ihnen«, sagte Herr von Pohl und griff sofort nach der groben Leberwurst.

»Ich wollte sowieso gerade etwas essen«, log Frau Helbing. Sie schenkte Kaffee ein und sagte beiläufig: »Sie sind ja heute schon früh auf den Beinen.«

Dabei beobachtete sie ihren Nachbarn genau. Aus der Körpersprache konnte man jede Menge Schlüsse ziehen. Das wusste sie aus den Kriminalromanen. Jeder gute Detektiv stellte so ganz nebenbei einige vermeintlich unwichtige Fragen und wertete die Reaktion seines Gegenübers aus.

Herr von Pohl kaute mechanisch auf seinem Brot weiter, schreckte dann hoch und fragte: »Wie bitte?«

Er war nicht bei der Sache gewesen. Es lag nicht daran,

dass er gerade Brot aß oder müde war. Nein, er war tief in Gedanken versunken. Frau Helbing spürte, dass etwas Außergewöhnliches passiert sein musste. Herr von Pohl war unkonzentriert. Mehr noch, zerstreut und fahrig wirkte er.

»Das Konzert gestern hat mir sehr gut gefallen. Vielen Dank noch mal für die Karten«, versuchte Frau Helbing die Aufmerksamkeit Herrn von Pohls mit einem anderen Thema zu erlangen.

»Ja, schön«, sagte er knapp.

Frau Helbing sah ihm in die Augen, aber anstatt ihren Blick zu erwidern, hatte er die Pupillen aufgezogen wie eine achtlos offen gelassene Tür, durch die der Wind pfeift.

»Geht es Ihnen gut?«, fragte Frau Helbing besorgt.

Herr von Pohl lächelte.

»Ja, ja«, sagte er. »Es ging mir nie besser.«

Er beugte sich vor und flüsterte: »Manchmal bahnen sich Dinge nicht an, sondern brechen plötzlich über einen herein. Verrückt ist das.« Er schüttelte den Kopf. »Verrückt.«

Herr von Pohl trank seine Tasse aus und hielt sie Frau Helbing zum Nachschenken hin.

Frau Helbing war ratlos. Was um alles in der Welt hatte sich ereignet, dass ihr Nachbar sich in einem derart entrückten Zustand befand? Es musste von großer Tragweite sein.

Die Liebe!, schoss es ihr durch den Kopf. Wollte er Hanni heiraten? Oder Nanni? Hatte der alte Frauenheld entschieden, sich zur Ruhe zu setzen und in den Hafen der Ehe einzulaufen?

»Stopp!«, rief Herr von Pohl mit weit aufgerissenen Augen.

Frau Helbing schüttete den Kaffee direkt aus der Kanne an Herrn von Pohls Tasse vorbei. Jetzt war sie selbst in Gedanken gewesen. Eine große Pfütze war bereits auf den Tisch geschwappt, als sie ihr eigenes Ungeschick bemerkte.

»Sie sind aber auch nicht bei der Sache!«, rief Herr von Pohl belustigt.

Er stand auf und schnappte sich noch ein Brot vom Tisch.

»Ich muss jetzt los«, sagte er. »Ich habe eine wichtige Verabredung, und dann muss ich Vorbereitungen treffen.« Frau Helbing griff hastig nach einem Schwammtuch und beeilte sich, den verkleckerten Kaffee aufzuwischen.

»Was ist denn passiert?«, fragte sie.

Herr von Pohl war schon im Flur.

»Vielen Dank!«, rief er über die Schulter.

Dann war er weg.

Frau Helbing wrang den triefenden Lappen über der Spüle aus und schüttelte den Kopf. Das war ganz anders gelaufen, als sie es sich erhofft hatte. Ein bisschen tadelte sie sich. Einem guten Ermittler wäre das so nicht passiert. Sie hatte nicht eine einzige Information erhalten, aber Kaffee und die gute Leberwurst investiert. Na ja, das stimmte nicht ganz. Sie hatte Kenntnis von einer besonderen Situation ihres Nachbarn, freilich ohne zu wissen, was ihn in diese außergewöhnliche Gemütslage versetzt hatte. Und in besorgniserregender Verfassung schien Herr von Pohl zu sein, denn er hatte sein Fagott vergessen. Der mit beigefarbenem Stoff bespannte Koffer stand noch im Flur auf dem Boden. Das war ein Zeichen, fand Frau Helbing. Ein Musiker dieser Qualität, ein Profi, vergisst nicht sein Instrument. Es sei denn, er ist nicht im Besitz seiner geistigen Kräfte.

Einem ersten Impuls folgend wollte sich Frau Helbing den Koffer schnappen und Herrn von Pohl hinterherlaufen. Dann besann sie sich aber und atmete tief durch. Ruhe bewahren war das oberste Gebot eines jeden Detektivs. Sie beschloss erst einmal etwas einzuholen und schlüpfte in ihre Schuhe. Nach einer Runde an der frischen Luft würde sie wieder klar denken können.

Natürlich musste Frau Helbing nicht wirklich etwas »einholen«, wie man in Hamburg zum Einkaufen sagt. Ihre Vorratshaltung war ausgeklügelt, und sie war keine Konsumentin, die zum Spaß durch die Kaufhäuser der Stadt zog. Als Frau Helbing im Teenager-Alter war, wäre niemand, aber wirklich absolut niemand auf die Idee gekommen, Shoppen als Hobby anzugeben. Shoppen und mit Freunden treffen schien, zu ihrer großen Überraschung, für die Jugendlichen heutzutage tatsächlich eine ernst zu nehmende Freizeitbeschäftigung zu sein. Frau Helbing shoppte aber nicht. Nie! Sie besorgte die nötigen Dinge und gab kein Geld für Schnickschnack, Kinkerlitzchen und überflüssigen Tand aus. Brot brauchte sie heute und die Butter ging zur Neige. Das war schnell erledigt.

Auf dem Rückweg ging sie bei Herrn Aydin vorbei. In den Räumen der ehemaligen Helbing'schen Schlachterei betrieb Herr Aydin seit Jahren eine Änderungsschneiderei. Nichts in diesem Laden erinnerte mehr an die alten

Zeiten, als Frau Helbing abends die Blutspritzer von den Fliesen geschrubbt hatte. Jetzt lag hier Teppichboden. Nach der Komplettrenovierung waren auch keine Kacheln mehr an den Wänden, sondern eine beigefarbene Tapete, die zur Decke hin mit einer aufwendig gearbeiteten Stoffbordüre abschloss. Der Raum erinnerte an die Rezeption eines alten Hotels oder an das Entree einer charmanten Pension, wie man sie vielleicht im ausgehenden neunzehnten Jahrhundert in Wien hätte vorfinden können. Inklusive eines Lüsters, dessen Glasblätter glänzten, als würden sie jeden Tag auf Hochglanz poliert.

Statt eines Tresens beherrschte ein großer Zuschneidetisch den Raum. Genau da, wo früher die Wursttheke stand. In Hermanns Ecke – wo er seinen Hauklotz platziert hatte – war ein Bügelplatz eingerichtet. Um das Tageslicht auszunutzen, stand die Arbeitsplatte direkt hinter dem Schaufenster, flankiert von zwei großen Nähmaschinen.

Herr Aydin war ein sehr netter Mensch. Als Frau Helbing nach vierzig Jahren die Schlüssel für dieses Geschäft abgeben musste, liefen ihr Tränen über das Gesicht. Sie konnte kaum reden.

Das war 2003. Die Metzgerei hatte sich nicht mehr rentiert. Die Kunden gingen in den Supermarkt nebenan, wo man für zwei Euro neunundneunzig Putenfleisch im Angebot kaufen konnte. Das Kilo wohlgemerkt. Wurstbrote wurden auch immer seltener gekauft. Und wenn, wollten die Leute glutenfreie Brötchen und fettreduzierten Fleischsalat. Hermann wurde ganz schwermütig und starb ein Jahr später.

Herr Aydin zeigte damals spontan auf einen Hocker

und sagte, dass dieser Stuhl immer für Frau Helbing reserviert sei, und er bot ihr an, sie könne vorbeikommen, so oft sie wolle, um ein Glas Tee mit ihm zu trinken. Es war eine schlichte, unbequeme Sitzgelegenheit, aber eine große Geste, die von Herzen kam. Und Herr Aydin hatte Wort gehalten. Unzählige Male hatte Frau Helbing im Laden gesessen und Herrn Aydin bei der Arbeit zugeschaut. Anfangs fast jeden Tag. Sie brauchte das, um den Übergang in den Ruhestand zu verkraften. Später wurden die Besuche seltener. Nach all den Jahren stand der Stuhl immer noch da.

Als Frau Helbing die Tür öffnete, hätte sie Herrn Aydin fast umgestoßen. Er stand auf der obersten Sprosse einer alten Leiter und konnte sich gerade eben mit dem Arm an der Wand abstützen. Frau Helbing schlug vor Schreck die Hand vor den Mund.

»Nichts passiert!«, rief Herr Aydin.

Er versuchte ruhig zu wirken, man konnte ihm aber ansehen, dass er gerade mächtig Panik gehabt hatte, sich den Hals zu brechen.

»Was machen Sie denn da oben?«, fragte Frau Helbing. »Ich hätte Sie fast umgebracht.«

»Ich habe die Glühbirne in einem Strahler ausgewechselt«, antwortete er leise.

In seiner Stimme schwang Angst mit. Herr Aydin war bauhandwerklich nicht begabt. Er gehörte zu den Menschen, die sich mit Werkzeug eher schwerwiegende Verletzungen zufügten, anstatt Schäden zu beheben. Selbst eine Glühbirne auszuwechseln stellte für ihn eine Herausforderung dar, verbunden mit einer schlaflosen Nacht vor der Aktion, Herzrasen während der Tätigkeit und einem kurzen Erschöpfungszustand nach der Reparatur.

Zwei linke Hände, sagt man landläufig, aber das ist natürlich Quatsch. Es gibt Geigenvirtuosen, bei denen man sich fragt, wie sie morgens ihre Schuhe zugebunden kriegen, aber deshalb sind ihre Finger nicht grundsätzlich ungeschickt. Es hat wohl etwas mit Veranlagung zu tun. Mit der Nadel konnte Herr Aydin nämlich umgehen wie kaum ein anderer. Er war ein guter Schneider, aber ein lausiger Glühbirnenwechsler. Dummerweise litt er unter Höhenangst, was die Arbeit auf einer Leiter zusätzlich erschwerte. Als er wieder festen Boden unter den Füßen hatte, sagte er erleichtert: »Geschafft.«

Dann klatschte er in die Hände, als wollte er die Strapazen, Angstzustände und Schwindelgefühle der letzten Minuten vertreiben, und setzte das einladende Lächeln eines türkischen Gastgebers auf.

»Möchten Sie einen Tee?«, fragte er.

»Gerne«, antwortete Frau Helbing.

Eigentlich mochte sie keinen Tee, aber Herr Aydin hätte es als Kränkung empfunden, wenn sie abgelehnt hätte. Der Tee war ein Zeichen der Gastfreundschaft, der Wertschätzung. Herr Aydin reichte ihn immer in putzigen kleinen Gläsern mit Goldrand. Frau Helbing trank jedes Mal Tee, wenn sie hier war. Und immer rührte sie Zucker hinein. Herr Aydin fand, dass in Tee immer Zucker gehöre. Also tat Frau Helbing ihm den Gefallen.

Nachdem sie auf ihrem Privatstuhl Platz genommen und an ihrem Teeglas genippt hatte, fuhr Herr Aydin mit seiner täglichen Arbeit fort. Das war nicht unhöflich. Herr Aydin war ein fleißiger Mann, der seine Zeit zu nutzen wusste und trotzdem aufmerksam zuhören konnte. Auch während er, so wie jetzt, ein Schnittmuster mit Kreidestift auf einen dunklen Stoff übertrug. Frau Helbing wusste das und hatte überdies vollstes Verständnis für Menschen, die gewissenhaft ihrer Arbeit nachgingen und nicht bei jeder Gelegenheit eine ausgedehnte Pause einlegten.

»Gestern war ich in einem Konzert«, begann Frau Helbing zu erzählen. »Ein Stück von Mozart wurde gespielt.«

»Oh, Mozart«, sagte Herr Aydin, ohne von seinem Zuschnitt aufzusehen. »Ich war mal in der *Zauberflöte*.«

Frau Helbing war nicht überrascht, dass Herr Aydin Herrn Mozart kannte. Also nicht persönlich, aber als Komponist.

Herr Aydin hatte Niveau, wie Frau Helbing das nannte. Schon vor langer Zeit war ihr aufgefallen, dass Herr Aydin immer ein frisch gebügeltes Hemd anhatte. Dazu trug er Bundfaltenhosen in dezenten Farben, die ebenfalls penibel geglättet waren, und schwarze Lederschuhe, die glänzten wie frisch gefangene Fische. Er machte einen gepflegten, kultivierten Eindruck. Mindestens einmal am Tag schien er zum Frisör zu gehen. Sein Scheitel saß perfekt, und in seinem grau melierten Bart wagte es kein Haar länger zu sein als alle anderen. So jemand kannte natürlich Mozart.

»Ich kenne nur das Stück, das ich gestern gehört habe«, gestand Frau Helbing.

Gerne hätte sie gesagt, wie es hieß, aber sie kam nicht mehr drauf.

»Herr von Pohl hat mich eingeladen«, sagte sie stattdessen. »Das ist der Musiker, der über mir eingezogen ist. Ich glaube, ich habe ihn mal erwähnt.«

»Ich kenne Herrn von Pohl persönlich«, sagte Herr Aydin.

Er streifte sich ein Nadelkissen über das Handgelenk. Frau Helbing fand, das sah kompetent aus. Ein Schneider, der ein Nadelkissen mit einem Gummiband an seinem Arm trug, wirkte, als verstünde er wirklich etwas von seinem Fach.

»Er hat mir letzte Woche ein Jackett gebracht, damit ich die Ärmel kürze.«

»Ach«, sagte Frau Helbing.

»Die Ärmel sind nicht wirklich zu lang«, erklärte Herr Aydin, »aber sie stören ihn beim Spielen. Seine Handrücken müssen ganz frei sein, damit er die Klappen und Tonlöcher des Fagotts ohne Irritationen bedienen kann.«

Herr Aydin heftete geschickt mit Stecknadeln zwei eben ausgeschnittene Stoffe aufeinander. Das ging ihm so flink von der Hand, dass Frau Helbing sich fragte, wieso er so ungeschickt mit Schraubenziehern und Glühbirnen hantierte.

»Herr von Pohl hat sehr schöne Hände«, sagte Herr Aydin. Es klang ein bisschen verträumt. Sehnsuchtsvoll, als spräche er von einer einsamen Insel inmitten der Südsee.

Frau Helbing hatte schon immer den Eindruck gehabt, Herr Aydin sei eher dem männlichen Geschlecht zugeneigt. Sie wusste, dass er nicht verheiratet war, und in den Gesprächen der vergangenen Jahre hatte er auch nie eine Frau erwähnt. Dafür schien er eine Unmenge von Cousins zu haben. Frau Helbing hatte bei dreißig Verwandten aufgehört zu zählen. Immer wieder hatte er ihr Männer, die in seinem Laden ein und aus gingen, als Familienangehörige vorgestellt. Anfangs hatte sie das auch geglaubt, aber mit der Zeit konnte sie den Umstand, dass Herr Aydin schwul war, nicht mehr ignorieren. Ihr war das egal. Sie hatte keine Probleme mit Homosexuellen. Nicht wie Heide, die herablassend von »Andersgepolten« sprach. Aber für einen Mann mit türkischen Wurzeln war es bestimmt nicht leicht, andere Männer zu lieben. So deutlich wie jetzt hatte sich Herr Aydin ihr gegenüber noch nie geoutet. Frau Helbing nahm es als Kompliment und trank einen Schluck gesüßten Tees. Herr Aydin und Herr von Pohl als Paar, dachte sie. Das würde eigentlich richtig gut zusammenpassen. Gerne hätte sie Herrn Aydin davon in Kenntnis gesetzt, dass Herr von Pohl auf eins siebzig große brünette Kurzhaarfrauen stand und davon in diesem Leben bestimmt nicht mehr abweichen würde. Aber das war nicht ihre Aufgabe. Wahrscheinlich ahnte Herr Aydin das auch. Er schwieg und zog routiniert einen Faden durch das Öhr einer großen Nadel.

Frau Helbing fiel plötzlich ein, dass Herrn von Pohls Fagott noch immer in ihrem Flur stand. Vielleicht hatte ihr Nachbar bereits an der Tür geläutet und versucht, an sein Instrument zu kommen. Dieser Gedanke ließ Frau Helbing ganz nervös werden.

»Entschuldigen Sie, Herr Aydin«, sagte sie. »Ich habe etwas vergessen und muss jetzt dringend nach Hause.«

Eilig stand sie auf, verabschiedete sich und dankte noch mal für den Tee.

Herr Aydin ließ es sich nicht nehmen, ihr die Tür aufzuhalten, und zum Abschied vollführte er eine leichte Verbeugung. Frau Helbing fühlte sich immer wie eine Prinzessin, wenn sie Herrn Aydins Laden verließ. Schade, dachte sie dann, dass es immer weniger Männer mit guten Manieren gibt. Und nicht nur Männer. Frau Helbing war schon lange überzeugt, dass die Menschen im Allgemeinen rücksichtsloser geworden waren.

In der Rappstraße fiel Frau Helbing der silbergraue Mercedes von Herrn von Pohl ins Auge. Ein schönes altes Cabriolet mit einem schwarzen Verdeck, das noch verchromte Stoßstangen hatte, die ihren Namen zu Recht trugen. Das hatte Stil. Der Wagen war gepflegt. Eigentlich sah er aus, als wäre er gerade vom Band gelaufen.

Ein paar Mal hatte Frau Helbing Herrn von Pohl vom Fenster aus beobachtet, wie er in den umliegenden Straßen nach einem Parkplatz gesucht hatte. Damit konnte man in diesem Viertel gut und gerne eine halbe Stunde verbringen. Herr von Pohl fuhr immer mit offenem Dach, den linken Arm lässig über die Fahrertür gelegt, und hörte dabei klassische Musik.

»Angeber«, dachte Frau Helbing, wenn sie ihn in diesem Wagen sah. Sie meinte das nicht böse, sondern mit einem Augenzwinkern. Schließlich war er ein sehr netter Angeber.

Obwohl sein Auto am Straßenrand stand, war Herr von Pohl nicht zu Hause. Frau Helbing klingelte vergebens an seiner Wohnungstür. Sie machte sich Vorwürfe. Es war unhöflich gewesen, einfach wegzugehen, obwohl sie doch wusste, dass Herrn von Pohls Fagott in ihrem Flur stand. Vielleicht hatte er in der Zwischenzeit dringend sein Instrument gebraucht und bekam jetzt Scherereien, weil er eine Probe verpasst hatte oder, noch schlimmer, ein Konzert.

Frau Helbing war beunruhigt. Sie schenkte sich ein Glas Saft ein, setzte sich in ihren Ohrensessel und schlug einen äußerst spannenden Kriminalroman auf. Gerne las sie ein oder zwei Kapitel vor dem Mittagessen.

Ihr aktuelles Buch war ein klassischer Whodunit-Krimi, der im Vereinigten Königreich spielte. Bei diesem Genre kamen in der Regel zahlreiche Personen als Täter infrage. Frau Helbings Ehrgeiz bestand darin, noch vor dem Ermittler herauszufinden, wer die Tat – meist handelte es sich bei diesen Fällen um einen Mord – begangen hatte. Auch diesmal hatte sich Frau Helbing schon festgelegt. Mörder waren selten Personen, die im Fokus der Ermittler standen. Fast immer erwies sich eine der Randfiguren als Täter. Jemand, der anfangs kurz auftauchte und eher beiläufig Erwähnung fand.

Frau Helbing war eine begeisterte Krimi-Leserin. Wöchentlich suchte sie eine der Hamburger Bücherhallen auf, um sich spannende Romane auszuleihen. Sie las immer und überall. Im Sommer setzte sie sich mit ihren Büchern oft in Planten un Blomen, einen Park, den sie gut zu Fuß erreichen konnte, auf eine schattige Bank. Im Winter lag sie mit Krimis auf dem Sofa, eingewickelt in eine kuschelige Decke. In Reichweite standen Schnittchen und ein Alsterwasser. Oft erschauderte sie, wenn sich die Protagonisten in Gefahr begaben. Sie liebte dieses Kribbeln, den Anflug von Gänsehaut, die Spannung. Und am Ende löste sich immer alles auf.

Obwohl sich die Geschichte ihrem Höhepunkt näherte und Inspektor Murphy von Scotland Yard kurz vor der Aufklärung stand, fiel es Frau Helbing heute schwer, sich zu konzentrieren. Sie grübelte darüber nach, ob ihr Nachbar eventuell ein Zweitinstrument für Notfälle besaß. So ein Fagott ist bestimmt auch mal in der Reparatur, und in dieser Zeit muss ein Musiker trotzdem seiner Arbeit nachgehen können. Vielleicht gab es auch einen Fagottverleih, den man in dringenden Fällen aufsuchen konnte. Frau Helbings Gedanken kreisten immer wieder um Herrn von Pohl und sein Instrument. Außerdem lauschte sie ständig, ob sich nicht jemand im Treppenhaus bewegte. Nach kurzer Zeit legte sie das Buch aus der Hand. Es war ihr nicht möglich, in die Geschichte einzutauchen.

Schließlich ging sie in die Küche und bereitete ihr Mittagessen zu. Heute standen Eier mit Senfsoße auf dem Speiseplan. Dazu gab es Salzkartoffeln mit Petersilie. Die Küchentür ließ sie offen stehen, um nicht die Klingel zu überhören. Nur zur Sicherheit, falls Herr von Pohl vor der Tür stehen würde.

Als sie an ihrem Küchentisch saß und die Kartoffeln klein schnitt, um sie mit der Gabel in die Soße zu drücken, fiel ihr Blick direkt auf den Instrumentenkoffer im Flur. Sie überlegte, wie wertvoll das Fagott von Herrn von Pohl sein könnte. Unter Umständen handelte es sich um ein uraltes Instrument, das ein Vermögen gekostet hatte. Immerhin war Herr von Pohl Professor.

»Weißt du, was ein Fagott kostet?«

Direkt nach dem Essen hatte Frau Helbing ihre Freundin Heide angerufen.

»Oha«, rief Heide munter. »Willst du bei deinem Nachbarn Unterricht nehmen?«

»Nein«, beeilte sich Frau Helbing zu erklären. »Ich meine auch kein Schülerinstrument, sondern so eins, wie es Herr von Pohl spielt. Das ist doch bestimmt etwas ganz Besonderes.«

»Genau weiß ich das nicht, aber dreißigtausend Euro kann man für ein gutes Instrument bestimmt ausgeben.«

»Dreißigtausend Euro?«, wiederholte Frau Helbing andächtig. »Meinst du wirklich?«

»Das sind Peanuts«, rief Heide belustigt. »Es gibt alte italienische Geigen, die kosten Millionen.«

Frau Helbing sagte nichts. Heide hatte den Eindruck, ihre Freundin sei beunruhigt.

»Ich bin gerade in der Mönckebergstraße«, sagte Heide. »Willst du nicht mit dem Fünfer zum Jungfernstieg kommen? Ich lade dich zum Kaffee in den Alsterpavillon ein.«

»Das ist nett«, antwortete Frau Helbing, »aber ich kann jetzt nicht weg. Ich erkläre dir das später.«

Die Verantwortung für ein wahrscheinlich sehr teures Fagott lastete schwer auf Frau Helbings schmalen Schultern. Noch einmal versuchte sie ihr Glück, stieg die Treppe in den dritten Stock hoch und klingelte an Herrn von Pohls Tür. Um alle Möglichkeiten auszuschöpfen, ging Frau Helbing anschließend zurück in ihre Wohnung und versuchte den Fagottisten anzurufen. Vor ein paar Wochen hatte er ihr seine Festnetznummer gegeben. Nur für den Fall, dass Frau Helbing einmal Hilfe benötigen würde. Das fand sie sehr nett.

Jetzt kramte sie den Zettel hervor und wählte die

aufgeschriebene Nummer. Zu Frau Helbings Überraschung klingelte es aber nicht, sondern eine monotone Stimme informierte sie darüber, dass dieser Anschluss zurzeit nicht erreichbar sei.

Frau Helbing setzte sich und dachte angestrengt nach. Hätte sie bloß die Handynummer von Herrn von Pohl oder die von Melanie, der Klarinettistin. So hätte sie ihn vielleicht erreichen können. Schließlich haben alle heutzutage ein Handy. Sogar Frau Helbing selbst besaß ein Smartphone. Heide hatte es ihr vor zwei Jahren zum Geburtstag geschenkt. Heide sagte damals, das sei ein »Must-have«. Ja, so hatte Heide das genannt. Ein Gegenstand, ohne den der Mensch offensichtlich nicht mehr lebensfähig war. Tatsächlich stellte Frau Helbing immer wieder fest, dass bei den meisten Menschen das Handy mit der Hand fest verwachsen war. Ihr eigenes Mobiltelefon dagegen lag in der Küchenschublade. Originalverpackt mit Bedienungsanleitung und Ladekabel.

Den restlichen Montag blieb Frau Helbing in ihrer Wohnung. Sie wartete auf Herrn von Pohl. Irgendwann musste er sein Instrument vermissen. In unregelmäßigen Abständen pilgerte sie die Stufen zur Wohnung Herrn von Pohls hoch und klingelte an der Tür. Jedes Mal vergeblich. Gegen zehn Uhr wurde sie müde. Bevor sie sich zum Schlafen hinlegte, schob Frau Helbing den Koffer mit dem vermutlich wertvollen Fagott unter ihr Bett.

3

Frau Helbing war gut gelaunt. Nicht wegen des Wetters. Heute würde es regnen. Das konnte sie unschwer an den dicken Wolken erkennen, die tief über den Dächern der Hansestadt hingen. Aber sie würde gleich nach dem Frühstück Herrn von Pohl das Fagott zurückgeben können. In der Nacht hatte sie ihn gehört.

Erst war Frau Helbing erschrocken, als sie durch einen Knall aus ihrem Traum gerissen wurde. Eindeutig war in der Wohnung über ihr etwas auf den Boden gefallen. Dann war es erst einmal still gewesen, aber nach einiger Zeit hatte sie weitere Geräusche gehört. Jemand hatte sich vorsichtig durch den Flur bewegt. In unregelmäßigen Abständen gaben die alten Dielen mit schwachen Seufzern nach. Frau Helbing hatte sehr gute Ohren. Konzentriert hatte sie gelauscht und herauszufinden versucht, was Herr von Pohl da oben machte. Es waren ungewöhnliche Laute, die sie vernahm. Die Uhrzeit war auch ungewöhnlich. Es war schon weit nach Mitternacht. Frau Helbing fragte sich, was Herr von Pohl zur Schlafenszeit antrieb, ein solches Rascheln, Knistern und Schlurfen zu veranstalten. Kurz hatte sie überlegt, aufzustehen und den Koffer gleich nach oben zu tragen. Aber dazu hätte sie sich erst anziehen müssen, denn im Nachthemd bei Herrn von Pohl zu klingeln, dazu in den frühen Morgenstunden, wäre natürlich ungebührlich gewesen. Nach einigem Zögern hatte sie beschlossen, den Vormittag abzuwarten. Vorher würde Herr von Pohl sein Instrument wohl kaum benötigen. Mit der Gewissheit, das Fagott bald wieder seinem Besitzer übergeben zu können, konnte Frau Helbing die restliche Nacht tief und fest schlafen.

Nachdem sie nun die Acht-Uhr-Nachrichten gehört und das benutzte Geschirr abgewaschen hatte, läutete sie eine Etage höher an der Tür des Musikers. Sie hielt nicht nur das Instrument in der Hand, sondern hatte auch ein Glas selbst gemachte Eisbeinsülze eingesteckt, um sich bei Herrn von Pohl für etwaige Unannehmlichkeiten zu entschuldigen. Zu ihrer Überraschung öffnete aber niemand die Wohnungstür. Obwohl sie nicht nur mehrfach die Klingel betätigte, sondern auch mit den Knöcheln gegen das Türblatt pochte, passierte nichts. Bestimmt fünf Minuten stand Frau Helbing auf dem Treppenabsatz. Abwechselnd klingelte, klopfte und horchte sie an der Tür. Es war vergeblich.

Verärgert stieg sie die Treppenstufen wieder hinunter. Wäre sie doch gestern gleich Herrn von Pohl hinterhergelaufen. Wahrscheinlich wäre es auch besser gewesen, den Vormittag zu Hause zu bleiben, anstatt bei Herrn Aydin Tee zu trinken. Jetzt war sie an ihre Wohnung gefesselt, bis Herr von Pohl auftauchen würde. Das Fagott wurde zu einer Last.

Unwirsch wählte Frau Helbing Herrn von Pohls Telefonnummer.

Zu ihrer großen Überraschung war der Anschluss heute Morgen freigeschaltet, und nach dem dritten Klingelton sprang sogar ein Anrufbeantworter an. Frau

Helbing sprach nicht auf Bänder. Das war ihr viel zu unpersönlich. Und gerade weil es sich bei diesen modernen Mailboxen gar nicht mehr um Tonbänder handelte, wie ihr Heide erklärt hatte, sondern um »digitale Speicher«, hinterließ Frau Helbing erst recht keine Sprachnachricht. Diese ganze digitale Welt mit ihren Vernetzungen und Algorithmen war ihr ein Rätsel. Genau wie Magnetfelder oder Mikrowellen. Heide war da ganz anders. Die hatte sich in ihrer Küche ein Induktionskochfeld einbauen lassen. Um das benutzen zu können, hatte sie sich auch neue Töpfe kaufen müssen. Frau Helbing würde nie ihre alten Pfannen und Bräter wegwerfen, um auf einem sündhaft teuren Glaskeramikfeld zu kochen, das nicht mal warm wird. Ihr eigener Herd funktionierte seit Jahrzehnten tadellos und sah dank guter Pflege auch noch aus wie neu. Zurzeit konnte sie nur nicht gleichzeitig kochen und backen. Dann nämlich flog die Hauptsicherung raus, und die ganze Wohnung war stromlos.

Vor einigen Wochen trat das Problem zum ersten Mal auf, als sie einen Butterkuchen im Ofen hatte und gleichzeitig Milch für eine heiße Schokolade erhitzen wollte. »Peng« hatte es gemacht, als der große Kippschalter am Sicherungskasten im Flur aus seiner Position knallte. Frau Helbing legte ihn kurzerhand wieder um und rief ihren Neffen Frank an. Sie war sich sicher, dass man einen solch robusten und qualitativ hochwertigen Herd, dessen Komponenten alle noch in den Wirtschaftswunderjahren in Deutschland gefertigt worden waren, problemlos würde reparieren können. Das Gerät war schließlich echte Wertarbeit und nicht aus Asien eingeflogener

Kram, der wegen langer Transportwege eine schlechte Ökobilanz hatte und dank seiner Kurzlebigkeit bereits nach wenigen Jahren entsorgt werden musste.

Frau Helbing fand, heutzutage würde viel zu viel weggeworfen. Sie selbst bügelte seit Jahrzehnten das alte Lametta für den Weihnachtsbaum auf.

Frank war Elektriker und hatte versprochen, direkt nach seinem Urlaub vorbeizukommen und das Problem zu beheben. »Geh da bloß nicht selber ran!«, hatte er am Telefon gewarnt.

Er kannte seine Tante gut und wusste, dass sie den Dingen gerne auf den Grund ging. Auch mit einem Schraubenzieher, wenn es sein musste.

»Entweder backen oder kochen«, schärfte er Frau Helbing ein. »Dann kann erst mal nichts passieren.«

Frau Helbing hielt sich an die Anweisung. An einem Stromschlag wollte sie nicht sterben. Und wozu hat man denn Fachleute in der Familie? Frank war das einzige Kind von Frau Helbings ältester Schwester.

Den ganzen Vormittag beschäftigte sich Frau Helbing mit Dingen, die nicht dringlich waren, aber hin und wieder gemacht werden mussten. Sie wechselte den Fettfilter der Dunstabzugshaube, entkalkte den Wasserkocher, wischte Staub auf ihrem Kleiderschrank und behandelte die Kommode im Flur mit Möbelpolitur. Während sie diese Tätigkeiten ausführte, hoffte Frau Helbing inständig, Herr von Pohl würde bei ihr klingeln. Zweimal vernahm sie Schritte im Treppenhaus, unterbrach ihre Arbeit und warf einen Blick durch den Türspion. Herr von Pohl war nicht zu sehen.

Frau Helbings direkter Nachbar, Herr Lattenkamm,

verließ das Haus und kam eine gute Stunde später wieder zurück. Wahrscheinlich hatte er einen Arzt aufgesucht. Herr Lattenkamm besuchte fast täglich diverse Ärzte. Er war Lehrer und überbrückte die Zeit zwischen den Schulferien mit der Pflege seiner Zipperlein. Wenn Frau Helbing ihm früher im Treppenhaus über den Weg gelaufen war, hatte er ihr immer ausführlich von all seinen Gebrechen und Wehwehchen erzählt. Dabei hatte er einen leidenden, um Mitleid bettelnden Gesichtsausdruck aufgelegt. Frau Helbing fand irgendwann, er übertreibe. Eines Tages hatte sie ihm deutlich zu verstehen gegeben, er solle sich mit einer fetten Hühnerbrühe stärken und nicht so viel rumjammern. Schließlich sei er noch nicht einmal sechzig Jahre alt. Seither grüßte er nur kurz, wenn sie sich im Treppenhaus begegneten.

Zur Mittagszeit aß Frau Helbing die Eisbeinsülze, die ursprünglich als Geschenk für Herrn von Pohl gedacht war. Dazu schmierte sie ein Butterbrot und schenkte sich ein Glas Saft ein.

Gegen vierzehn Uhr klingelte es. Für Frau Helbing war es eine Erlösung. Schnellen Schrittes ging sie durch den Flur und öffnete die Wohnungstür. Es stand niemand davor. Noch während sie irritiert in den leeren Treppenaufgang starrte, läutete die Türglocke erneut. Über die Gegensprechanlage meldete sie sich mit einem energischen »Hallo?«.

»Guten Tag«, hörte sie eine Männerstimme. »Ich bin ein Freund von Herrn von Pohl. Ob Sie mich bitte hereinlassen würden?«

»Herr von Pohl hat seine eigene Klingel«, antwortete Frau Helbing knapp.

Sie hatte zu viel Lebenserfahrung, um jedem zu öffnen, der mit fadenscheinigen Erklärungen versuchte, in das Haus zu gelangen. Was hatte sie schon für Leute abgewimmelt: Versicherungsvertreter, Zeugen Jehovas, Spendeneintreiber, Abo-Verkäufer.

»Ich weiß«, sagte der unbekannte Mann. »Natürlich habe ich bereits bei ihm geklingelt. Wir haben einen wichtigen Termin, und da er nicht aufmacht, wollte ich zur Sicherheit an seiner Wohnungstür klopfen. Mein Name ist Georg Pfründer.«

Frau Helbing atmete einmal tief durch. Offensichtlich war sie nicht die Einzige, die Herrn von Pohl vermisste. Georg war Herrn von Pohls Freund. Melanie, die Klarinettistin, hatte den Vornamen auf dem Champagnerempfang am Sonntag erwähnt.

»Kommen Sie mal hoch«, sagte Frau Helbing und betätigte den Türöffner.

Frau Helbing ließ die Wohnungstür geschlossen. Erst wollte sie durch den Spion sehen, ob es sich bei dem Besucher auch tatsächlich um diesen Georg handelte, den sie schon ein paar Mal im Treppenhaus beobachtet hatte. Als Herr Pfründer schwer atmend auf dem Treppenabsatz angekommen war, öffnete sie.

Herr Pfründer hatte einen gigantischen Schnurrbart. Er sah aus wie ein Walross. Vielleicht versuchte er dadurch, von seiner Halbglatze abzulenken, die, einer Mönchstonsur gleich, umgeben von einem lichten Haarkranz, im fahlen Licht des Treppenhauses speckig schimmerte. Jedenfalls war sich Frau Helbing sicher, dass es sich um den Freund des Fagottisten handelte.

»Danke«, keuchte Herr Pfründer.

Er blieb kurz stehen.

»Ich klopfe dann mal«, sagte er und machte sich nach einigen tiefen Atemzügen auf, die Stufen in den dritten Stock zu erklimmen.

Frau Helbing wartete in der offenen Tür. Sie wusste, dass Herr Pfründer gleich wieder herunterkommen würde.

»Komisch«, sagte Herr Pfründer, als er kurz darauf wieder vor Frau Helbing stand. »Ich kann Henning auch telefonisch nicht erreichen.«

Frau Helbing wägte ab, ob sie Herrn Pfründer auf ein paar Schnittchen einladen sollte, um ihm die ein oder andere Information über Herrn von Pohl zu entlocken, aber sie entschied sich dagegen. Herr Pfründer war ihr nicht geheuer. Er war nicht aufdringlich, lächelte höflich und hielt beim Reden einen angemessenen Abstand zu Frau Helbing ein. Aber sein Blick und seine Gesten waren nicht vertrauenswürdig, ohne dass Frau Helbing das hätte genauer erklären können. Er hatte den Habitus eines Gebrauchtwagenhändlers, die Aura eines notorischen Schwarzfahrers. Frau Helbing wollte ihn nicht in ihrer Wohnung haben.

»Würden Sie mir einen Gefallen tun und mich anrufen, wenn Sie Herrn von Pohl sehen? Ich mache mir tatsächlich Sorgen.«

Herr Pfründer reichte Frau Helbing eine Visitenkarte. *Orthopädietechnik Pfründer – Prothesen und Orthesen nach Maß* stand auf dem weißen Karton.

Frau Helbing überlegte, ob sie Herrn Pfründer vielleicht falsch einschätzte. Orthopädietechnik klang nicht unseriös. Im Gegenteil, der Begriff suggerierte eine Veranlagung zur Hilfsbereitschaft, die Fähigkeit, Empathie zu empfinden, und den Wunsch, dem Leid anderer den Kampf anzusagen.

Sie musterte den Freund von Herrn von Pohl erneut. Sein Äußeres stand in eklatanter Diskrepanz zu seinem Beruf. Er könnte auch gut einen illegalen Pokerclub im Hinterzimmer eines Striplokals betreiben, ohne dass jemand stutzig werden würde. Unter dem weit aufgeknöpften Hemd trug er eine Goldkette.

»Mache ich«, sagte Frau Helbing und griff nach der Karte.

»Was hatten Sie denn Wichtiges vor mit Ihrem Freund?«, fragte sie so beiläufig wie möglich.

Herr Pfründer war aber niemand, den man einfach so ausfragen konnte.

»Neugierig sind Sie wohl nicht«, stellte er knapp fest. Er war nicht beleidigt, aber sein Tonfall unterstrich eindeutig, dass er nicht zum Plaudern aufgelegt war und einer alten Frau private Dinge ohnehin nicht preisgeben würde.

Nachdem Herr Pfründer gegangen war, saß Frau Helbing am Küchentisch und begann sich zu sorgen. Sie verspürte eine ungewöhnliche Anspannung. Umso erleichterter war sie, als es eine Stunde später wiederum an ihrer Tür läutete. Es handelte sich aber nicht um Herrn von Pohl, sondern ein Paketbote fragte durch die Sprechanlage, ob Frau Helbing ein Päckchen annehmen würde. Frau Helbing stöhnte. Es war die Pest. Sie hatte den Eindruck, alle Bewohner ihrer Straße, der Rutschbahn, bestellten nur noch im Internet, aber außer ihr selbst war tagsüber niemand zu Hause. Wie eine Seuche hatte sich dieser Trend ausgebreitet. Kaufen, ohne das Haus zu verlassen, aber nicht im Haus sein, wenn geliefert wird.

Die Pakete der umliegenden Häuser anzunehmen hatte sie bereits vor langer Zeit aufgegeben. Anfangs hatte sie unter der Woche bis zu zwanzig Sendungen im Flur gestapelt. Die Leute kamen zum Abholen, wenn sie Zeit hatten, klingelten Sturm und hielten ihr einen Benachrichtigungsschein unter die Nase. Oft spät am Abend. Diese Menschen waren sogar so unhöflich, Frau Helbing bei den *Tagesthemen* zu stören. Das hatte sie nicht lange mitgemacht. Ein solch ungebührliches Benehmen konnte sie nicht gutheißen. Jetzt nahm sie nur noch für ihre direkten Nachbarn im Haus etwas an. Und denen hatte sie auch gesteckt, welche Öffnungszeiten ihre Annahmestelle hatte und dass man auch ruhig mal Danke sagen konnte, wenn eine alte Frau für das ganze Haus zur Verfügung stehe. Danach ebbte der Lieferwahnsinn ab. Der Lehrer gegenüber hatte jetzt ein Fach in einer Packstation. Die Bewohner im Erdgeschoss ließen sich gewöhnlich ihre Ware an diverse Geschäftsadressen liefern. Blieben noch Herr und Frau Paulsen im dritten Stock, die ebenfalls seit den Sechzigerjahren hier wohnten, und Herr von Pohl.

Die Paulsens waren noch vom alten Schlag. Die kauften in Einzelhandelsgeschäften und zahlten bar. Herr von Pohl war da nicht ganz so konservativ. Er war Premium-Kunde eines Internet-Versandhauses, und Frau Helbing hatte schon des Öfteren etwas für ihn entgegengenommen. Für Herrn von Pohl tat sie das gerne. Der Fagottist kam nicht zu den unmöglichsten Zeiten, um seine Pakete abzuholen, sondern stets am Nachmittag. Dann trank er einen Kaffee bei Frau Helbing und plauderte ein wenig. Herr von Pohl wirkte nicht so gestresst wie die meisten anderen Menschen heutzutage. Das fand Frau Helbing sympathisch. Außerdem konnte sie ganz nebenbei sehen, was sich ihr Nachbar so zuschicken ließ.

Das Päckchen, das ein sehr müde aussehender Mann in einem verschwitzten T-Shirt bei ihr abgab, war ziemlich klein. Es hatte nicht einmal die Größe einer Schuhschachtel. Und es wog auch nicht viel.

Natürlich warf Frau Helbing einen Blick auf den Absender. *Büchsenmacherei Möller, Jagdzubehör und Trachten* stand da. Frau Helbing hätte nicht überraschter sein können. Was bestellte Herr von Pohl bei einem Waffenhändler? Diese Sendung war ihr nicht geheuer. Meist schüttelte sie die angenommenen Pakete. So, wie Kinder Überraschungseier am Ohr rüttelten, weil sie glaubten herauszuhören, was sich in den Plastikkapseln befinden könnte. Frau Helbing war aber zu ängstlich, um dieses Päckchen heftig zu bewegen. Vielleicht befand sich eine Pistole darin, die unkontrolliert losgehen könnte.

Plötzlich passten so viele Dinge nicht zusammen. Herr von Pohl war verschwunden und das Paket eines Jagdzubehörgeschäftes traf ein. Hatte sie irgendetwas nicht mitbekommen oder falsch verstanden? Sie legte die Lieferung auf die Arbeitsplatte und hielt einen Sicherheitsabstand ein. Gerade als sie sich wieder gefangen hatte, klingelte es erneut. Es ging ja zu wie auf dem Hauptbahnhof heute. Diesmal war es Melanie, die sich über die Gegensprechanlage meldete.

»Melanie hier. Kannst du mich bitte mal reinlassen?«, sagte sie. Ihre Stimme klang gestresst.

Frau Helbing öffnete die Tür. Sie freute sich, Melanie wiederzusehen. Vielleicht wusste die Klarinettistin, wo sich Herr von Pohl heute rumtrieb.

Frau Helbing wurde allerdings enttäuscht. Sie hatte Melanie in ihre Küche gebeten, Saft angeboten und auch Schnittchen offeriert, aber die Musikerin wollte von alledem nichts wissen. Sie war selbst auf der Suche nach dem Fagottisten. Richtig besorgt war sie. Herr von Pohl war weder zur Generalprobe für ein am Abend anstehendes Konzert erschienen noch telefonisch erreichbar. Und das, obwohl er als überaus zuverlässig galt.

Frau Helbing dachte kurz nach und entschied, die Polizei zu informieren. Sie hatte das sichere Gefühl – auch weil sie schon mindestens zweihundert Kriminalromane gelesen hatte –, dass etwas passiert war und dringend gehandelt werden musste.

Entschlossen wählte Frau Helbing den Notruf und verlangte nach einem Streifenwagen. Danach rief sie Herrn Pfründer an und zitierte ihn in die Rutschbahn. Zu dritt würden sie glaubhaft darlegen können, dass aufgrund der Annahme, Herrn von Pohl sei etwas zugestoßen, die Wohnung des Fagottisten aufgebrochen werden musste.

Frau Helbing hatte keine Zweifel mehr, dass ihr Nachbar einem Verbrechen zum Opfer gefallen war.

4

Herr von Pohl war nackt. Völlig unbekleidet lag er auf dem Boden seines Arbeitszimmers. Direkt zwischen dem Schreibtisch und dem E-Piano. Offensichtlich war er gestürzt. Er hatte eine große Platzwunde am Kopf. Seine Füße waren auffällig geschwollen. Dick und knubbelig, wie zwei Kefir oder Blumenkohle, hingen sie an seinen verdrehten Beinen.

Frau Helbing erkannte sofort, dass der Fagottist nicht mehr lebte. Mit totem Fleisch kannte sie sich aus. Hermann hatte die geschlachteten Kälber und Schweine immer an einem Haken hinter der Wurstküche aufgezogen. Die Haut der toten Tiere erinnerte Frau Helbing stets an Pappe. An diesen billigen Kram, mit dem Dekoartikel aus China verpackt waren. Einfache Zellulose, mürbe und grau wie alte Tapeten, die von feuchten Wänden geschabt wurden.

Die Haut des Fagottisten war ebenfalls fahl und schlaff. Neben Herrn von Pohl kniete ein Polizist und tastete vergeblich nach einem Puls.

»Der Mann ist tot«, stellte er nach kurzer Zeit fest. »Sie müssen sofort die Wohnung verlassen.«

Er richtete seine Worte an Frau Helbing, Herrn Pfründer und Melanie. Alle drei waren unaufgefordert dem Beamten in die Wohnung gefolgt und standen nun im Halbkreis um den Leichnam.

Frau Helbing registrierte sofort, dass Herr von Pohl beim Telefonieren gestürzt war. Und zwar nach vorne. Er lag auf dem Bauch und neben ihm das schnurlose Telefon. Offenbar hatte er es in der Hand gehalten, als er gefallen war. Ein kleines Stück des Plastikgehäuses war angebrochen. Aber warum hatte er nackt telefoniert?

Frau Helbing sah sich um. Die Wohnung machte nicht den ordentlichen Eindruck, den sie von ihrem Nachbarn gekannt hatte. Es kam ihr vor, als hätte hier jemand Fremdes rumgewühlt. Kleinigkeiten fielen ihr auf: Einige Schubladen waren nicht bündig geschlossen, Noten lagen auf dem Boden herum. Sie versuchte, sich alle Details der Szenerie einzuprägen.

Herr von Pohl war ein sehr ordentlicher Mensch gewesen. Frau Helbing wusste das. Mehrfach hatte sie seine Wohnung in Augenschein genommen. Das erste Mal kurz nach seinem Einzug. Damals brachte sie ihm einen Teller Linsensuppe. Linsensuppe kochte sie immer in einem großen Topf. Sonst machte das keinen Spaß. Und weil sie unmöglich eine solche Menge aufessen konnte – auch nicht an zwei aufeinanderfolgenden Tagen –, füllte sie für Herrn von Pohl eine Portion ab und klingelte spontan an seiner Tür. Der war über eine warme Mahlzeit hocherfreut gewesen und hatte sie hereingebeten, um ihr seine neue Wohnung zu präsentierten. Es war auffallend aufgeräumt gewesen bei ihm. Hermann hätte sich in Sachen Ordnung eine Scheibe abschneiden können, hatte Frau Helbing damals gedacht. Der hätte es nicht einmal gemerkt, wenn sie die Klamotten im Flur gestapelt hätte, anstatt sie im Kleiderschrank zu sortieren.

Bei dem Fagottisten war alles picobello gewesen. Die ganze Wohnung war ungewöhnlich sauber für einen alleinstehenden Mann, und vor allem war alles ordentlich arrangiert. Die Sofakissen waren nicht lieblos hingeworfen, sondern akkurat platziert. Zeitschriften waren in dem dafür vorgesehenen Ständer einsortiert. Schlüssel hingen am Schlüsselbrett, und Geschirr stand gespült und peinlich genau angeordnet auf der Arbeitsplatte. Frau Helbing hatte nichts zu meckern gehabt.

Jetzt aber wirkte die Wohnung unaufgeräumt. Nicht wie nach einer wilden Party. Aber es fehlte Struktur.

Nun hätte es sein können, dass Herr von Pohl gerade wenig Zeit gehabt hatte, sich der Pflege seines Heims zu widmen, oder krankheitsbedingt den Schlendrian hatte einkehren lassen. Frau Helbing war sich aber sicher, dass es andere Gründe für diese Unordnung geben musste.

Melanie und Herr Pfründer hatten die Wohnung bereits verlassen. Frau Helbing dagegen stand noch immer im Arbeitszimmer. Gerne hätte sie jetzt in Ruhe den Tatort untersucht. Sie verspürte den Drang, einen Blick in die anderen Räume zu werfen.

»Bitte gehen Sie jetzt«, drängte sie der Polizist mit Nachdruck zum Verlassen der Wohnung. »Hier müssen Ermittlungen aufgenommen werden.«

Er war der ranghöhere Ordnungshüter. Sein jüngerer Kollege stand mit dem Angestellten des Schlüsseldienstes im Treppenhaus und regelte den Papierkram.

Gemeinsam hatten Frau Helbing, Herr Pfründer und Melanie die Polizisten davon überzeugt, die Wohnung von Herrn von Pohl öffnen zu lassen. Erst hatten diese abgewiegelt, da nicht jede Tür einfach so aufgebrochen werden könne, nur weil ein paar Nachbarn und Freunde einen Tag lang nichts von ihrem Bekannten gehört hätten. Außerdem klärten sich weit über neunzig Prozent aller Vermisstenfälle innerhalb kürzester Zeit von selbst, hatten die Beamten als Argument vorgebracht. Dann aber hatte Melanie sehr resolut auf die Probe und das Konzert hingewiesen und sich dafür verbürgt, dass Herr von Pohl in den letzten zwanzig Jahren nie einen Termin oder Auftritt verpasst habe. Er war nicht einmal verspätet erschienen.

Jetzt, da Herr von Pohl steif wie ein gefrorenes Kaninchen auf dem Boden lag, hatten die Polizisten keinen Zweifel mehr an der Dringlichkeit, die in dieser Situation geboten war. Der Ältere hatte Meldung über Funk gemacht und die Verantwortung an Vorgesetzte und höhere Instanzen abgegeben. Das hier war nichts für einen kleinen Wachtmeister. Seine Aufgabe war es jetzt, den Ort des Geschehens abzusichern. Er durfte hier keine Zivilisten dulden.

Frau Helbing bewegte sich nur widerwillig in Richtung Ausgang. Vom Flur aus konnte sie in die Küche und das Bad spähen. Als sie ihren Kopf durch die geöffnete Wohnzimmertür stecken wollte, legte der Polizist seine Hand an ihren Oberarm und schob sie weiter.

»Sie müssen jetzt wirklich raus hier«, sagte er ungehalten. Frau Helbing warf einen Blick auf sein Namensschild. Dann sah sie ihn streng an. Sie konnte die Autorität einer alten Lateinlehrerin ausstrahlen.

»Wissen Sie was, Herr Wöbel«, sagte sie ruhig, aber bestimmt. »Herr von Pohl ist ermordet worden.«

»Was Sie nicht sagen.«

Herr Wöbel nahm sie nicht ernst. Lateinlehrerin hin oder her. Mit sanftem Druck drängte er Frau Helbing weiter.

»Ich möchte, dass Sie das ihren Vorgesetzten melden«, sagte Frau Helbing unbeirrt. »Ich glaube, hier liegt ein Verbrechen vor.«

»Die Umstände des Todes werden bestimmt nicht von Ihnen aufgeklärt«, sagte der Wachtmeister gereizt. »Gehen Sie jetzt.«

Beim Verlassen der Wohnung fiel Frau Helbing die Garderobenecke neben der Gegensprechanlage ins Auge. Die Jacken hingen schief auf den Bügeln und aus einem Sakko ragten die Taschenfutter heraus. Sie prägte sich das Bild ein, bevor Herr Wöbel die Tür hinter ihr ins Schloss drückte.

Melanie verabschiedete sich im Treppenhaus. Die Klarinettistin hatte es eilig. Schließlich musste eine Vertretung für Herrn von Pohl gefunden werden. Und Fagottisten sind rar. Das Konzert werde aber nicht abgesagt, hatte sie in einem kurzen Telefonat geklärt. Sie gab Frau Helbing ihre Telefonnummer und versprach, sich am folgenden Tag bei ihr zu melden.

Herr Pfründer wartete auf Geheiß der Polizei vor der Wohnung im dritten Stock, um für eventuelle Fragen zur Verfügung zu stehen. Schließlich war er mit Herrn von Pohl befreundet gewesen und kannte Lebensumstände, Gewohnheiten und die familiäre Situation des Verstorbenen.

Frau Helbing ging in ihre Wohnung und rief Heide an.

»Herr von Pohl ist tot«, sagte sie knapp.

»Nein!«, rief ihre Freundin. »Das ist ja ein Ding.«

»Er liegt oben in seiner Wohnung«, fuhr Frau Helbing fort. »Nackt auf dem Fußboden.«

»Wie aufregend!«

Frau Helbing wusste, dass Heide jetzt alles stehen und liegen ließ, auf einer der zahlreichen bequemen Sitzgelegenheiten in ihrem gigantischen Wohnzimmer Platz nahm und die Ohren spitzte. Heide war eine Tratschtante. Schon immer gewesen.

»Erzähl! An was ist er denn gestorben?«, fragte Heide aufgeregt.

»Das weiß ich noch nicht. Ich habe ihn nur kurz gesehen. Seine Füße waren geschwollen. Das sah komisch aus.«

»An geschwollenen Füßen ist meines Wissens nach noch keiner gestorben«, warf Heide ein.

»Das hat was mit seinem Tod zu tun. Da bin ich mir sicher. Ich glaube, er ist ermordet worden.«

»Ach Franzi, du hast wieder zu viele Krimis gelesen«, wiegelte Heide ab.

Frau Helbing versuchte, sich nicht aufzuregen. Weder wollte sie Franzi genannt, noch in eine Ecke mit verbohrten alten Krimitanten gestellt werden.

»Er war am Telefonieren«, antwortete sie ruhig. »Nackt. Wer stirbt einfach so, beim Nackttelefonieren?«

»Mein Gott. Das kann passieren. Hans ist auch im Garten tot umgefallen. Kannst du dich noch erinnern? Herzinfarkt. Das ist so eine Sache mit den Gefäßen und dein von Pohl war auch nicht mehr der Jüngste.«

»Bei Herrn von Pohl war aber jemand in der Wohnung. Nach seinem Tod. Da bin ich mir sicher. Der Mörder hat rumgewühlt. Der hat was gesucht.«

»Vielleicht war es ja eine Mörderin«, warf Heide ein, die plötzlich Spaß daran gefunden hatte, über einen vermeintlichen Mord zu fabulieren.

»Das kann natürlich sein«, räumte Frau Helbing ein. »Um über das Geschlecht des Täters zu spekulieren, ist es noch zu früh.«

»Wie ist der oder die denn in die Wohnung gekommen?« Heide kam in Fahrt. »Und hat er oder sie den nackt telefonierenden Musiker erschlagen oder erstochen? Ragte zufällig ein Messer aus seinem Rücken?«

Frau Helbing fühlte sich veralbert. Heide nahm sie nicht ernst.

»Ob du es glaubst oder nicht«, sagte Frau Helbing und bemühte sich sachlich zu bleiben, »gestern Morgen war er noch bei mir. Ganz komisch ist er gewesen. Ein bisschen wirr. So habe ich ihn noch nie erlebt. Von Dingen, die sich anbahnen und über einen hereinbrechen, hat er gesprochen. Ich bin mir sicher, dass in seinem Leben etwas Außergewöhnliches passiert ist oder eine Veränderung kurz bevorstand.«

»Es hat sich ja was verändert«, sagte Heide. »Er ist aus dem Leben geschieden. Mehr geht nicht. Also an Veränderung.«

»Heide!« Frau Helbing war genervt. »Kannst du mich bitte ernst nehmen? Mein Nachbar wurde ermordet. Ich weiß das, auch wenn ich noch keine Beweise habe. Die Dinge werden sich fügen. Aber versuch nicht, alles ins Lächerliche zu ziehen.«

»Franziska«, sagte Heide. »Sei doch mal vernünftig. Du hast das Gefühl, jemand war in Herrn von Pohls Wohnung. Ein Gefühl! Damit willst du zur Polizei gehen und behaupten, der Mann wäre umgebracht worden? Nur weil dir irgendetwas komisch vorkommt?«

Frau Helbing überlegte. Vielleicht sollte sie die Theorie von einem Mord erst einmal für sich behalten. Zu viele Dinge waren unklar. Vor allem natürlich die Todesursache. Sie hatte nur Annahmen, die auf ihrem Instinkt beruhten. Ungereimtheiten, aber keine Beweise. Sie musste erst recherchieren und Fakten zusammentragen, die in ihrer Gesamtheit einen unwiderlegbaren Tathergang nachzeichneten.

»Wahrscheinlich hast du recht«, sagte Frau Helbing betont einsichtig. »Vielleicht ist er einfach tot umgefallen, und ich habe nur zu viele Krimis gelesen.«

»So vernünftig kenne ich dich ja gar nicht«, sagte Heide verblüfft. »Halte mich auf dem Laufenden. Ich muss mich langsam fertig machen. Heute gehe ich in die Oper. Willst du mitkommen? *Così fan tutte*. Das ist übrigens auch von Mozart.«

»Lass mal, Heide.«

Frau Helbing hatte jetzt keine Zeit für Mozart. Sie musste nachdenken. Wenn Herr von Pohl ermordet worden war, was war der Grund dafür? Angenommen, der Mörder hatte etwas gesucht. Hatte er es gefunden? Fehlte etwas?

Das Einzige, was offensichtlich fehlte, war eine Fußmatte im Badezimmer. Frau Helbing hatte kurz in den Feuchtraum des Fagottisten geschaut. Auf dem Boden waren die üblichen Spuren, die man in einem Duschbad hinterlässt. Kleine Punkte, die über den Boden versprenkelt den Fliesen ihren Glanz nahmen. Typischerweise Reste von Wassertropfen, die nach dem Trocknen eine feine Schicht aus Seife und Kalk hinterließen. Dazu die unvermeidlichen Körperhaare, lose auf dem Boden verteilt. Es war jetzt nicht besonders schmutzig, aber die wöchentliche Reinigung hatte vermutlich unmittelbar bevorgestanden. Nur ein sechzig mal sechzig Zentimeter großes Quadrat vor der Duschwanne war frei von jeglichen Rückständen gewesen. Frau Helbing erinnerte sich an eine absolut saubere Fläche. Hier musste eine Fußmatte gelegen haben. Und zwar bevor Herr von Pohl das Bad verlassen hatte. Das stand für Frau Helbing außer Zweifel. Aber wer tötet einen Menschen, um dann eine Fußmatte zu entwenden? Das ergab keinen Sinn. Vielleicht hatte der Täter einen gestohlenen Gegenstand darin eingewickelt. Oder er hatte Herrn von Pohl den Vorleger über den Kopf gezogen, um ihn überwältigen zu können. Frau Helbing würde heute keine Antwort auf diese Fragen finden. Sie ging in die Küche und belegte eine Scheibe Brot mit Blutzungenwurst und Gurkenscheiben.

In der Wohnung über sich hörte sie viele Leute hin und her laufen. Noch immer waren die Kriminalpolizei und die Spurensicherung zugange. Zu gerne hätte Frau Helbing jetzt Mäuschen gespielt. Es kribbelte ihr geradezu in den Fingern, nach oben zu gehen und die Wohnung unter die Lupe zu nehmen. Das war natürlich nur ein Wunschgedanke. Herr Wöbel, oder welcher Polizist auch immer vor der Tür stand, würde sie mit Sicherheit nicht hineinlassen.

Nachdem sie gegessen hatte, warf Frau Helbing einen Blick aus dem Fenster und beobachtete, wie ein Leichenwagen vorfuhr. Zwei schwarz gekleidete Männer wuchteten einen Metallsarg heraus. Ein paar Nachbarn standen auf dem Bürgersteig und glotzten.

Frau Helbing zog die Gardinen zu, setzte sich in ihren bequemen Sessel und versuchte zu lesen. Nach wenigen Absätzen gab sie auf. Das war der dritte Tag in Folge, an dem sie sich nicht auf einen Krimi konzentrieren konnte. Nach dem Konzert am Sonntag war sie zu müde gewesen, was auch an den beiden Gläsern Champagner lag, die sie nachmittags getrunken hatte. Gestern war sie voller Sorge gewesen, weil sie Herrn von Pohl das Fagott nicht zurückgeben konnte. Und heute drehten sich ihre Gedanken um den toten Musiker, der so unerwartet aus dem Leben geschieden war.

Das kannte sie gar nicht. Normalerweise tauchte sie in die jeweilige Geschichte ein, sobald sie ein Buch aufschlug. Oft war sie so in eine Erzählung versunken, dass sie nicht einmal das Klingeln des Telefons registrierte. Ein Buch war wie ein Rückzugsort für sie. Jetzt konnte sie nicht zwei Sätze hintereinander lesen, ohne in Gedanken abzuschweifen. Die Frage, warum ihr Nachbar sterben musste, ließ sie nicht los.

Obwohl sie keine Beweise hatte, war Frau Helbing von der Idee gefesselt, Herr von Pohl sei ermordet worden.

Sie nahm ein Blatt Papier und notierte sich einige Stichpunkte. *Beobachtungen* schrieb sie oben mittig. Untereinander notierte sie:

- *Platzwunde*
- *geschwollene Füße*
- *beim Telefonieren gestürzt*

- *Wohnung vermutlich durchsucht (Schubladen nicht ordentlich geschlossen, Jackentaschen an Garderobe auf links gezogen)*
- *Fußmatte im Bad fehlt*

Dann fiel ihr nichts mehr ein.

Müde betrachtete sie ihre dürftigen Notizen. Viel war es nicht, was Frau Helbing zu Papier gebracht hatte. »Morgen ist auch noch ein Tag«, sagte sie zu sich selbst und beschloss, ins Bett zu gehen.

Vorher machte sie sich noch eine Wärmflasche. Der erste kühle Herbstabend fühlte sich ungemütlich an. Vielleicht war es auch der Gedanke, Herr von Pohl werde gerade in einen Sarg gelegt, der Frau Helbing frösteln ließ.

5

Starker Wind, dachte Frau Helbing. Mit kräftigen Böen aus Nordwest. Vielleicht etwas Regen. Bei dem Sturm, der sich über der Hansestadt zusammenbraute, konnte sie die Niederschlagsmenge schlecht vorhersagen. Es würde nicht so stark pusten, dass sich die Schirme auf links klappten, aber rauer würde es werden, und die milden Sonnentage des Herbstes waren sehr wahrscheinlich Geschichte.

Das war für Frau Helbing aber zweitrangig. Sie stand am Fenster und dachte an ihren toten Nachbarn. Um sich besser konzentrieren zu können, hatte sie das Radio ausnahmsweise nicht eingeschaltet. Sie wich nicht oft von ihrem morgendlichen Ritual ab. Natürlich lief der Kaffee schon durch die Maschine, und der Frühstückstisch war ebenfalls gedeckt. Mit Graubrot und Quittengelee. Aber heute bevorzugte sie Ruhe.

Sie nahm den Zettel, auf dem sie am vorherigen Abend ihre Notizen zum Fall von Pohl notiert hatte, und begann in einer neuen Spalte, die Namen der Menschen einzutragen, die mit Herrn von Pohl in Zusammenhang gebracht werden konnten. Georg Pfründer schrieb sie. Darunter Melanie. Frau Helbing bemerkte, dass ihr der Nachname der Klarinettistin nicht bekannt war. Dann notierte sie Hanni und Nanni. Sie seufzte und legte den Stift aus der Hand. Von diesen Frauen kannte sie nicht einmal die richtigen Vornamen. Ihre Informationen waren wirklich sehr spärlich. Vielleicht war es doch nur eine lächerliche Vermutung, Herr von Pohl sei umgebracht worden. Die alberne Idee einer Krimitante, die selbst gerne einmal einen Mord aufklären wollte. Sie stand auf und schaltete das Radio ein. Ihr Frühstück ohne die Acht-Uhr-Nachrichten zu beenden, war dann doch zu viel Abweichung von ihren Gewohnheiten.

Der morgendliche Abwasch war schnell erledigt. Ein Messer, ein Brettchen, ein Kaffeebecher. Mehr benutzte Frau Helbing zu früher Stunde nicht. Sie wäre nie auf die Idee gekommen, das Geschirr über den Tag zu sammeln und abends in einem Schwung zu spülen. Eine solche Unordnung in ihrer Küche würde sie nicht lange aushalten.

Nachdem sie alles gereinigt und den Tisch abgewischt hatte, beschloss Frau Helbing, einkaufen zu gehen. Sie brauchte Kaffee. Wobei sie das Pulver nicht dringend benötigte, denn gerade eben hatte sie ihrem Schrank ein Paket Milde Mischung entnommen und geöffnet. Es war also noch fast ein ganzes Pfund gemahlener Bohnen in ihrem Haushalt vorhanden. Aber Frau Helbings strenge Speisekammerregel besagte, dass unverzüglich Ersatz beschafft werden musste, wenn der letzte Vorrat angebrochen wurde. Das war schon ein Leitsatz ihrer Mutter gewesen, und die penible Einhaltung dieser vorausschauenden Lagerhaltung hatte sich im Laufe der Jahrzehnte bewährt. Frau Helbing fehlte nie etwas im Haushalt. Die Paulsen aus dem Dritten dagegen hatte oft an Frau Helbings Tür geklingelt. Meist am Wochenende. Die Nahrungsmittelbeschaffung dieser Frau war eine Katastrophe. Mehl, Eier, Zwiebeln. An irgendetwas mangelte es Frau Paulsen immer.

Frau Helbing zog ihre Popelinejacke mit dem gesteppten Innenfutter aus dem Kleiderschrank. Bei starkem Wind, so wie heute, fror sie leicht. Sicherheitshalber steckte sie ihren Knirps in die Handtasche.

Nachdem der Kaffee besorgt war, besuchte Frau Helbing Herrn Aydin. Sie musste ihn unbedingt vom Tod des Fagottisten in Kenntnis setzen. Nicht, weil sie den neuesten Tratsch hinausposaunen wollte. Das war nicht ihre Art. Nein, sie dachte ganz praktisch und wollte Herrn Aydin davor bewahren, überflüssigerweise die Ärmel an Herrn von Pohls Jackett zu kürzen. Das tat nicht Not, wie der Hamburger sagte. Jetzt nicht mehr.

Wenig später saß Frau Helbing mit einem Glas gesüßten Tees in der Hand auf ihrem Stuhl in Herrn Aydins Schneiderei. Auch Herr Aydin hatte sich heute dem herbstlichen Wetter entsprechend gekleidet. Er trug natürlich keine Popelinejacke, sondern ein braunes Cordsakko, und statt einer Krawatte hatte er einen Seidenschal um den Hals gebunden. Er sah nach altem englischen Landadel aus. Frau Helbing fand, diese Kombination stand Herrn Aydin sehr gut.

Nachdem Frau Helbing ihr Teeglas geleert hatte, sagte sie:

»Mein Nachbar, der Fagottist, ist tot.«

»Ich weiß«, antwortete Herr Aydin.

Er hatte seine Arbeit nicht eine Sekunde unterbrochen. Konzentriert schob er den Saum einer gekürzten Anzughose unter der Nadel seiner Nähmaschine durch.

»Wer hat das denn schon rumposaunt?«, empörte sich Frau Helbing und schüttelte den Kopf. »Vor nicht einmal vierundzwanzig Stunden wurde der Leichnam entdeckt und heute Morgen weiß es schon das ganze Viertel.«

Herr Aydin lächelte. Er hatte die Naht vollendet und schnitt den Faden durch, der wie eine Nabelschnur die Hose mit der Maschine verband.

»Was ins Ohr geflüstert wird, Frau Helbing, ist tausend Meilen weit zu hören«, sagte er. »Ich bin kein neugieriger Mensch. Ich sitze hier, mache meine Arbeit und höre, was mir zugetragen wird.«

»So habe ich das gar nicht gemeint«, beeilte sich Frau Helbing zu sagen. »Sie sind genauso wenig neugierig, wie ich eine Tratschtante bin. Eigentlich bin ich nur gekommen, um Ihnen unnötige Arbeit zu ersparen.«

»Das habe ich mir gedacht«, sagte der Schneider. »Wissen Sie, Frau Helbing, Sie sind ein Schatz«, fügte er hinzu.

Frau Helbing wurde ganz verlegen, weil Herr Aydin mit ernstem Ton sprach und ihr dabei direkt in die Augen sah.

»So. Meinen Sie?«, stotterte Frau Helbing.

»Ja, meine ich«, bestätigte Herr Aydin.

Er begann die eben genähte Hose mit einem Dampfbügeleisen zu glätten.

»Haben Sie einen Verdacht?«, fragte er beiläufig.

»Verdacht?«, fragte Frau Helbing überrascht.

»Nun. Man munkelt, Sie glauben, Herr von Pohl wäre ermordet worden.«

»Ach! Das munkelt man?«

Frau Helbing war entrüstet. Sie hatte lediglich dem

Polizisten, diesem Wöbel, gegenüber erwähnt, dass sie Ungereimtheiten im Fall von Pohl vermutete. Und jetzt sprach offenbar der ganze Block davon.

Herr Aydin legte die Hose über einen Bügel. Er strich noch einmal liebevoll den Stoff glatt und warf einen prüfenden Blick auf sein Werk, bevor er das Kleidungsstück auf dem Ständer mit den fertigen Aufträgen platzierte. Er sagte nichts. Herr Aydin konnte warten. Er hatte die Begabung, sich für andere zu öffnen. Für Menschen, die etwas loswerden, sich jemandem anvertrauen wollten. Frau Helbing wusste das schon lange.

»Ich glaube, in Herrn von Pohls Wohnung war jemand. Und zwar nach dessen Tod«, sagte sie leise. »Und dieser Jemand hat etwas gesucht. In den Schubladen, in den Schränken. Überall. Auch in den Jackentaschen an Herrn von Pohls Garderobe.«

Herr Aydin hörte aufmerksam zu. Nebenbei breitete er ein Abendkleid auf dem Arbeitstisch aus, das bereits mit kleinen Nadeln abgesteckt war. Im Plauderton sagte er:

»Das Sakko von Herrn von Pohl habe ich schon hier vorne hängen.«

Er zeigte auf ein dunkelblaues Jackett, das an einem Haken neben der Tür zu den hinteren Räumen baumelte.

»Vielleicht kommt ein Verwandter oder die Polizei, um es abzuholen. Ich weiß es nicht.«

Er zuckte mit den Schultern.

Frau Helbing schielte interessiert auf das Kleidungsstück des toten Musikers. Die Jacken, die in Herrn von Pohls Wohnung an der Garderobe hingen, hatte jemand durchsucht. Da war sich Frau Helbing sicher. Mindestens zwei der Taschen waren herausgezogen worden. Herr von Pohl hätte niemals das Futter auf links aus einem seiner Jacketts baumeln lassen. So eine schlampige Nachlässigkeit passte nicht zu ihm. Bei diesem Sakko hier konnten die Taschen aber nicht durchsucht worden sein. Es hing – nach Aussage von Herrn Aydin – bereits seit einer Woche in der Änderungsschneiderei.

»Möchten Sie noch ein Glas Tee?«, fragte Herr Aydin freundlich.

Frau Helbing stutzte. Noch nie in all den Jahren hatte sie ein zweites Glas Tee angeboten bekommen. Nicht, weil Herr Aydin knauserig oder nicht gastfreundlich gewesen wäre. Das Ritual beinhaltete einfach nur ein Getränk, und Frau Helbing war auch stets mit einer Portion aufgebrühter Blätter zufrieden gewesen.

»Ich bringe Ihnen noch eins«, sagte Herr Aydin, ohne eine Antwort abzuwarten, und verschwand durch die Tür in den hinteren Teil des Ladens.

Jetzt verstand Frau Helbing. Der Schneider bot ihr die Möglichkeit, die Jacke von Herrn von Pohl genauer zu untersuchen. Sie ergriff die Gelegenheit beim Schopfe. Schnell ging sie zur Wandgarderobe und ließ ihre Hand in die Taschen des dunkelblauen Sakkos gleiten. In der rechten Außentasche wurde sie fündig. Sie zog einen Notizzettel heraus. Er war handschriftlich verfasst, aber ohne Lesebrille konnte ihn Frau Helbing unmöglich entziffern. Herr Aydin kam bereits zurück. Er kündigte sich überdeutlich an und rief laut aus dem Nebenzimmer: »So, Frau Helbing! Ich komme!«

Schnell steckte Frau Helbing den Zettel ein und setzte sich wieder auf ihren Platz.

Herr Aydin lächelte schelmisch, als er ihr den Tee überreichte. Es hatte ihm offenbar eine diebische Freude bereitet, die alte Dame auf die Jacke aufmerksam zu machen.

»Halten Sie es denn für abwegig, dass Herr von Pohl einen gewaltsamen Tod gestorben ist?«, fragte Frau Helbing.

Die Meinung von Herrn Aydin war für sie von Bedeutung.

»Nun.« Der Schneider wog seine Worte ab, bevor er sprach. »Es ist grundsätzlich nie auszuschließen, dass jemand ermordet worden ist. Manchmal klärt das nur eine Obduktion, und auch dann bleibt oft die Frage: Ist der Verstorbene gestürzt oder wurde er gestoßen? Die Dunkelziffer bei Kapitalverbrechen ist meines Wissens nach enorm hoch. Herrn von Pohl kannte ich nur flüchtig. Es steht mir nicht zu, hier eine Vermutung zu äußern. Aber gehen Sie der Sache nach, Frau Helbing. Ich bin mir sicher, Sie werden das zweifelsfrei klären.«

Frau Helbing staunte immer wieder, wie korrekt sich Herr Aydin ausdrücken konnte, obwohl er doch türkische Wurzeln hatte. Er plapperte auch nicht einfach drauflos, sondern formulierte wohlüberlegte, geschliffene Sätze.

»Ihnen wird ja viel zugetragen, Herr Aydin«, versuchte Frau Helbing vorsichtig, an Informationen zu gelangen. »Gibt es vielleicht jemanden, der Herrn von Pohl gegenüber feindselig eingestellt war?«

Herr Aydin hatte das Abendkleid geschickt auf der Arbeitsplatte drapiert und wechselte den Faden der Nähmaschine.

»Nicht, dass ich wüsste«, sagte er.

»Herr Prötz soll ja mal durch seinen Kiosk gebrüllt haben: ›Diesen Fagott-Idioten bringe ich irgendwann um. Sind wir hier bei den Hottentotten, oder was?‹«, sagte Frau Helbing. Fast entschuldigend ob dieser wüsten Wortwahl, fügte sie schnell hinzu: »Also, das hat mir Frau Paulsen vor ein paar Wochen gesagt.«

Herr Aydin hielt in der Arbeit inne. Er verzog das Gesicht, als hätte er in eine Zitrone gebissen.

»Herr Prötz«, sagte er.

In diesen zwei Worten lag eine ganze Geschichte. Herr Aydin hatte auf der Orgel der Psychoakustik alle Register gezogen. So, wie er »Herr Prötz« gerade ausgesprochen, ja ausgespuckt hatte, wäre es für einen Psychologen kein Problem gewesen, eine fünfzehnseitige Abhandlung über die geistigen Eigenschaften und Persönlichkeitsmerkmale des Kioskbesitzers aus der Grindelallee zu Papier zu bringen.

Und Herr Prötz wäre nicht gut dabei weggekommen.

Herr Aydin und Uwe Prötz hätten gegensätzlicher nicht sein können. Auch wenn die Tatsache, dass beide selbstständig waren und einen Laden im Viertel betrieben, nicht von der Hand zu weisen war. Damit hörten die Gemeinsamkeiten aber auf.

Herr Prötz war laut, ungepflegt und grobschlächtig. Sein Kiosk war ein schmuddeliger Gemischtwarenladen, den er von seinen Eltern übernommen und runtergewirtschaftet hatte. Bei Prötz senior hatte Frau

Helbing früher gerne eine Illustrierte gekauft. Nicht oft, aber ab und zu hatte sie sich zum Wochenende eine solche Lektüre gegönnt. Insbesondere, wenn in einem europäischen Königshaus eine Hochzeit oder ein anderes gesellschaftliches Ereignis stattgefunden hatte und große Reportagen mit vielen Bildern abgedruckt waren. Damals war das Geschäft der Familie Prötz aber noch aufgeräumt, und die Kunden klebten nicht auf dem verkleckerten Bier am Boden fest wie heutzutage.

Frau Helbing ging nur noch sporadisch in diesen Kiosk. Ein bisschen aus alter Gewohnheit, ein bisschen aus Neugier, um den Niedergang des kleinen Uwe zu verfolgen. Uwe Prötz hatte sich als kleines Kind nie bedankt, wenn Frau Helbing ihm eine Scheibe Fleischwurst über die Ladentheke gereicht hatte. Heute machte er einen Teil des Umsatzes an der Kasse vorbei. Frau Helbing hatte das beobachtet. Sie wunderte sich nicht über den schlechten Ruf dieses Mannes.

»Es wird viel geredet«, fuhr Herr Aydin mit sanfter Stimme fort. »Um jemanden zu töten, muss meiner Meinung nach mehr vorliegen als der Unmut über einen Musiker, der auf seinem Instrument übt.«

Herr Aydin hatte sich immer im Griff. Er wäre nie laut geworden oder hätte über Herrn Prötz geschimpft, obwohl er allen Grund dazu gehabt hätte. Jeder im Viertel wusste, dass Herr Prötz von der »türkischen Schwuchtel« sprach, wenn er über den Schneider herzog.

»Recherchieren Sie mal, Frau Helbing. Ich bin sehr gespannt.«

Herr Aydin sagte das sehr ernst. Er machte sich nicht lustig oder stempelte Frau Helbing als törichte alte Frau ab. Nein, er bestärkte sie aufrichtig darin, ihrem Instinkt zu folgen und die Nachforschungen aufzunehmen.

Frau Helbing hatte es jetzt eilig, nach Hause zu kommen. Unbedingt wollte sie wissen, was auf dem Zettel stand, den sie aus der Tasche von Herrn von Pohls Jacke gezogen hatte. Als sie wenig später in der Rutschbahn angekommen war, verzögerte sie ihre Schritte. Irgendetwas stimmte nicht. Sie wusste nicht genau, was sie stutzig machte, aber es war von Bedeutung. Das war sicher.

Ihr Unterbewusstsein hatte einen Fehler registriert. Eine Ungereimtheit, irgendwo auf der Strecke zwischen dem Laden von Herrn Aydin und ihrer Wohnung. Sie drehte um und ging langsam den Weg in Richtung der Änderungsschneiderei zurück. In der Rappstraße blieb sie stehen. Schlagartig wurde ihr klar, was hier nicht stimmte. Herrn von Pohls Mercedes war weg. Genau hier, wo sie jetzt stand, hatte sie auf dem Weg zu Herrn Aydin den Wagen des Fagottisten gesehen. Vorgestern war er ihr bereits aufgefallen. Dieser schöne Oldtimer war nicht zu übersehen. Am Montag hatte er hier, an der Stelle, wo jetzt ein dunkelgrüner Opel parkte, gestanden. Und vor ungefähr einer Stunde war der Mercedes noch immer in unveränderter Position abgestellt gewesen. Frau Helbing war sich ganz sicher. Im Vorbeigehen hatte sie sich noch gefragt: »Was passiert bloß mit dem schicken Wagen?«

Dass er wegen Falschparkens abgeschleppt worden war, konnte Frau Helbing ausschließen. Es handelte sich hier um einen vorschriftsmäßigen Parkplatz, und es waren auch keine Schilder zu sehen, die wegen Baumschnitt oder Umzug diese Stellfläche vorübergehend gesperrt hätten. Sie lief mehrmals hin und her. Es war rätselhaft, aber eine Tatsache. Innerhalb der letzten Stunde war jemand mit Herrn von Pohls Auto weggefahren.

Frau Helbing dachte nach. Eben hatte sie noch in Erwägung gezogen, Herr Prötz könnte etwas mit dem Tod des Fagottisten zu tun haben. Das wäre jetzt bestens zu überprüfen. So schnell sie konnte, lief sie zur Grindelallee und betrat den Prötz'schen Kiosk.

Uwe Prötz stand hinter seinem Tresen.

»Frau Helbing!«, rief er donnernd durch den Laden. »Welch Glanz in meiner Hütte!«

Frau Helbing ärgerte sich. Sie hätte auch vorsichtig durch das Schaufenster spähen können, anstatt einzutreten. Obwohl das Glas fast blind vor Schmutz war, hätte sie Herrn Prötz bemerkt. Nun aber stand sie da und wusste nicht genau, was sie sagen, geschweige denn kaufen sollte. Es gab hier nichts, das sie benötigte.

Uwe Prötz grinste sie blöde an. Er hatte schon immer einen verschlagenen, unseriösen Gesichtsausdruck gehabt. Jetzt, da sein Körper durch übermäßigen Alkoholkonsum aufgeschwemmt und deformiert war, wirkte er auf Frau Helbing wie eine Comicfigur, die sich unter die Lebenden gemischt hatte. Er musste jetzt Mitte vierzig sein, dachte Frau Helbing. Sein XXL-T-Shirt mit dem Aufdruck *Ex Porn Star* spannte um seinen Bauch, als wäre er vakuumiert worden. An einem Stehtisch beugte sich sein Freund Thorsten über eine Flasche Holsten. Er trug ein HSV-Shirt, das vermutlich seit Monaten nicht mit Waschmittel in Berührung gekommen war. Uwe und Thorsten. Die Rabauken des Viertels. Frau Helbing kannte die alten Geschichten.

Die beiden waren schon als Halbstarke nur im Doppelpack aufgetreten. Bereits während ihrer Grundschulzeit waren die Jungs mehrmals beim Klauen erwischt und von der Polizei nach Hause gebracht worden. Alles, was danach gekommen war, hatte sich damals schon unvermeidlich abgezeichnet. Die Karriere von Prötz war, vorsichtig gesagt, halbseiden. Er saß auch mal wegen Urkundenfälschung im Knast. Thorsten war mittlerweile arbeitsunfähig. In einem fleckigen Parka stand er vor seinem Bier. Die fettigen Haare hatte er mit einem Gummi zu einem Pferdeschwanz zusammengezurrt.

»Moin«, sagte er knapp.

Frau Helbing sagte ebenfalls: »Moin.«

Dann war es eine Weile still. Uwe, Thorsten und Frau Helbing sahen einander an.

Frau Helbing hätte den Laden gerne wieder verlassen. Sie hatte sich davon überzeugt, dass Uwe Prötz hier anwesend war und deshalb nicht mit Herrn von Pohls Wagen unterwegs sein konnte. Aber jetzt war sie in Zugzwang. Sie musste etwas kaufen oder zumindest Interesse an einer Zeitschrift bekunden, sonst hieß es morgen im ganzen Viertel: »Die Helbing'sche ist dement. Sie stand gestern im Kiosk von Prötz und wusste nicht mehr, was sie dort wollte.«

Uwe Prötz machte unvermittelt eine weit ausladende Handbewegung, mit der er die komplette Auslage des Ladens anpries.

»Was wollen Sie denn?«, fragte er.

Es klang schroff, war aber vermutlich das Maximum an Charme, das Prötz zu versprühen in der Lage war.

Es war seine Art zu sagen: »Darf ich etwas für Sie tun?« oder »Kann ich Ihnen helfen?«.

Frau Helbing sah sich im Laden um. Es gab Rubbellose, Zigaretten, Zeitschriften, Lottoscheine, Süßigkeiten und ein beachtliches Sortiment an Spirituosen. Das übliche Kiosk-Angebot. Alles war lieblos in die Regale geworfen.

Frau Helbing schüttelte entsetzt über dieses Chaos den Kopf. Maria, die Mutter von Uwe, hatte die Waren früher fein säuberlich einsortiert. Und täglich Staub gewischt und den Boden geschrubbt. Sie würde sich im Grab umdrehen, wenn sie sähe, wie heruntergekommen ihr altes Geschäft war, dachte Frau Helbing. Zum Glück waren die Fenster nicht geputzt. Im diffusen Restlicht, das den Weg durch die Scheiben gefunden hatte, blieb ein Großteil des Drecks verborgen. Zumindest für das ungeübte Auge.

»Ich nehme eine *Morgenpost*«, entschied Frau Helbing spontan.

Während sie in ihrem Portemonnaie nach den richtigen Münzen suchte, sagte Thorsten: »Wenn Sie noch einen Schein von Samstag haben, gucken Sie mal drauf.«

Frau Helbing verstand nicht, was er damit sagen wollte. Sie sah ihn fragend an. Um die Spannung zu erhöhen, trank Thorsten einen Schluck Bier, bevor er ihr verschwörerisch zuzwinkerte.

»Lotto«, sagte er. »Lottoschein.«

Uwe Prötz tippte mit dem Finger auf die Zeitung, die er neben die Kasse gelegt hatte.

»Hier«, sagte er, um Frau Helbings Aufmerksamkeit auf die *Morgenpost* zu lenken.

»Lotto-Millionär gesucht!«, stand fett auf der Titelseite. »Da hat einer acht Millionen abgeräumt«, sagte Uwe. »Den ganzen Jackpot. Und jetzt kommt der Trottel nicht, um seine Kohle abzuholen. Bekloppt! Das würde uns nicht passieren, was, Thorsten?«

»Nee«, sagte Thorsten. »Alter. Acht Millionen.«

Verständnislos schüttelte er den Kopf, bevor er seine Flasche leer trank.

Frau Helbing seufzte. Es war ein unnötiger Versuch gewesen, hier nach einem Mörder zu suchen. Keiner dieser armseligen Verlierertypen hatte Herrn von Pohl umgebracht. Weder Uwe noch Thorsten. Sie hätten auch keinen Grund dazu gehabt. Uwe Prötz konnte gar nicht viel von den Übungseinheiten des Fagottisten mitbekommen haben. Er wohnte nicht mal auf derselben Straßenseite wie der Musiker. Schräg gegenüber, in der alten Wohnung seiner Eltern, hatte er den günstigen Mietvertrag übernommen. Außerdem stand er tagsüber in seinem Kiosk. Wahrscheinlich hatte er nur von Kunden gehört, dass ein Musiker ab und an in der Rutschbahn übe, und hatte seinen Mund aufgerissen, wie er es gerne tat. Fagott klang exotisch für Prötz. Und fremd. Da musste er per se erst einmal mit Kraftausdrücken um sich werfen. Hier gab es nichts zu ermitteln.

»Ich spiele kein Lotto«, sagte Frau Helbing.

Sie zahlte, steckte die Zeitung ein und machte sich auf den Weg nach Hause.

6

»So etwas esse ich nicht«, sagte Frau Schneider. Angewidert verzog sie das Gesicht, als hätte Frau Helbing ihr eine Dose Katzenfutter angeboten. Dabei standen frisch zubereitete Schnittchen auf dem Tisch. Frau Helbing hatte sogar ihren antiken Villeroy & Boch-Teller mit dem Blumenmuster, auf dem sie so gerne anrichtete, aus der Vitrine geholt und eine neue Tischdecke aufgelegt. Herr Borken stand verlegen neben Frau Schneider und lächelte.

»Frau Schneider ist Veganerin«, erklärte er entschuldigend.

Er selbst hätte liebend gerne zugegriffen. Das konnte Frau Helbing sehen. Hungrig schielte er nach den Broten.

Nachdem Frau Helbing mit ihrer überflüssigerweise gekauften *Morgenpost* zu Hause angekommen war, hätte sie sich gerne kurz ausgeruht. Der Vormittag hatte für eine ältere Dame einen anstrengenden und ereignisreichen Verlauf genommen. Vor ihrer Wohnungstür stieß sie fast mit Herrn Borken zusammen, der gerade mit einem Karton in den Händen die Stufen aus der dritten Etage hinabstieg. Er war dick und unsportlich. Ein Paket die Treppe hinunterzutragen brachte ihn schon an den Rand seiner körperlichen Leistungsfähigkeit.

»Borken, von der Polizei«, stellte er sich Frau Helbing auf dem Treppenabsatz vor.

Er schnappte laut nach Luft, bevor er weitersprechen konnte.

»Kommissarin Schneider würde gerne mit Ihnen reden. Wir sind noch etwa zwanzig Minuten in der Wohnung oben beschäftigt. Wenn es Ihnen recht ist, klingeln wir anschließend.«

Frau Helbing nickte. Begeistert war sie nicht. Das brachte ihren ganzen Plan durcheinander. Sie hätte sich gerne kurz in den Sessel gesetzt und in Ruhe den Zettel in Augenschein genommen, den sie aus dem Sakko des Fagottisten gezogen hatte. Außerdem war es höchste Zeit, das Mittagessen zuzubereiten. Grützwurst mit Stampfkartoffeln und Apfelmus standen auf ihrem Speiseplan. In Anbetracht der Tatsache, dass in Kürze eine Kommissarin in ihrer Tür stehen würde, musste sie umdisponieren. Noch nie in ihrem Leben hatte sie die Polizei empfangen. Sofort überkam sie das Gefühl, etwas anbieten zu müssen. Schließlich belegte sie ein paar Brote und stellte eine Kanne mit Saft auf den Tisch.

Jetzt entpuppte sich die Beamtin als vegane Ermittlerin, die Frau Helbing Tötungsabsichten unterstellte, nur weil Mettwurstschnittchen mit Gurke und Silberzwiebeln auf dem Tisch standen. Jedenfalls deutete Frau Helbing den Blick, den ihr Frau Schneider zuwarf, in diese Richtung.

Frau Helbing fand die Dame nicht sonderlich sympathisch. Außer »So etwas esse ich nicht« hatte Frau

Schneider noch nichts gesagt. Herr Borken hatte bislang die Konversation übernommen. Er war Frau Schneiders Assistent, und man konnte deutlich spüren, dass er die Absicht hatte, auf der Karriereleiter weiterzukommen. Seiner Chefin gegenüber verhielt er sich geradezu devot. Er stand einen Schritt hinter ihr und konnte aus minimalen Gesten Frau Schneiders herauslesen, was er im Namen der Kommissarin zu sagen und zu tun hatte.

»Dürfen wir uns setzen?«, fragte er mit einem aufgesetzten Lächeln.

»Bitte«, sagte Frau Helbing kurz angebunden.

Mit einer ruckartigen Bewegung riss sie den Brotteller vom Tisch und trug ihn in die Küche. Die Beamten waren keine fünf Minuten in ihrer Wohnung, und sie war schon angefressen.

»So etwas esse ich nicht«, äffte sie leise Frau Schneider nach, als sie in der Küche stand.

Das hätte man auch anders formulieren können. Der Ton macht die Musik, hatte ihre Mutter immer gesagt.

Sie ging wieder ins Wohnzimmer und setzte sich gegenüber den Beamten an den Tisch.

Herr Borken begann zu reden, nachdem er sich noch einmal durch einen Blick in Frau Schneiders verkniffenes Gesicht vergewissert hatte, mit der Befragung anfangen zu dürfen.

»Frau Helbing«, begann er. »Sie haben gestern dem diensthabenden Polizisten gegenüber erwähnt, es könnte sich beim Tod Herrn von Pohls um einen Mord gehandelt haben. Ist das richtig?«

»Richtig«, antwortete Frau Helbing und nickte.

»Dann begründen Sie uns doch bitte Ihren Verdacht.«

»Mir ist die Unordnung aufgefallen«, sagte Frau Helbing wahrheitsgemäß.

»Die Unordnung?«

Herr Borken zog die Augenbrauen hoch. Er nahm sie nicht ernst. Das hörte Frau Helbing sofort. Er sagte: »Die Unordnung?«, als spräche er mit einem kleinen Kind, das etwas Putziges geplappert hatte.

Unbeirrt redete Frau Helbing weiter.

»Es hat jemand in der Wohnung rumgewühlt. Und zwar nachdem Herr von Pohl tot war. Der Mörder hat vermutlich etwas gesucht.«

Das waren keine Fakten. Natürlich wusste Frau Helbing, dass sie keine Beweise vorlegen konnte. Sie folgte nur ihrem Instinkt. Die Hoffnung, bei der Kommissarin Gehör zu finden oder gar Hinweise geben zu können, die ernsthaft verfolgt würden, war bereits jetzt verflogen.

»Die Schubladen waren nicht ordentlich zugeschoben«, fügte sie trotzig hinzu.

Wie sollte sie es den Beamten erklären?

Frau Schneider verdrehte die Augen. Das war das Signal an Herrn Borken, die Klappe zu halten und ihr das Gespräch zu überlassen.

»Frau Helbing, wenn Sie nichts weiter in der Hand haben als nachlässig geschlossene Schubladen, verschwenden wir unsere Zeit.«

Sie wirkte ungehalten. Frau Helbing vermutete, dass Frau Schneider von Anfang an diesen Termin als lästig empfunden hatte. Sie war hier, weil sie musste, nicht, weil sie wollte. Wenn jemand den Verdacht äußerte, ein Mensch könnte ermordet worden sein, muss die Polizei dem selbstverständlich nachgehen. Ein Vermerk in den Akten war zwingend notwendig, um im Nachhinein einen Nachweis zu haben, nichts ausgeschlossen oder übersehen zu haben. Es war ein Pflichttermin für die Beamten. Frau Helbing konnte nicht darauf bauen, in die Untersuchungen eingebunden zu werden. Nicht einmal ernst genommen wurde sie. Kurzerhand beschloss sie, keine weiteren Details preiszugeben.

Ursprünglich hatte sie vorgehabt, die Geschichte – ihre Geschichte – von Anfang an zu erzählen. Wie Herr von Pohl sein Fagott hier in Gedanken hatte stehen lassen, über die fehlende Badezimmermatte bis zu dem verschwundenen Auto. Jetzt nicht mehr. Frau Helbing war eingeschnappt. Dieser blassen Veganerin würde sie gar nichts mehr erzählen. Sie schwieg.

»Um es kurz zu machen«, fuhr Frau Schneider fort. »Herr von Pohl ist nicht ermordet worden.«

»Und das wissen Sie genau?«, fragte Frau Helbing zweifelnd.

»Glauben Sie mir, das ist nicht das erste Mal, dass ich einer Todesursache nachgehe«, sagte Frau Schneider spitz. »Die Obduktion hat eindeutig ergeben, dass Herr von Pohl an einem anaphylaktischen Schock gestorben ist.«

Frau Helbing hatte noch nie von einem anaphylaktischen Schock gehört. Verunsichert pendelte ihr Blick zwischen Frau Schneider und Herrn Borken. Die Kommissarin setzte ein überhebliches Grinsen auf. Herr Borken durfte zu einer Erklärung ansetzen.

»Ein anaphylaktischer Schock«, begann er, »ist eine allergische Reaktion des menschlichen Körpers. Das kann im äußersten Fall zu einem Atem- und Kreislaufstillstand führen. Also zu einem Zusammenbruch des Organismus.«

»Sie meinen, Herr von Pohl ist einfach so umgefallen?«, fragte Frau Helbing ungläubig.

»Nein«, sagte Herr Borken und hob den Zeigefinger. »So einfach ist es dann doch nicht. So ein anaphylaktischer Schock braucht natürlich einen Auslöser.«

»Aha«, sagte Frau Helbing.

Herr Borken sagte nichts mehr, sondern sah sie erwartungsvoll an. Er wollte, dass Frau Helbing nachfragte. Er machte sich einen Spaß daraus zu warten, bis die alte Dame ihre Neugierde nicht mehr würde zügeln können. Frau Schneider sah sich derweil mit abschätzigem Gesichtsausdruck im Wohnzimmer um. Die ganze Einrichtung gehörte ihrer Meinung nach wahrscheinlich auf den Recyclinghof.

Frau Helbing hätte die Kommissare gerne aus der Wohnung komplimentiert. Was bildeten die sich eigentlich ein? Unangenehme Menschen waren das. Das Fagott würde sie den beiden nicht aushändigen, beschloss sie. Auch nicht das Päckchen, das sie für Herrn von Pohl angenommen hatte. Und auch nicht den Zettel, von dem sie selbst noch nicht wusste, ob er für die Ermittlungen hilfreich sein würde.

Sie würde alles für sich behalten. Mit diesen arroganten Schlaumeiern wollte sie nicht zusammenarbeiten. Aber sie musste unbedingt mehr über den Tod des Musikers erfahren.

»Und was war der Auslöser für den Schock?«, fragte sie endlich und schob eines der Saftgläser näher zu Herrn Borken.

»Wespen«, sagte Herr Borken.

Und weil er das irgendwie lustig fand, wiederholte er: »Wespen.«

Das hatte Frau Helbing nicht erwartet.

»Sie meinen ganz normale Wespen?«, fragte sie überrascht.

»Insektenstiche sind meistens der Auslöser für einen anaphylaktischen Schock. Dann werden große Mengen Histamin freigesetzt, die Blutgefäße erweitern sich schlagartig, und wenn dann nicht schnell Gegenmaßnahmen ergriffen werden …«

Er ließ den Satz kurz im Raum stehen.

»Kreislaufversagen, Ohnmacht, Organversagen, Tod«, vervollständigte er seine Ausführungen.

Herr Borken zuckte mit den Schultern. Für ihn schien der Termin bei Frau Helbing abgeschlossen zu sein.

»Was für Gegenmaßnahmen kann man denn ergreifen?«, hakte Frau Helbing sofort nach. Für sie war hier noch gar nichts erledigt.

Widerwillig gab Herr Borken ihr eine Erklärung.

»In der Regel gibt man ein Kortisonpräparat und ein Antihistaminikum. Außerdem spritzt man Adrenalin. Herr von Pohl hatte übrigens ein Notfallset, in dem all diese Medikamente vorhanden waren. Vielleicht hatte er keine Zeit, davon Gebrauch zu machen. Oder er hat das Etui verlegt. Das wissen wir nicht genau.«

Dann schlug Herr Borken zum Zeichen des Aufbruchs leicht mit den Handflächen auf die Tischplatte.

»So«, sagte er und drehte sich noch einmal zu Frau Schneider. »Ich glaube, wir wären dann so weit.«

»Wie viele Wespenstiche braucht es denn für einen anaphylaktischen Schock?«, fragte Frau Helbing. »Ich meine, so eine Wespe ist ganz schön klein neben einem Menschen. Nicht wahr?«

Sie versuchte, naiv zu klingen.

Herr Borken atmete einmal hörbar durch.

»Ein Stich kann ausreichen. Herr von Pohl hatte drei. Zufrieden?«, sagte er knapp. Ganz offensichtlich wollte er jetzt gehen.

Frau Schneider bemerkte das nicht. Sie betrachtete fasziniert den alten Röhrenfernseher, der gegenüber von Frau Helbings Ohrensessel stand. Hermann hatte ihn 1982 zur Fußballweltmeisterschaft gekauft. Vorher hatten sie noch schwarz-weiß geguckt.

»Gleich drei?« Frau Helbing schlug die Hand vor den Mund. »Bestimmt an den Füßen«, sagte sie.

Die geschwollenen Füße Herrn von Pohls hatte sie noch vor Augen.

»In den Fußsohlen. Zwei links, einer rechts«, bestätigte Herr Borken.

Er erhob sich halb aus dem Stuhl, stützte sich auf der Tischplatte ab und beugte sich zu Frau Helbing vor.

»Wir müssen jetzt los«, sagte er.

Sein Blick richtete sich hilfesuchend an Frau Schneider. Die starrte noch immer auf den alten Fernseher von Telefunken.

»Das ist ja ein Museumsstück«, sagte sie. »Funktioniert der noch?«

Blöde Kuh, dachte Frau Helbing.

Sie sagte aber: »Selbstverständlich. Nicht mehr mit Zimmerantenne. Mein Neffe hat irgendeine Box angeschlossen, damit die Signale umgewandelt werden. Heute ist ja alles irgendwie digital.«

Bestimmt hatte Frau Schneider zu Hause ein hochmodernes Gerät. So wie Heide. Die hatte sogar ihre Schrankwand entsorgt, um dieses Monstrum von Fernsehapparat aufstellen zu können. Dünn wie eine Tafel Schokolade, aber ein Bildschirm von der Größe einer Tischtennisplatte.

»Du guckst immer noch mit dem alten Röhrending?«, fragte Heide ab und an.

Frau Helbing ließ sich nicht beirren. Sie sah nicht ein, warum sie ein einwandfrei funktionierendes Elektrogerät auf den Schrott werfen sollte. Diese in der Bevölkerung allgemein akzeptierte Wegwerfmentalität war ihr fremd.

»Meinen Sie, Herr von Pohl ist in die Wespen reingetreten?«, wandte sich Frau Helbing wieder an Herrn Borken.

Der ließ sich erschöpft in den Stuhl zurücksinken.

»Davon ist auszugehen«, sagte er, griff zum Saftglas und nahm einen tiefen Schluck.

»Wie tritt man denn in drei Wespen gleichzeitig?«

Frau Helbing stellte die Frage in den Raum, als würde sie laut nachdenken.

»Ich bin als Kind mal in eine Wespe getreten. Das war aber auf der großen Wiese im Stadtpark. Herr von Pohl wird wohl kaum ein Erdwespennest unter den Pitchpine-Dielen gehabt haben.«

Herr Borken hatte Schweißperlen auf der Stirn. Wie

ein auf die Sitzfläche geworfener Wackelpudding hing er rückgratlos auf dem Stuhl. Frau Helbing schätzte ihn auf Anfang dreißig.

Sie sind zu dick und zu unsportlich, hätte sie ihm gerne gesagt. Wenn Sie so weitermachen, haben Sie in zehn Jahren schwere gesundheitliche Probleme.

Aber warum sollte sie der Polizei Ratschläge geben? Die wussten ja sowieso alles besser.

»Vielleicht lagen Kuchenkrümel auf dem Boden«, versuchte Herr Borken lustlos eine Erklärung zu liefern.

Es klang aber nicht glaubwürdig. Über diese Frage hatte er wohl noch nicht nachgedacht.

Unvermittelt stand Frau Schneider auf. Sie hatte offensichtlich lange genug den altmodischen Fernseher begutachtet. Sofort erhob sich auch Herr Borken. Dabei stellte er sich so ungeschickt an, dass sein Stuhl nach hinten umkippte. Als er sich schwerfällig bückte, fiel auch noch das Smartphone aus der Brusttasche seines Hemdes. Herr Borken war unfreiwillig komisch. Frau Schneider quittierte das mit einem strengen Blick. Ihr wäre das nicht passiert. Sie war der Typ Frau, die sich immer unter Kontrolle hatte. Selbstdisziplin, Pflichtbewusstsein und Askese bestimmten ihr Leben. Da war sich Frau Helbing sicher. Selbst mit einem dehydrierten Körper hätte sie das Glas Saft, das Frau Helbing ihr angeboten hatte, nicht angerührt. Aus Prinzip.

»Hier. Sollte Ihnen noch etwas wirklich Wichtiges einfallen.«

Frau Schneider betonte »Wichtiges« und reichte Frau Helbing eine Visitenkarte.

Ihr Blick sagte eindeutig: »Rufen Sie mich bloß nie an!«

Frau Helbing hätte ihr gerne ans Herz gelegt, mal ein blutiges Steak mit Rote Bete zu essen, um eine lebendigere Gesichtsfarbe zu bekommen, aber es war noch nie ihre Art gewesen, andere Leute zu belehren. Jeder ist seines Glückes Schmied, dachte sie.

»Nun denn«, sagte Frau Helbing, nur um Frau Schneider ein bisschen zu ärgern. »Mir fällt bestimmt noch etwas ein.«

Als Frau Schneider und Herr Borken bereits im Flur standen, fragte Frau Helbing: »Sagen Sie, wann genau ist Herr von Pohl eigentlich gestorben? Also so ungefähr konnten Sie das doch bestimmt feststellen.«

Frau Schneider drehte sich noch einmal um. Ihre Stimme klang kalt wie der Polarwind.

»Ausnahmsweise sage ich Ihnen das, in der Hoffnung, es war Ihre letzte Frage. Montagvormittag zwischen neun und zwölf Uhr.«

»Das kann nicht sein«, entfuhr es Frau Helbing.

Frau Schneider schüttelte den Kopf über die Ignoranz dieser alten Frau. Sie verließ wortlos Frau Helbings Wohnung. Herr Borken murmelte wenigstens »Auf Wiedersehen«, als er ihr hinterhertrottete.

Verwirrt schloss Frau Helbing die Tür. Wenn Herr von Pohl bereits am Montagvormittag gestorben war, wen hatte sie dann in der Nacht auf Dienstag gehört? Die Geräusche hatte sie sich nicht eingebildet. Eindeutig war jemand in der Wohnung über ihr gewesen. Und wer immer es war, er hatte etwas gesucht.

Als Frau Helbing auf die Uhr sah, erschrak sie. Es war

schon nach zwölf. Jetzt brauchte sie mit dem Kochen auch nicht mehr anzufangen. Zum Glück hatte sie jede Menge Schnittchen. Als sie ins Wohnzimmer ging, um die Gläser vom Tisch zu räumen, fiel ihr der Notizzettel wieder ein. Was für eine Nachricht hatte Herr von Pohl wohl mit sich herumgetragen? Neugierig zog sie das Blatt aus ihrer Tasche. Sie setzte ihre Lesebrille auf und betrachtete gespannt das zartgelbe Papier. Saubere Handschrift, dachte Frau Helbing. Den Text konnte sie mühelos entziffern. Der Inhalt gab ihr ein weiteres Rätsel auf.

Segelflugplatz Fischbek, 18. September, 22 Uhr, Kuss, Lina.

7

Natürlich wusste Henning von seiner Allergie. Er war noch ein Kind, als er zum ersten Mal gestochen wurde. Seither hatte er immer sein Notfallset dabei. Immer. Und er konnte auch damit umgehen. Wieso er das nicht sofort benutzt hat, ist mir unbegreiflich.«

Melanie saß mit Frau Helbing am Küchentisch und griff dankbar nach den Schnittchen mit Hamburger Gekochte. Kurz nachdem die Kommissarin und ihr Adjutant gegangen waren, hatte die Klarinettistin geklingelt.

»Wie im Taubenschlag«, hatte Frau Helbing leise vor sich hin geschimpft. Sie fühlte sich müde und erschöpft. Sogar einen Mittagsschlaf hatte sie eben noch in Erwägung gezogen. Dann war Frau Helbing aber froh, Melanies Stimme zu hören. Sie schätzte die Musikerin sehr. Diese Frau war nicht nur unkompliziert und patent, sondern sie konnte auch zuhören und gab Frau Helbing nicht das Gefühl, eine versponnene alte Frau zu sein. Außerdem war sie zuverlässig, denn sie hatte am Vortag angekündigt, sich wieder bei Frau Helbing zu melden. Und jetzt war sie da. So etwas mochte Frau Helbing.

»Ja, wirklich komisch. Man müsste mal nachsehen, ob das Notfallset in der Wohnung ist«, sagte Frau Helbing. »Wer könnte denn einen Schlüssel haben?«

»Henning gab niemandem einen Schlüssel. Nicht mal

Georg, sonst hätten wir uns den Schlüsseldienst gestern schenken können.«

Frau Helbing nickte zustimmend.

»Und einen Zweitschlüssel für den Mercedes hat vermutlich auch niemand?«, fragte sie.

»Bestimmt nicht. An dem Auto hing er. Außerdem war er niemand, der gerne teilte. Er war ein bisschen egozentrisch veranlagt.«

»Aber nett«, sagte Frau Helbing.

Egozentrisch klang so negativ. Herr von Pohl war ihr gegenüber immer sehr charmant aufgetreten.

»Keine Frage«, sagte Melanie sofort. Dann fügte sie mit einem Augenzwinkern hinzu: »Ein netter Mann, der gerne an sich selbst dachte.«

»Wenn man nur an sich denkt, stößt man auch mal jemanden vor den Kopf«, bemerkte Frau Helbing.

»Was meinst du damit?«, fragte Melanie.

»Na ja. Hat sich Herr von Pohl vielleicht Feinde gemacht? Könnte es jemanden gegeben haben, der ihm nach dem Leben trachtete?«

Melanie schüttelte den Kopf.

»Franziska, das ist doch völlig abwegig. Die Todesursache ist eindeutig geklärt. Henning ist an einem anaphylaktischen Schock gestorben.«

»Es ist aber schon komisch. Drei Wespenstiche in den Füßen.«

Frau Helbing wollte nicht verbohrt klingen, aber sie hätte schon gerne eine plausible Antwort auf die Frage gehabt, wie diese Insekten zu dritt unter Herrn von Pohls Füße geraten waren. Außer ihr schien das niemand seltsam zu finden.

»Es gibt noch ziemlich viele Wespen, weil der Sommer so lang war«, versuchte Melanie eine Erklärung. »Jetzt, zum Herbst, suchen die gerne mal eine warme Wohnung auf. Und wenn die was Leckeres in der Küche finden …«

Es klang nicht überzeugend.

»Dann müsste ja was Leckeres irgendwo rumliegen.« Frau Helbing dachte eher laut, als dass sie zu Melanie sprach. Schließlich seufzte sie.

»Ich würde wirklich gerne einen Blick in die Wohnung werfen.«

»Morgen kommt Igor«, sagte Melanie zwischen zwei Bissen. Die Brote schienen ihr zu schmecken. »Georg hat ihn informiert.«

»Igor?« Frau Helbing zog die Augenbrauen hoch.

»Igor ist Hennings unehelicher Sohn. Aus einer Liaison mit einer russischen Cellistin. Igor ist nach Strawinsky benannt.«

Frau Helbing kannte Herrn Strawinsky nicht, vermutete aber, dass der irgendetwas mit Musik zu tun hatte. Vielleicht ein Kollege von Herrn Mozart. Um sich keine Blöße zu geben, wollte sie lieber nicht nachfragen.

»Und Igor hat einen Schlüssel?«, fragte sie stattdessen.

»Glaube ich nicht. Aber als Familienangehöriger wird man ihm den Zutritt zur Wohnung nicht verwehren können. Er ist ja auch Alleinerbe.«

Plötzlich war Frau Helbing wieder hellwach. Igor gehörte natürlich zum Kreis der Verdächtigen. An einen Erben hatte sie noch gar nicht gedacht.

»Kann Igor denn auf ein großes Erbe hoffen?«, fragte Frau Helbing interessiert.

»Na ja, Henning war nicht unvermögend. Er war ein

sehr gefragter Fagottist. Seine Gagen waren eher hoch. Außerdem bekam er ein üppiges Gehalt durch seine Professur. Und darüber hinaus gehörten ihm mehrere Eigentumswohnungen in Hamburg.«

»Mehrere Eigentumswohnungen?«, flüsterte Frau Helbing andächtig. »Da kommt bestimmt eine hübsche Summe an Mieteinnahmen zusammen.«

»Den Seinen gibt's der Herr im Schlaf«, lächelte Melanie.

»Meine Freundin Heide ist auch so eine«, sagte Frau Helbing mit einem Kopfschütteln. »Von Beruf wohlhabende Witwe. Die musste noch nie arbeiten.«

»Na ja«, sagte Melanie. »Ein Musiker spielt natürlich nicht nur des Geldes wegen. Es ist auch die Leidenschaft, die Hingabe an die Musik, die einen Künstler zum Instrument greifen lässt. Und bei Henning ging es natürlich auch um Prestige. Er war ein eitler Mensch, und den Nimbus, das Renommee eines Lehrauftrages, brauchte er für sein Ego.«

Melanie lachte kurz auf.

»Henning war nun mal ein Snob.«

»Wie war denn das Verhältnis zwischen Henning und seinem Sohn Igor?«, fragte Frau Helbing.

Melanie kräuselte kurz die Lippen, bevor sie antwortete. »Soviel ich weiß, hatten die beiden wenig Kontakt. Henning hat sich auch nicht wirklich gekümmert.«

»Igor ist bestimmt auch Musiker. Bei den Eltern.«

»Nein. Der hat einen anderen Weg gewählt. Er arbeitet in Köln als Streetworker.«

Frau Helbing legte die Stirn in Falten. Mit dem Begriff »Streetworker« konnte sie nichts anfangen.

»Das ist eine Art Sozialarbeiter. Ein Streetworker geht zu den Leuten, die sich von sozialen Hilfeeinrichtungen abgekoppelt haben. Er hält Kontakt zu Drogenabhängigen, Obdachlosen oder Prostituierten. Menschen, die in prekären Situationen leben und keinen Ausweg finden.«

Melanie erklärte, ohne Frau Helbing das Gefühl zu geben, doof zu sein. Diese natürliche, aufrichtige Art von Melanie gefiel Frau Helbing.

Trotzdem zögerte sie, die Klarinettistin in ihre Erkenntnisse einzuweihen. Die fehlende Badematte, das fehlende Auto, das fehlende Notfallset. Frau Helbing hätte Melanie auch gerne gefragt, was Herr von Pohl ihrer Meinung nach zu später Stunde am Segelflugplatz Fischbek hätte vorhaben können. Im Dunkeln fliegen bestimmt nicht. Es war alles so undurchsichtig. Sie beschloss, Melanie erst dann ins Vertrauen zu ziehen, wenn sie einige Puzzleteile zusammengefügt hatte.

Die Gesellschaft der Musikerin empfand Frau Helbing als angenehm und hätte sie gerne noch ein bisschen genossen. Melanie war, obwohl Frau Helbing sie erst seit Kurzem kannte, wie eine Freundin. Die Klarinettistin aber sah plötzlich auf die Uhr und erhob sich eilig.

»Ich muss zu einer Probe«, sagte sie. »Wir spielen Grieg.«

Frau Helbing fuhr ein Schreck in die Glieder. Melanie bemerkte das.

»Grieg mit ›G‹«, erklärte die Musikerin nachsichtig lächelnd. »Edvard Grieg. Ein norwegischer Komponist. Vielleicht kennst du die Morgenstimmung aus der *Peer-Gynt-Suite*.«

Sie begann eine Melodie anzustimmen. Es klang leicht und anmutig. Voller Schönheit.

Frau Helbing glaubte, diese Tonfolge schon einmal gehört zu haben. Sie war sich aber nicht sicher. Sie fand es beneidenswert, dass viele junge Menschen heutzutage eine fundierte musikalische Bildung genießen konnten. Das war zu ihrer Zeit undenkbar. Wenn sie noch einmal jung wäre, würde sie ein Instrument lernen. Da war sie sich sicher. Nachdem Melanie sich für die leckeren Schnittchen bedankt hatte und gegangen war, nahm sich Frau Helbing ein weiteres Mal den Notizzettel vor.

»Segelflugplatz Fischbek, 18. September, 22 Uhr, Kuss, Lina«, las sie laut.

Wer traf sich im Dunkeln auf einem Segelflugplatz? Drogendealer mit Abhängigen? Waffenverkäufer mit Auftragskillern? Menschenhändler mit Zuhältern? Jedenfalls keine rechtschaffenen Menschen, die ihre Aktivitäten gewöhnlich unbehelligt von der Polizei bei Tageslicht verrichteten.

Das alles war sehr mysteriös. Frau Helbing fiel es schwer, den Bogen von dem Fagottisten zu kriminellen Machenschaften zu schlagen. Wo war die Verbindung? Herr von Pohl wird doch nicht in eine zwielichtige Sache verwickelt gewesen sein? Sie nahm ihren Stadtplan aus der Kommodenschublade und entfaltete ihn auf dem Wohnzimmertisch. Frau Helbing besaß noch einen alten Falk-Plan aus den Achtzigerjahren. Die meisten Leute guckten heutzutage auf ihr Smartphone, um ihr Ziel zu erreichen. Wobei sie in der Regel nicht wissen, wo genau sie sich befinden, sondern nur den Anweisungen auf den Geräten folgen.

Frau Helbing wusste immer, wo sie gerade war. Heide nicht. Die hatte sich mal böse verlaufen. Fortschrittlich, wie sie war, navigierte Heide immer mit einer App.

»Das ist doch viel praktischer, Franziska!«, hatte sie oft mit einem spöttischen Augenzwinkern betont, um sich über Frau Helbings Rückständigkeit lustig zu machen.

Dann hatte sie aber vor einigen Jahren einen Wanderausflug bei Bozen gemacht, und das Handy war ihr unterwegs in einen Bach gefallen. Noch in der Nacht hatte das Hotel – ein Premiumschuppen, der um seinen Ruf fürchtete und dem Ruin entgegengesehen hätte, wenn einer seiner wohlhabenden Gäste verloren gegangen wäre – einen Rettungstrupp zusammengestellt, der Heide orientierungslos in der Nähe von Flaas aufgefunden hatte. Das wäre Frau Helbing nicht passiert. Definitiv.

Der Stadtplan war nicht der neueste, aber Frau Helbing fand, dass sich Hamburg im Wesentlichen nicht verändert hatte und der Michel ja auch noch an seiner angestammten Stelle stand.

Der Flugplatz befand sich gerade eben noch auf dem Stadtgebiet, stellte sie fest. Dahinter erstreckte sich die Heide. Wald, Geest mit Krautgewächsen und Schafe.

Der Achtzehnte war übermorgen. In Frau Helbing keimte der Gedanke, sich zum vereinbarten Zeitpunkt in Fischbek einzufinden, um der Sache auf den Grund zu gehen.

Für den Moment aber war sie müde. Ihr bequemer Ohrensessel mit dem weichen Fußhocker, auf dem sie ihre Beine lagerte, verstärkte das Gefühl zusätzlich. Nach wenigen Minuten fielen ihr die Augen zu.

Als sie aufwachte, war es bereits kurz vor fünf. Entgegen ihrer Gewohnheiten entschied sich Frau Helbing für ein warmes Abendessen. Im Kühlschrank lag noch eine Grützwurst mit Rosinen. Die war schnell aufgebraten. Parallel kochte sie ein paar Kartoffeln für Püree und entnahm dem Vorratsschrank ein Glas Apfelmus. Dabei entdeckte sie das Päckchen, das sie für Herrn von Pohl angenommen hatte, bei den Konserven. Aus Angst vor einem gefährlichen Inhalt hatte sie den Karton hinter den Dosen versteckt. Der Absender war ihr nicht geheuer gewesen. *Büchsenmacherei Möller, Jagdzubehör und Trachten* stand in schnörkeligen Buchstaben auf dem Etikett. Jetzt legte sie die Sendung behutsam auf den Küchentisch.

Während sie ihr Abendessen verzehrte, warf sie immer wieder einen Blick auf das mysteriöse Paket. Sie hätte schon gerne gewusst, was da drin war. Nicht einfach so, der schnöden Neugierde wegen, um hinterher in der Nachbarschaft tratschen zu können. Ein solch schäbiges Verhalten war nicht Frau Helbings Sache. Sie dachte an den Fall von Pohl. Ihren Fall. Die Möglichkeit, dass genau dieses Paket, beziehungsweise dessen Inhalt, ein wichtiger Schlüssel zur Aufklärung eines Mordes sein könnte, war nicht von der Hand zu weisen.

Natürlich kannte Frau Helbing das Postgeheimnis, welches einem untersagte, in den Briefen und Sendungen der Nachbarschaft einfach so herumzuschnüffeln. Frau Helbing hatte bisher ein völlig unbescholtenes Leben geführt und wollte sich nicht in hohem Alter noch strafbar machen, aber der detektivische Drang, Licht in einen geheimnisvollen Todesfall bringen zu können, wurde mit jedem Bissen Grützwurst stärker.

Als sie aufgegessen hatte, stand ihr Entschluss fest. Sie würde das Paket öffnen. Es handelte sich hier um eine Situation, in der zwischen der Verletzung einer Privatsphäre und der Sicherung etwaiger Beweismittel abgewogen werden musste. Einen Mord aufklären zu können, hatte nach Frau Helbings Meinung in diesem Fall eindeutig Priorität. Außerdem war Herr von Pohl tot. Es würde ihn also nicht weiter interessieren.

Mit einem mulmigen Gefühl griff Frau Helbing zum Messer und schlitzte das Paketband auf. Vorsichtig steckte sie ihre Hand zwischen die Verpackungschips, die über den Rand der Kartonage quollen, und bekam etwas zu fassen. Dann hielt sie vor Aufregung die Luft an und zog das Objekt aus dem Karton.

So etwas hatte sie noch nie gesehen. Ihre Finger umklammerten ein schwarzes Kunststoffgehäuse, dessen Form an ein Zielfernrohr erinnerte, wie man es auf Präzisionsgewehre steckte. Es war aber nicht schlank, sondern sah in der Mitte wulstig aus, ähnlich einer Schlange, die gerade ein Kaninchen verschluckt hatte. Auf einer Seite war eine Gummischürze, wie man sie von Chlorbrillen kannte. Da konnte man offensichtlich ein Auge dagegenhalten und hineinsehen. Gegenüber hatte das Rohr einen wesentlich größeren Durchmesser. Am Ende war eine Linse oder ein Glas eingearbeitet.

Frau Helbing entspannte sich. Was auch immer sie in Händen hielt, konnte weder explodieren noch sonst irgendwie gefährlich werden. Es war einfach nur seltsam. Kurz entschlossen schüttete sie den Inhalt des Kartons auf den Küchentisch. Jede Menge Styroporchips rieselten heraus, bis endlich ein Anschreiben, eine Rechnung, zwei Batterien und eine Bedienungsanleitung zum Vorschein kamen.

Frau Helbing setzte ihre Lesebrille auf.

Wenig später wählte sie die Nummer ihrer Freundin Heide. Aufgeregt rief sie: »Heide, weißt du, was ein Nachtsichtgerät ist?«

8

Grau und ungemütlich sah es draußen aus. Der Wind hatte im Gegensatz zu gestern etwas nachgelassen. Frau Helbing stand am offenen Fenster und zog Luft durch die Nase. Um eine exakte Wetterprognose erstellen zu können, benutzte sie oft auch ihren Geruchssinn. Heute bemerkte sie beim Einatmen eine leicht torfige Note und schätzte deshalb die Regenwahrscheinlichkeit auf fünfzig Prozent. Die fehlenden Sonnenstrahlen ließen auch die Temperatur weiter absacken. Demnächst würde sie die Heizung anstellen müssen.

Auf dem Küchentisch lag noch immer das Nachtsichtgerät. Gestern Abend hatte sie es ausprobiert. Direkt nach ihrem Telefonat mit Heide. Erst musste sie die Batterien einlegen und das Licht in der Wohnung löschen. Im Wohnzimmer war es aber trotzdem noch so hell, dass die Möbel mehr als schemenhaft zu erkennen waren. In einer Großstadt wird es ja nie richtig dunkel. Irgendwo brennt immer eine Straßenlaterne oder ein Werbeschild leuchtet, und wenn man dann nur Häkelgardinen und kein Verdunklungsrollo an den Fenstern hatte, konnte man zu jeder Tageszeit genug sehen, um sich zu orientieren.

Frau Helbing ging zum Experimentieren in ihre Küche. Vor dem Fenster zum Innenhof stand eine mächtige Rotbuche. Die Krone des Baums berührte an einigen

Stellen die Hauswand. Immer wieder hatte sich Frau Helbing über das dichte Blätterwerk geärgert, das sie dazu zwang, sogar im Sommer das Licht in der Küche einzuschalten. Jetzt kam ihr dieser Umstand aber zupass. In diesem Raum war es stockfinster. Frau Helbing konnte nicht einmal die Umrisse des Fensters erkennen. Mit der linken Hand hielt sie die Klinke der Küchentür fest. Nur zur Sicherheit, falls es unheimlich werden sollte und sie schnell hier rauswollte. Dann schaltete sie das Gerät ein und hielt es vor ihr rechtes Auge.

Es war faszinierend. Durch dieses Ding konnte man tatsächlich im Dunkeln sehen. Mehrmals setzte sie den Wunderapparat ab, um sich zu vergewissern, dass sie mit bloßem Auge nicht einmal einen Gegenstand erahnen konnte. Wenn sie dagegen hindurchsah, war alles zu erkennen. Interessanterweise war der Raum in ein zartes grünes Licht getaucht.

So müssen Katzen sehen, dachte Frau Helbing. Sie fühlte sich wie ein nachtaktives Tier, umrundete mehrmals den Küchentisch und schaltete ihr Radio ein, das sie ohne Sehhilfe nie und nimmer hätte wahrnehmen können. Diese Erfindung gefiel ihr. Sie überlegte, in vollkommener Dunkelheit Kaffee zu kochen. Nur so, zum Spaß.

Heide wusste auch nicht genau, wie ein solches Nachtsichtgerät funktionierte. Sie hatte mal gehört, dass man auch Restlichtverstärker sagen konnte. Das war alles, was ihr dazu eingefallen war. Das wiederum ließ Frau Helbing vermuten, dass auch in finsterster Nacht immer noch ein Quäntchen Licht vorhanden sein musste, was im Grunde eine tröstliche Vorstellung war.

Sie würde ihren Neffen Frank fragen. Ein Elektriker kannte bestimmt diesen modernen Firlefanz. Frank wollte sowieso vorbeikommen, um den Herd zu reparieren.

Nun, da sich Frau Helbing eindrucksvoll von der Funktion eines Nachtsichtgeräts überzeugt hatte, drängte sich eine wichtige Frage auf: Was macht ein Musiker mit einem Nachtsichtgerät?

Gestern Abend hatte sie bereits nach einer plausiblen Antwort gesucht und lange im Bett gegrübelt, bis sie endlich eingeschlafen war. Jetzt, beim Frühstück, war sie keinen Schritt weiter.

Nachdem Frau Helbing ihre morgendlichen Rituale beendet hatte, überlegte sie kurz, Fenster zu putzen. Dann entschied sie sich aber, ihr Bett neu zu beziehen. Die Matratze musste ohnehin gedreht werden, damit die kuschelige Winterseite mit dem hohen Kamelhaaranteil rechtzeitig zur kalten Jahreszeit oben war. Außerdem hätte Frau Helbing ohne das Bettzeug niemals ihre Waschmaschine füllen können. Mangels Masse begnügte sie sich oft mit einer kleinen Handwäsche. Früher lief die Maschine dauernd. Allein die Arbeitsklamotten von Hermann und ihr mussten in kurzen Abständen gereinigt werden. Die tierischen Rückstände auf den Schürzen fingen schnell an zu riechen. Darüber hinaus machte es keinen ordentlichen Eindruck, wenn sich das Personal einer Schlachterei mit blutverkrusteter Kleidung hinterm Tresen präsentierte. Jetzt aber, da Frau Helbing im Ruhestand und allein war, musste sie lange sammeln, um die große Stahltrommel halbwegs gefüllt zu kriegen.

Gerade hatte sie Waschmittel eingefüllt und das Programm gestartet, als es an ihrer Tür klingelte. Es war noch nicht mal neun Uhr. Über die Gegensprechanlage meldete sich Herr Borken und bat um Einlass. Das wunderte Frau Helbing, die am Vortag den Eindruck gewonnen hatte, die Polizei wolle mit ihr nichts zu tun haben. Frau Schneider schien auch nicht weit zu sein, denn Herr Borken sagte wörtlich: »*Wir* würden gerne mit Ihnen sprechen.«

Frau Helbing betätigte den Türöffner und wartete. Sie sah nicht einmal in den Spiegel. Gestern hatte sie noch eine frische Bluse aus dem Schrank gegriffen und ihr Haar gerichtet, um sich den Beamten seriös zu präsentieren. Heute zog sie nicht mal die alte Schürze aus, die sie bei der Hausarbeit zu tragen pflegte.

Herr Borken war außer Atem, als er vor Frau Helbings Wohnungstür ankam. Durch den offenen Mund musste er schnaufen, um nicht zu kollabieren. Frau Schneider dagegen schienen die Treppenstufen nichts ausgemacht zu haben. Dass sie überhaupt atmete, war für Frau Helbing nicht auszumachen. Mit eingetrockneter Miene stand sie auf dem Treppenabsatz. Es war ihr offensichtlich mehr als unangenehm, erneut Kontakt mit Frau Helbing aufnehmen zu müssen.

»Dürfen wir eintreten?«, fragte Herr Borken, als er wieder Luft bekam.

Frau Helbing stand mit verschränkten Armen in der Tür.

»Haben Sie denn ein wirklich wichtiges Anliegen?«, fragte sie.

»Wichtiges« betonte sie demonstrativ.

»Ich habe jede Menge zu tun und keine Zeit für Nichtigkeiten«, setzte Frau Helbing nach.

Das hatte gesessen. Frau Schneider hatte große Mühe die Haltung zu bewahren. Sie kochte innerlich.

»Nun, Frau Helbing«, sagte Frau Schneider gefasst. »Es wäre hilfreich, wenn Sie einen Moment mit uns reden würden. Bitte.«

Sie klang nicht schnippisch und hatte auch keinen sarkastischen Unterton.

Was wollen die bloß von mir?, dachte Frau Helbing und trat einen Schritt zur Seite.

Als sie zusammen am Wohnzimmertisch saßen, zog Herr Borken ein Foto aus der Jackentasche und legte es vor Frau Helbing auf den Tisch.

»Kennen Sie diese Frau?«, fragte er ernst.

Frau Helbing setzte ihre Lesebrille auf und betrachtete das Bild.

Es war Nanni. Frau Helbing war sich sicher. Diese runde Stupsnase war unverwechselbar. Obwohl Nanni auf dem Foto den Mund geschlossen und die Augen geöffnet hatte, wusste Frau Helbing, dass die junge Frau tot war. Ein Polizeifotograf hatte sein Bestes gegeben, um den Eindruck eines normalen Porträts zu erwecken. Vielleicht hatte auch ein Bestatter mit Schminke nachgeholfen. Aber Frau Helbing konnte man in dieser Beziehung nichts vormachen. Sie hatte in zu viele Augen geschlachteter Tiere gesehen.

»Die Frau ist tot«, sagte sie leise.

»Das stimmt, Frau Helbing«, bestätigte Herr Borken. »Aber haben Sie diese Frau schon mal gesehen?«

Frau Helbing nickte.

»Ich weiß nicht, wie sie heißt, aber ich habe sie schon hier im Haus gesehen. Sie besuchte des Öfteren Herrn von Pohl.«

»War sie die Freundin Ihres Nachbarn?«, fragte jetzt Frau Schneider nach.

»Vielleicht eine Freundin. Eine von mehreren.«

Frau Helbing war das unangenehm. Einerseits verurteilte sie als anständige Hanseatin die Vielweiberei ihres Exnachbarn, andererseits fand sie, es ging hier um etwas Privates, ja geradezu Intimes. Niemand hatte das Recht, das Verhalten eines Menschen, noch dazu eines Verstorbenen, zu beurteilen oder gar darüber zu richten.

»Wissen Sie denn, welche Frauen noch so bei dem Musiker ein und aus gingen?«, fragte Herr Borken.

»Ich weiß nicht mal den Namen dieser Dame«, rechtfertigte sich Frau Helbing. »Ich habe meinem Nachbarn nicht hinterherspioniert.«

Das stimmte natürlich nicht ganz. Frau Helbing schämte sich ein bisschen, Herrn von Pohls Besuch durch den Türspion beobachtet zu haben.

»Maja Klarsen«, verriet Frau Schneider freiwillig.

Anders als gestern war sie heute offensichtlich bereit, auf Frau Helbing zuzugehen.

»Dreiunddreißig Jahre. Modebloggerin.«

Frau Helbing schüttelte den Kopf. Was es heutzutage für Berufe gab. »Streetworker«, »Modeblogger«. Aber kein Metzger mehr im Viertel. Frau Helbing wusste mit dem Begriff »Blogger« nichts anzufangen.

»Eine Modebloggerin stellt ihren Followern neue Trends und angesagte Locations vor«, versuchte sich Herr Borken an einer Erklärung.

Follower, Locations. Frau Helbing hatte das Gefühl, diese Welt war nicht mehr die ihre.

»Ist diese Frau auch an einem anaphylaktischen Schock gestorben?«, fragte sie.

»Nein«, schaltete sich Frau Schneider ein. »Sie wurde erstochen. Mit einem Küchenmesser.«

Nach einer kurzen Pause ergänzte sie: »Die Kollegen in Barmbek haben die Daten von Frau Klarsens Handy ausgewertet. Dabei ist uns die Verbindung zu Herrn von Pohl aufgefallen, was einige Fragen aufgeworfen hat. Ich danke Ihnen für Ihre Aussage. Sie haben uns sehr geholfen.«

Das war ja schon fast eine Charmeoffensive, nach der schroffen Abfuhr, die sich Frau Helbing gestern von Frau Schneider geholt hatte.

»War es ein Raubüberfall?«

Frau Helbing wollte noch mehr über die Hintergründe des Mordes erfahren.

»Das kann man so nicht sagen. Offensichtlich ist nichts entwendet worden«, sagte Herr Borken. »Aber der Täter hat nach etwas gesucht.«

»Tatsächlich haben wir Grund zu der Annahme, dass, wer auch immer Frau Klarsen erstochen hat, sich in der Wohnung umgesehen hat und dabei vom Opfer überrascht worden ist«, räumte Frau Schneider ein.

»Ist schon komisch«, grübelte Frau Helbing laut. »Herr von Pohl stirbt, und jemand durchsucht seine Wohnung. Dann wird seine Freundin erstochen, und auch dort hat jemand offensichtlich rumgewühlt.«

»Es gibt keine Beweise, dass zum Zeitpunkt seines Todes jemand in Herrn von Pohls Wohnung war. Das möchte ich noch mal festhalten«, beeilte sich Frau Schneider zu sagen. »Und die Todesursachen sind ebenfalls unterschiedlich. Herr von Pohl starb an einem allergischen Schock. In Frau Klarsens Körper steckte ein Messer.«

Jetzt klang sie wieder barsch. Sie legte keinen Wert auf die Gedankenspiele einer alten Frau.

Frau Helbing ihrerseits hatte keine Lust, sich auf unnötige Diskussionen einzulassen. Für sie war klar, dass es einen Zusammenhang zwischen den Todesfällen geben musste. Jemand war auf der Suche nach etwas und bereit, dafür über Leichen zu gehen. Es musste sich um etwas sehr Wichtiges handeln. Oder um etwas sehr Wertvolles.

»Was für ein Messer hat der Täter denn verwendet?«, fragte Frau Helbing.

Frau Schneider schien die Frage nicht zu verstehen. »Ein Küchenmesser«, sagte sie. »Das hatte ich bereits erwähnt.«

»Ein Küchenmesser.«

Frau Helbing lächelte nachsichtig.

»Was ist denn Ihrer Meinung nach ein Küchenmesser? Ein Kochmesser mit voller Klinge? Flachschliff? Acht Zoll?«

Frau Schneider und Herr Borken sahen sich mit großen Augen an.

»Ich zeige Ihnen mal was«, sagte Frau Helbing. Sie ging an den großen Vitrinenschrank, öffnete eine der unteren Türen und entnahm eine Holzkiste.

»Sehen Sie«, sagte sie und wuchtete den Kasten auf den Tisch. »So unterschiedlich können Messer sein.

Hier ein Rouladenmesser mit breiter Klinge. Im Gegensatz dazu ein Ausbeinmesser. Das Schlachtmesser zum Beispiel hat eine handgeschmiedete Klinge.«

Sie zog ein Messer nach dem anderen aus der Box und legte es vor den Beamten auf den Tisch.

»Das Speckmesser mag ich besonders. Vorsicht, das Schwartenritzmesser hat eine extrem scharfe Schneide.«

Die Fleischerwerkzeuge waren durchweg alt, aber gepflegt. Das Metall glänzte, und die Klingen waren geschärft. Es lagen schon zehn Messer auf dem Tisch, als Frau Schneider ihre Verblüffung überwunden hatte.

»Was machen Sie denn mit den ganzen Messern?«, fragte sie.

»Jetzt nichts mehr«, sagte Frau Helbing. »Mein Mann und ich hatten eine Metzgerei. Hermann hat auch selbst geschlachtet.«

»Und was ist das?«, fragte Herr Borken, der sich vorgebeugt hatte und ein schweres Beil mit langem Griff aus der Kiste hob.

»Das ist ein Schweinespalter.«

Frau Helbing sagte das so beiläufig, als wäre es das Normalste der Welt, einen Schweinespalter im Haushalt zu haben.

Frau Schneider zuckte kurz.

»Das sind ja Mordwaffen«, sagte sie.

»Sehen Sie, darauf will ich ja hinaus«, sagte Frau Helbing und setzte sich wieder.

»Ein Messer sagt viel über seinen Besitzer aus. Jemand, der seine Messer mag, pflegt sie auch. Kein passionierter Koch schneidet mit stumpfer Klinge. Alte Messer wie diese hier deuten auf einen betagten Besitzer. Hochwertige Messer kosten ein Vermögen. Sie haben doch Leute, die Rückschlüsse aus diesen Dingen ziehen können. Diese Pro… Pro… wie heißen die noch gleich?«

»Sie meinen Profiler«, half Herr Borken, bemüht, höflich zu klingen.

»Die Sache ist die …«, schaltete sich Frau Schneider ein. »Das Tatmesser ist qualitativ eher Supermarkt und auch nicht besonders scharf. Vor allem ist es eindeutig aus Frau Klarsens Küche. Es gibt also keine Verbindung zum Mörder.« Frau Schneider erhob sich. Sie war lange genug nett gewesen und wollte jetzt gehen. Herr Borken rutschte mit seinem Stuhl vorsichtig nach hinten, bevor er aufstand.

Frau Helbing blieb sitzen.

»Aha«, sagte sie. »Wenn der Mörder sein Tatwerkzeug nicht selbst mitgebracht hat, war es eine Affekthandlung. Der Täter hatte ursprünglich nicht die Absicht, Frau Klarsen zu töten. Er ist wahrscheinlich von der jungen Frau überrascht worden.«

»Bleiben Sie bei Ihren Krimis.«

Frau Schneider hatte ihren Schafspelz abgeworfen, und der Wolf kam zum Vorschein.

»Fleischereifachverkäuferinnen sind keine Ermittler, Frau Helbing«, sagte sie herablassend.

Wenigstens Herr Borken rang sich ein »Auf Wiedersehen« ab, bevor die beiden Beamten die Wohnung verließen. Frau Helbing blieb im Wohnzimmer sitzen. Sie hatte plötzlich feuchte Augen. Nicht wegen der abschließenden Gehässigkeit Frau Schneiders, sondern weil im Angesicht der alten Messer Erinnerungen in ihr aufkeimten. Erinnerungen an Zeiten, die oft schwierig waren, voller Entbehrung und harter Arbeit. Sie hatte damals nicht die Wahl gehabt, sich als Modebloggerin selbst zu verwirklichen. Nein, sie hatte mit diesen Messern unzählige Lebern tranchiert und montags für Hermann die Wurstsuppe mit Graupen gerührt. Das war ihr Leben gewesen.

Frau Helbing musste mal an die frische Luft.

9

Wenn Frau Helbing ihre Gedanken sortieren wollte, ging sie gerne in Planten un Blomen spazieren. Sie liebte diesen Park. Eine Oase inmitten der Großstadt war das. Von ihrer Wohnung in der Rutschbahn war es nur ein kurzer Fußweg bis zum Eingang direkt am Fernsehturm. Und von da aus konnte sie durch die abwechslungsreiche, gepflegte Anlage bis zum Millerntor spazieren. Es gab einen Rosengarten, einen Apothekergarten, einen japanischen Garten mit Teehaus und natürlich die Wasserorgel am Parksee. In den warmen Monaten konnte man dort jeden Abend nach Einbruch der Dunkelheit einem beeindruckenden Wasserlichtkonzert beiwohnen. Aber nicht nur im Sommer, wenn ein Meer aus Blüten die Wege säumte, fand Frau Helbing hier Ruhe und Erbauung. Alle Jahreszeiten hatten ihren Reiz, und wenn es im Winter zu kalt wurde, ging Frau Helbing durch die geheizten Tropengewächshäuser, wo es Bananenstauden und eine Vielzahl an Kakteen zu bestaunen gab.

Aber anstatt exotische Pflanzen zu bewundern, starrte Frau Helbing jetzt auf Herrn von Pohls Mercedes. Abrupt war sie in der Heinrich-Barth-Straße stehen geblieben. Der Wagen war ihr sofort aufgefallen.

Wer hat bloß dieses Auto bewegt?, fragte sie sich.

Bis gestern Morgen stand der Mercedes noch in der

Rappstraße. Daran bestand für sie kein Zweifel. Dann hatte sie gestern festgestellt, dass er verschwunden war. Und nun hatte jemand den schmucken Oldtimer hier abgestellt.

Frau Helbing hätte gerne gewusst, wer hier Spritztouren mit dem Auto des verstorbenen Fagottisten unternahm. Sie legte eine Hand an die Scheibe der Fahrertür und spähte in den Innenraum. Ihre Hoffnung, einen Hinweis auf den geheimnisvollen Fahrer zu entdecken, erfüllte sich nicht. Bis auf eine Sonnenbrille neben der Mittelkonsole war der Wagen leer. Gerne hätte Frau Helbing einen Blick in das Handschuhfach geworfen. Hermann hatte immer die alten Parkscheine hinter die Klappe im Armaturenbrett gestopft. Anhand eines solchen Belegs ließe sich womöglich feststellen, wo der Wagen in der Zwischenzeit abgestellt worden war.

Verstohlen griff Frau Helbing nach der Klinke und versuchte, die Tür zu öffnen. Zu ihrer großen Enttäuschung war der Mercedes ordnungsgemäß verschlossen.

»Was machen Sie denn da?«

Eine Männerstimme ließ Frau Helbing zusammenzucken. Sie hatte sich dilettantisch verhalten. Erst sah man sich um, bevor man an einem fremden Auto rumfummelte. Das galt für Ganoven ebenso wie für verdeckte Ermittler.

»Ich …«

Frau Helbing wusste nicht recht, was sie antworten sollte.

»Ich bin die Nachbarin des verstorbenen Besitzers«, sagte sie schließlich.

Das klang ja unglaublich bescheuert. Verlegen stand

sie neben dem Oldtimer und betrachtete den Mann, der sie angesprochen hatte. Sie hatte ihn noch nie gesehen.

»Gehen Sie mal von meinem Wagen weg«, sagte der Fremde und blieb direkt vor ihr stehen.

»Ihr Wagen?«

Frau Helbing war irritiert. Sollte es im Viertel zufällig zwei identische Fahrzeuge geben?

»Moment«, sagte sie und ging um die Motorhaube herum, um das Nummernschild in Augenschein zu nehmen. HH VP 113 konnte sie schwarz auf weiß lesen. Das war eindeutig das Kennzeichen des Fagottisten.

»Das ist gar nicht Ihr Wagen«, sagte Frau Helbing in scharfem Ton. »Dieses Auto gehörte Herrn von Pohl. VP steht für von Pohl.«

»Und die 113?«, fragte der Mann frech zurück.

Jetzt kam Frau Helbing ins Schwimmen. Mit einer Gegenfrage hatte sie nicht gerechnet.

»Das weiß ich nicht, junger Mann«, sagte sie unsicher. »Das spielt auch keine Rolle.«

»Das ist die Baureihe. W 113. Ein solches Fahrzeug nennt man auch Pagode«, erklärte der Mann.

Frau Helbing sah ihn verdattert an. Er grinste jetzt schelmisch über das ganze Gesicht.

»Igor Sorokin«, sagte er und streckte die Hand aus. »Ich bin jetzt der Besitzer dieses Wagens.«

Plötzlich erkannte Frau Helbing, mit wem sie es zu tun hatte. Herrn von Pohls Sohn stand vor ihr. Und damit hatten ja beide irgendwie recht gehabt, was die Eigentumsverhältnisse des Mercedes anging.

»Helbing«, sagte sie und drückte seine Hand.

Die Gesichtszüge des jungen Mannes wiesen eine gewisse Ähnlichkeit mit Herrn von Pohl auf, wenngleich Igors Erscheinungsbild nicht ansatzweise dem seines Vaters ähnelte. Der Fagottist war immer glatt rasiert gewesen, und seine Künstlermähne hatte er gerade so verwuschelt getragen, dass die Frisur ein bisschen wild, aber nicht ungepflegt aussah.

Igor hatte einen praktischen Kurzhaarschnitt und einen Bart in gleicher Länge. Frau Helbing vermutete, er mähte die Haare am ganzen Kopf in einem Aufwasch mit einer Maschine. Auch der olivgrüne Parka und die ausgebeulte Jeans erinnerten nicht im Geringsten an das elegante, weltgewandte Auftreten des Professors, sondern eher an einen Kunden von Uwe Prötz.

»Mein herzliches Beileid«, sagte Frau Helbing.

Igor nickte kurz. Er schien nicht besonders betrübt über den Verlust seines Vaters. Falls er irgendwie trauerte, ließ er sich das jedenfalls nicht anmerken. Gut gelaunt sagte er: »Ich wollte gerade frühstücken gehen.«

»Ich auch«, sagte Frau Helbing und war von sich selbst überrascht.

In ihrem ganzen Leben hatte sie noch nie außer Haus gefrühstückt. Frühstücken gehen, und dann auch noch unter der Woche, das hatte sie sich nicht leisten können. Mal abgesehen davon, dass sie keine Zeit gehabt hatte, sich vormittags zu verabreden. Und auch nicht die Muße dazu. Zu schlemmen, wenn das ganze Tagwerk noch vor einem lag. Im Haushalt, im Geschäft. Wer macht denn so was? Für Frau Helbing war ein Brunch eine verwerfliche Sache. Der Inbegriff eines dekadenten Lebensstils. Vergleichbar mit einem Bauchnabelpiercing.

»Na dann. Leisten Sie mir doch Gesellschaft«, sagte Igor, anstatt Frau Helbing abzuwimmeln.

Berührungsängste kannte er offensichtlich nicht. Es schien ihm in keiner Weise etwas auszumachen, sich mit einer alten, ihm unbekannten Frau spontan zu verabreden.

Mithilfe seines Smartphones »checkte« er kurz die »Locations« im Viertel, wie er das ausdrückte, und lotste Frau Helbing ganz selbstverständlich in das Bistro eines nahe gelegenen Szene-Kinos. Er war sehr nett. Sogar aus dem Mantel half er Frau Helbing, bevor sie sich an einen kleinen Tisch setzten.

Frau Helbing hatte befürchtet, sie wäre nicht dem Anlass entsprechend angezogen, aber als Igor seinen Parka ablegte und darunter ein aus der Form geleiertes, ausgewaschenes Kapuzenshirt zum Vorschein kam, war sie beruhigt. Herr von Pohls Sohn war in Benehmen und Ausdrucksweise sehr gewandt, aber auf Äußerlichkeiten legte er ganz offensichtlich keinen Wert.

Frau Helbing beglückwünschte sich, die Chance, mit Herrn von Pohls Sohn unter vier Augen sprechen zu können, beim Schopfe gepackt zu haben. Und Frühstücken gehen war vielleicht eine Erfahrung, die man einmal im Leben gemacht haben musste. Beides empfand Frau Helbing als spannend.

»Und ich dachte, Sie kommen erst heute in Hamburg an«, begann sie das Gespräch.

»Ich bin auch eben erst angekommen«, antwortete Igor.

Frau Helbing stutzte.

»Sie sind doch schon mit der – wie sagten Sie noch gleich – Pagode gefahren, oder?«

»Nein.«

Igor schüttelte den Kopf. Er reichte Frau Helbing eine Speisekarte.

»Meine Maschine ist vor einer Stunde am Flughafen gelandet.«

»Gelandet?«

Frau Helbing legte die Karte erst einmal zur Seite.

»Ja. Die Nachricht vom Tod meines Vaters hat mich im Urlaub auf Lanzarote erreicht.« Igor sagte das ganz beiläufig, während er das Frühstücksangebot studierte.

»Moment mal.« Frau Helbing war ganz aufgeregt. »Sie haben den Wagen nicht benutzt? Für eine, sagen wir mal, Probefahrt?«

»Wie kommen Sie darauf?«

Igor lachte.

»Ich habe nicht mal einen Führerschein.«

Eben noch schien sich das Rätsel um den umgeparkten Mercedes gelöst zu haben, aber jetzt schüttelte Frau Helbing ratlos den Kopf.

»Keinen Führerschein«, murmelte sie.

Die Bedienung trat mit einem erwartungsvollen Blick an den Tisch.

»Ich nehme das große Frühstück mit Orangensaft und einem Milchkaffee«, sagte Igor.

Der lässt es ja krachen, dachte Frau Helbing.

Sie selbst hatte noch gar nicht in die Karte geschaut. Ganz nervös wurde sie, denn eigentlich hatte sie ja bereits gefrühstückt, aber jetzt musste sie wohl etwas bestellen, um nicht als Lügnerin dazustehen. In diese Situation hatte sie sich selbst hineinmanövriert.

»Einen Kaffee und ein Brot mit Quittengelee«, sagte sie zur Bedienung.

»Quittengelee?«, fragte der Kellner verwundert.

Igor sprang Frau Helbing zu Hilfe.

»Nehmen Sie doch ein Croissant«, sagte er. »Ein Croissant mit Marmelade.«

»Gute Idee«, sagte Frau Helbing.

»Und was für einen Kaffee hätten Sie gerne?«, hakte der junge Mann in der weißen Schürze nach.

»Einfach Kaffee mit einem Schuss Milch, bitte«, antwortete Frau Helbing.

Sie wusste nicht, was bei Kaffee nicht hätte eindeutig sein können.

»Wie wäre es mit einem Caffè Macchiato?«, moderierte Igor ein weiteres Mal. »Das ist ein Espresso mit etwas Milch.«

Frau Helbing nahm ihren Mut zusammen und nickte. Der Vormittag entwickelte sich anders als erwartet. Frühstücken gehen und dann auch noch etwas zu bestellen, was sie nicht kannte. Frau Helbing konnte sich im Moment nichts Verwegeneres vorstellen.

»Wissen Sie«, nahm Igor die Unterhaltung wieder auf. »Ich war noch nicht mal in der Wohnung meines Vaters. Vom Flughafen aus bin ich erst ins Hotel und dann ins Grindelviertel gefahren. In einer guten Stunde bin ich mit einer Frau Schneider von der Polizei verabredet. Sie hat einen Wohnungsschlüssel und wird mich über den aktuellen Stand der Ermittlungen informieren. Und ganz zufällig kam ich an dem Wagen vorbei und habe Sie getroffen.«

»Und Sie haben keinen Führerschein?«

Frau Helbing schüttelte enttäuscht den Kopf.

»Dann können Sie den schicken Oldtimer gar nicht fahren.«

»Nein«, sagte Igor. »Das will ich auch gar nicht. Ich werde ihn verkaufen. Ich werde ohnehin alles verkaufen und mein komplettes Erbe spenden.«

Frau Helbing verschlug es die Sprache. Sie hatte mit einigem gerechnet, aber dieser Igor war für eine Überraschung gut, das musste sie ihm zugestehen.

Der Kellner kam mit einem großen Tablett und stellte einen Teller mit einem Croissant und eine Tasse Kaffee vor Frau Helbing auf den Tisch. Dann lud er das große Frühstück für Igor ab. Frau Helbing staunte. So fürstlich hatte sie früher nicht einmal an einem runden Geburtstag den Tisch gedeckt. Sogar mit Heide zusammen hätte sie diese Portion unmöglich geschafft. Käse, Wurst, Marmelade, Honig, Ei, Joghurt, Obst und Brot nahmen einen beträchtlichen Teil der Tischplatte ein. Igor schien keineswegs überrascht von der Menge an Lebensmitteln, die sich vor ihm auftürmte.

»Sie werden Ihr Erbe spenden?«, fragte Frau Helbing unsicher. »Sie meinen, alles?«

»Warum nicht? Ich habe noch nie etwas von meinem Vater angenommen. Er war nie da, wenn ich ihn gebraucht hätte, und dann kam er ständig mit Geld an, um sein schlechtes Gewissen zu beruhigen. Ich habe finanzielle Unterstützung von ihm stets abgelehnt.«

»Ihre Mutter war aber hoffentlich für Sie da?«, fragte Frau Helbing besorgt nach.

»Meine Mutter ist früh an einer Überdosis Schlaftabletten gestorben.«

Igor fing an zu essen. Frau Helbing schlug die Hand vor den Mund. Der arme Junge, dachte sie. Igor hatte großen Appetit. Das Thema beschäftigte ihn nicht weiter. Seine schwierige Kindheit hatte er offensichtlich gründlich aufgearbeitet.

Mit einem Augenzwinkern sagte er: »Russische Musiker neigen zur Melancholie.«

Frau Helbing biss ein Stück von ihrem Croissant ab. Es schmeckte ganz fantastisch. Leicht und locker waren die dünnen Teigschichten übereinandergebacken. Mit einem Klecks Marmelade mundete es sogar noch besser, stellte sie fest.

»An wen spenden Sie denn Ihr Erbe?«, wollte Frau Helbing wissen, bevor sie den Macchiato probierte.

»Es gibt so viele Hilfsorganisationen. Nothilfe, Entwicklungshilfe, Kinderhilfe. Überall wird Geld benötigt, um diese Welt besser zu machen«, sagte Igor zwischen Camembert und Serrano-Schinken.

Er wirkte vollkommen überzeugt von dem, was er sagte.

Frau Helbing strich Igor kurzerhand aus dem Kreis der Verdächtigen. Selbstlos war er und mit sich im Reinen. Daran hatte Frau Helbing keinen Zweifel mehr. Er hätte gar keinen Grund gehabt, seinen Vater zu töten. Warum auch? Um anschließend das Erbe zu verschenken?

Frau Helbing nippte an ihrer Tasse. Der Kaffee war stark, aber nicht bitter. Anfängliche Bedenken ob eines koffeinhaltigen Getränks mit einem seltsamen Namen waren verflogen. Ein solch intensives Aroma kannte Frau Helbing nicht und würde es mit ihrer betagten Filtermaschine wohl auch nicht imitieren können.

»Das haben Sie gut für mich ausgesucht«, lobte sie Igor.

»Das freut mich«, sagte er mit einem Lächeln.

Er schien es aufrichtig zu meinen. Frau Helbing bewunderte die Feinfühligkeit dieses Menschen. Wahrscheinlich leistete er als Streetworker eine gute Arbeit.

»Es kommt ja eine Menge auf Sie zu«, bemerkte Frau Helbing. »Also, wenn Sie Hilfe brauchen und ich etwas für Sie tun kann … Bitte zögern Sie nicht, mich zu fragen.«

»Das ist sehr nett von Ihnen.« Er schien sich zu freuen. »Georg, ein Freund meines Vaters, wird mich bei den Vorbereitungen für die Beerdigung unterstützen. Bedauerlicherweise ist seine Frau kürzlich verstorben. Dadurch hat er natürlich alle notwendigen Kontakte noch griffbereit. Aber ich werde bestimmt noch mal auf Sie zukommen und den Rat einer erfahrenen Dame in Anspruch nehmen.«

»Erfahrene Dame« schmeichelte Frau Helbing.

Es war schon fast zwölf, als sie das Bistro verließen, und noch immer gab es Leute, die hier saßen und frühstückten. Frau Helbing sah sich um. Das waren keine Rentner, sondern junge Menschen im besten Arbeitsalter. Ganz entspannt schienen sie in den Tag hinein zu bummeln, ohne irgendwelchen Verpflichtungen nachkommen zu müssen. Faszinierend. Frau Helbing beschloss, dieses Lokal demnächst wieder aufzusuchen, um das Publikum genauer zu studieren. Bei der Gelegenheit könnte sie auch noch so einen leckeren Macchiato trinken.

Igor hatte darauf bestanden, die gesamte Rechnung zu

bezahlen. Auch wenn er nicht so aussah, hatte er doch etwas von einem Gentleman, fand Frau Helbing. Sie zog es vor, nicht mit Igor in die Rutschbahn zu gehen, wo er seinen Termin mit Frau Schneider hatte. Frau Schneider konnte ihr gestohlen bleiben. Allein dafür, wie sie »Fleischereifachverkäuferin« gesagt hatte, hätte Frau Helbing sie gerne mit dem Schweinespalter geteilt. Sie verabschiedete sich und ging spontan zu Herrn Aydin. Irgendwo musste sie ein bisschen damit angeben, dass sie frühstücken gewesen war.

10

Herr Aydin wusste, was ein Macchiato war. Und ein Croissant kannte er natürlich auch. Geduldig hörte er sich Frau Helbings Frühstücksabenteuer an. Schmunzelnd gestand er, auch schon mal frühstücken gewesen zu sein.

Frau Helbing saß mit einem Glas Tee in der Hand auf ihrem Stuhl und kam aus dem Erzählen gar nicht mehr heraus. Von Igor, der sein Erbe spenden wolle, berichtete sie und von Maja Klarsen, die erstochen aufgefunden worden war. Und natürlich von ihrem Verdacht, dass der Mord an dieser jungen Frau irgendwie in Zusammenhang mit Herrn von Pohls Tod stehen könnte. Dann erwähnte sie auch das Nachtsichtgerät und kam schließlich auf das Rätsel um Herrn von Pohls Auto zu sprechen, das sich scheinbar selbst umparkte. Nachdem sie alles losgeworden war, was sie in letzter Zeit beschäftigt hatte, seufzte sie: »Es passt alles nicht zusammen.«

Herr Aydin flickte derweil das Futter eines dicken Wintermantels. Wie immer hatte er Frau Helbing aufmerksam zugehört.

»Vor ein paar Wochen habe ich zusammen mit dem Kind meiner Nichte gepuzzelt«, fing er an zu reden. »Anfangs war es schwierig, Teile zu finden, die man zusammenfügen konnte. Eine ganze Zeit lang starrte ich auf die kleinen bunten Kartonstücke und hatte das

Gefühl zu erblinden. Aber nach und nach wurde es leichter. Es bildeten sich kleine Inseln, die irgendwann zusammenwuchsen. Nach einer Weile konnte ich mich orientieren und gezielt nach bestimmten Farben und Formen suchen. Gegen Ende war es einfach. Die letzten Teile einfügen kann jeder.«

Frau Helbing verstand, was er ihr sagen wollte. Sie hörte Herrn Aydin gerne zu. Seine Stimme war sonor, aber nicht einschläfernd. Bestimmt wäre er ein guter Sprecher für Hörbücher, hatte sie schon oft gedacht.

»Ein Auto fährt nicht von allein, Frau Helbing«, fuhr er fort. »Sie sind sicher, dass es umgeparkt wurde, also wird es jemand umgeparkt haben. Und wer das war, kriegen Sie noch heraus, daran habe ich keinen Zweifel.«

Herr Aydin durchtrennte den Faden und betrachtete zufrieden sein Werk.

»Und wenn nicht heute, dann vielleicht morgen«, schloss er seinen Vortrag.

»Morgen!«, rief Frau Helbing erschrocken. »Morgen hatte Herr von Pohl einen Termin. Das ist auch so eine merkwürdige Sache.«

Herr Aydin hängte den Mantel auf einen Bügel und wartete auf eine Erklärung.

»Er wollte eine gewisse Lina treffen. Das an sich ist nicht ungewöhnlich. Aber stellen Sie sich vor, um zehn Uhr abends auf dem Segelflugplatz in Fischbek. Warum trifft man sich im Dunkeln auf einem Segelflugplatz?«

Herr Aydin wandte sich Frau Helbing zu und sah sie streng an.

»Sie wollen aber nicht um zehn Uhr auf diesen Segelflugplatz gehen, hoffe ich.«

Natürlich hatte Frau Helbing bereits überlegt, ob sie den Weg nach Fischbek auf sich nehmen sollte. Jeder Hinweis könnte schließlich den Durchbruch in der Aufklärung des Falls bedeuten. Andererseits hatte diese Lina vielleicht schon vom Tod Herrn von Pohls erfahren und würde gar nicht erscheinen. Frau Helbing wiegte den Kopf unschlüssig hin und her.

Das gefiel Herrn Aydin gar nicht. Wie ein Vater, der vor seiner pubertierenden Tochter stand, hob er mahnend den Finger.

»Das ist mir zu gefährlich«, sagte er besorgt. »Sie können nicht einfach im Dunkeln am Rand der Heide rumspazieren. Ich will Herrn von Pohl nichts unterstellen, aber wer weiß, was das für ein Treffen ist und welche Gestalten sich da einfinden werden. Wie wollen Sie da überhaupt hinkommen?«

»Mit der S3«, sagte Frau Helbing viel zu schnell.

Jetzt hatte sie sich verraten. Aus Neugierde hatte sie schon gestern ihren Netzplan der Schnellbahnen rausgekramt, um herauszufinden, welche Verbindung sie zum Flugplatz bringen würde. Herrn Aydin war nicht entgangen, dass sie bestens informiert war.

»Sie müssen mir versprechen, keine Dummheiten zu machen«, sagte er. »Soviel ich weiß, haben Sie nicht einmal ein Handy, mit dem Sie Hilfe rufen könnten.«

»Doch, doch«, sagte Frau Helbing beschwichtigend. »Ich besitze ein nagelneues Smartphone.«

Sie hatte nicht gelogen, lediglich die Information unterschlagen, dass dieses Gerät originalverpackt in ihrer Küchenschublade lag.

Herr Aydin runzelte die Stirn.

»Sie müssen mir jetzt versprechen, morgen Abend zu Hause zu bleiben«, sagte er.

»Na gut«, willigte Frau Helbing ein.

Sie wollte sich jetzt nicht auf eine unnötige Diskussion einlassen.

Herr Aydin nahm sich einen Vorhang vor, der bereits abgesteckt war und um circa zehn Zentimeter gekürzt werden sollte.

Vorhänge zum Schneider bringen, wunderte sich Frau Helbing. So etwas machte eine patente Frau doch selbst.

Sie verabschiedete sich. Bevor Herr Aydin noch mal auf das Thema Fischbek zu sprechen kam, wollte sie lieber weg. Nachher sollte sie noch einen Eid darauf schwören, nicht der Spur am Flugplatz nachzugehen.

Sie fand es rührend, wie sehr sich Herr Aydin um sie sorgte, aber irgendwie ging das jetzt zu weit. Frau Helbing fühlte sich alt genug, um eigene Entscheidungen zu treffen. Kurz überlegte sie, bei Igor zu klingeln. Sicher hätte er nichts dagegen gehabt, wenn sie einen Blick in Herrn von Pohls Wohnung werfen würde. Aber in der Rutschbahn fiel ihr das Auto von Herrn Pfründer auf.

Orthopädietechnik Pfründer – Prothesen und Orthesen nach Maß stand auf dem weißen Kastenwagen. In den gleichen Buchstaben wie auf Herrn Pfründers Visitenkarte, nur viel größer.

Georg war bestimmt bei Igor in der Wohnung. Frau Helbing fand Herrn von Pohls Freund komisch. Er war nicht herzlich wie Melanie. Nicht mal freundlich. Auch nicht tiefenentspannt wie Igor. Und feinsinnig wie Herr Aydin schon mal gar nicht. Wenn er wenigstens so primitiv gewesen wäre wie Uwe Prötz. Bei dem wusste man wenigstens, wo man dran war. Aber diesen Georg konnte Frau Helbing nicht einschätzen.

Sie beschloss, sich erst einmal auszuruhen. Der Vormittag mit der ganzen Frühstückerei war aufregend gewesen. Kaum hatte Frau Helbing ihre Wohnung betreten, setzte sie sich in den bequemen Ohrensessel und nickte ein.

Gegen fünf Uhr wurde Frau Helbing von ihrer Türglocke aus dem Schlaf gerissen. Igor stand vor ihrer Wohnung.

»Ich wollte Ihnen einen Schlüssel reinreichen«, sagte er. »Vielleicht möchten Sie sich in der Wohnung meines Vaters umsehen. Wenn Sie etwas gebrauchen können, dann nehmen Sie es sich bitte.«

Frau Helbing war sofort hellwach. Elektrisiert geradezu.

Sie nahm den Schlüssel entgegen und sagte: »Das ist aber nett von Ihnen.«

Kaum hatte Igor das Haus verlassen, ging sie nach oben, um den Tatort unter die Lupe zu nehmen. Frau Helbing konnte ihr Glück kaum fassen. Endlich hatte sie die Möglichkeit, ungestört ihrem Forscherdrang nachzugehen. Die Wohnung würde natürlich nicht mehr unangetastet sein. Polizisten, Bestatter, Igor und natürlich Frau Schneider mit ihrem Knappen Borken waren bereits hier durchgelaufen und hatten bestimmt die meisten Spuren verwischt. Trotzdem barg eine Ortsbegehung immer die Möglichkeit, neue Erkenntnisse zu erlangen und manche Dinge in einem anderen Licht zu sehen. Als sie vor Herrn von Pohls Wohnung stand, zog sie ihre grünen Putzhandschuhe aus Latex über. Die waren zwar innen mit Baumwolle beschichtet und nicht annähernd so dünn wie die zarten Schutzhandschuhe der Spurensicherung, aber Frau Helbing hatte nichts Besseres gefunden und fand es professionell, wenn sie keine Fingerabdrücke in der Wohnung des Fagottisten hinterließe.

Im Flur fiel ihr sogleich die Garderobe ins Auge. Aus den Jacken hingen noch immer die Taschen nach außen. Ob das niemand gemerkt hatte? Oder war es der Polizei egal? Die Taschen waren natürlich leer. Wenn hier jemals ein wichtiges Beweisstück dringesteckt hatte, befand es sich jetzt in Händen des Täters. Hier war nichts zu finden. Vorsichtig stopfte Frau Helbing die Futter wieder an die angestammten Plätze zurück. Herr von Pohl hätte das bestimmt gerne gesehen. Er war ein ordentlicher Mensch. Ein ordentlicher Mensch mit Stil und Geschmack, davon war Frau Helbing überzeugt.

Staunend stellte sie fest, dass der Flur viel großzügiger wirkte als ihr eigener, obwohl die Wohnungen auf allen Etagen exakt den gleichen Schnitt hatten. Vielleicht lag es an der überschaubaren Möblierung. Lediglich die Garderobe, ein Spiegel und eine zierliche antike Kommode schmückten den Raum. Die Wände waren in zartem Gelb gestrichen. Von der Decke hing eine Designerlampe aus Kupfer und Glas, die aus den Resten einer Dampfmaschine gebaut zu sein schien. Frau Helbing ließ diese spartanische Einrichtung auf sich wirken. Kommode, Garderobe und Lampe waren aus unterschiedlichen Epochen und passten doch wunderbar zusammen. Auch der Spiegel, der an der Wand lehnte, als hätte er noch keinen richtigen Platz und wäre hier kurz zwischengelagert, fügte sich perfekt ein. Statt eines Bildes hing ein Stück Treibholz an der Wand. Es handelte sich um einen armlangen Ast, der bestimmt mehrere Jahre im Salzwasser getrieben war. An einer Seite war er aufgespalten und ein roter Glasstein in Form einer Schnecke war in den Schlitz eingesteckt. Da muss man erst mal drauf kommen, wunderte sich Frau Helbing.

In ihrer Wohnung hing ein Bild mit einem Segelschiff im Flur. In einem Goldrahmen. Sie überlegte, wo dieses Schiffbild eigentlich herkam. Wahrscheinlich hatte Hermann es angeschleppt. Sie selbst hätte so ein Motiv nie gekauft, aber mit den Jahrzehnten war es mit der Wand praktisch verwachsen, und Frau Helbing war bis eben nicht auf die Idee gekommen, in ihrer Wohnung umzudekorieren. Auch der Einbauschrank aus dunklem Holz, der ihren Flur dominierte, war kein Schmuckstück. Ein wuchtiges Trumm, das die Breite des Eingangsbereiches um die Hälfte verringerte.

»Stauraum kann man nie genug haben«, hatte Hermann immer gesagt und dieses hässliche Möbel angeschafft. Werkzeug hatte er darin aufbewahrt und seine Angelsachen. Jetzt war das Ding praktisch leer. Frau Helbing hatte nur den Staubsauger darin untergebracht. Der Schrank könnte eigentlich weg, dachte sie. Genau wie der Stuhl neben dem Telefontisch. Der war noch aus der Zeit, als das alte Wählscheibentelefon mit einem recht kurzen Kabel an der Aufputzdose fixiert war. Jetzt hatte sie was Modernes, Schnurloses und musste beim Telefonieren nicht mehr neben der Wohnungstür sitzen. In Frau Helbing keimte die Idee, den Flur umzugestalten. Sie musste lächeln. Heute hatte sie etwas Rebellisches an sich. Schließlich war sie schon frühstücken gewesen. Jetzt aber wollte sie sich erst einmal auf ihren Fall konzentrieren.

Frau Helbing betrachtete das mobile Telefon, das Herr von Pohl kurz vor seinem Tod benutzt haben musste. Sie erkannte es daran, dass eine Ecke abgebrochen war. Es war ihm im Moment des Todes aus der Hand geglitten und auf den Küchenboden aufgeprallt. Frau Helbing erinnerte sich, dass es neben dem Leichnam gelegen hatte. Nun steckte es wieder in der Basisstation, die ihren Platz auf der Kommode hatte. Frau Helbing wollte unbedingt prüfen, ob das Telefon störungsfrei funktionierte. Der Anschluss war am Montag nicht erreichbar, am Dienstag aber wieder frei gewesen. Hierfür hatte sie noch keine Erklärung gefunden.

Frau Helbing setzte ihre Lesebrille auf und drückte die Verbindungstaste auf dem Gerät. Sofort ertönte das Freizeichen. Der Apparat schien einsatzbereit.

Nachdenklich betrachtete sie die Tastatur.

Wen hatte Herr von Pohl im Angesicht des Todes anrufen wollen?, fragte sie sich.

Das zu wissen, könnte hochinteressant sein. Es gab bestimmt die Möglichkeit, im Display die Nummern aufzurufen, die Herr von Pohl als Letztes gewählt hatte. Wenn sie nur wüsste, wie das ging. In der oberen Hälfte des Mobilteils war mittig eine große Taste angebracht, die sich in alle Himmelsrichtungen drücken ließ. Das musste dieses »Menü« sein. Ein Menü war nicht nur eine Speisenfolge, sondern auch eine Art Navigationsmöglichkeit für elektronische Geräte, hatte Frau Helbing gelernt. Trotz Brille waren die Symbole für Frau Helbing kaum zu erkennen. Hoch konzentriert hielt sie das Telefon in wenigen Zentimetern Abstand vor ihre Nasenspitze, als eine Männerstimme hinter ihrem Rücken ertönte.

»Was machen Sie denn da?«

Frau Helbing zuckte zusammen. Vor Schreck stieß sie einen spitzen Schrei aus und ließ den Apparat fallen. Dann legte sie eine Hand auf ihr pochendes Herz und drehte sich um. Herr Pfründer stand im Flur. Offensichtlich hatte er sich die ganze Zeit im Arbeitszimmer aufgehalten und war jetzt herausgekommen, um nachzusehen, wer hier rumstöberte.

Frau Helbing atmete stoßweise und brachte kein Wort heraus. Dem Telefon hatte sie den Rest gegeben. Das Gehäuse lag in zwei Teile zersprungen auf dem Fußboden. Ein paar der Tasten waren bis zur Küchentür geflogen. Die Suche nach den gespeicherten Nummern hatte sich damit wohl erledigt.

»Herr Pfründer«, sagte Frau Helbing, als sie sich wieder einigermaßen beruhigt hatte. »Haben Sie mich erschreckt. Igor hat nicht erwähnt, dass Sie in der Wohnung sind.«

Georg Pfründer knetete seine Hände. Er machte einen gestressten Eindruck. Nervös und fahrig wirkte er auf Frau Helbing. Sein Blick war stumpf von zu vielen Sorgen und zu wenig Schlaf. Er stand schweigend da und sah sie grimmig an. Frau Helbing fand ihn unheimlich.

»Wollen Sie putzen?«, fragte Herr Pfründer mit einem Blick auf Frau Helbings grüne Handschuhe.

»Oh, nein, nein«, sagte Frau Helbing und beeilte sich, die Handschuhe abzustreifen.

Jetzt war es ihr ein bisschen peinlich, mit den Putzhandschuhen dazustehen.

»Ich will mich nur mal umsehen.«

»Umsehen?« Herr Pfründer sah sie skeptisch an.

»Zum Beispiel interessiert mich, wo Herr von Pohl sein Notfallset für Allergiker aufbewahrt hat. Sie wissen das doch bestimmt, oder?«

»Er hatte zwei. Eins in der Wohnung und eins im Auto für unterwegs.«

Herr Pfründer zeigte auf die Kommode hinter Frau Helbing.

»Oben rechts«, sagte er.

Frau Helbing drehte sich um und zog die entsprechende Schublade heraus.

»Tatsächlich«, staunte sie.

Mit beiden Händen griff sie nach einem roten Kunststoffetui und hob es langsam in die Höhe. ERSTE HILFE und FIRST AID stand in großen Buchstaben auf der Hülle. Darunter war ein großes weißes Kreuz zu sehen. Vorsichtig öffnete Frau Helbing den Reißverschluss, um den Inhalt zu inspizieren. Ein Antihistaminikum, ein Kortisonpräparat und eine Adrenalin-Spritze waren vorhanden. Genau die Komponenten, die Herr Borken erwähnt hatte. Soweit Frau Helbing das beurteilen konnte, war alles originalverpackt.

»Ich verstehe das nicht.«

Frau Helbing legte das Päckchen wieder zurück. »Anstatt mit diesen Medikamenten sein Leben zu retten, hat Herr von Pohl telefoniert.«

Fragend sah sie Herrn Pfründer an. Der zog nur die Schultern hoch.

»Außer mir scheint das niemand merkwürdig zu finden«, stellte Frau Helbing fest.

»Haben Sie mit Igor schon einmal über die Todesumstände Herrn von Pohls gesprochen?«

»Igor ist es doch völlig egal, dass sein Vater gestorben ist«, sagte Herr Pfründer schroff.

Wahrscheinlich hat er sogar recht, dachte Frau Helbing, die von den harten Worten Herrn Pfründers dennoch überrascht war.

»Den interessiert nicht mal sein Erbe«, fuhr Herr Pfründer fort. »Der will das gar nicht haben!«

Er lachte kurz auf.

»Und kümmern tut der sich um nichts. Was glauben Sie, was ich hier mache? Ich suche wichtige Adressen aus diversen Ordnern heraus. Versicherungen, Hausverwaltung, Steuerberater. Alle müssen informiert werden. Der Bestatter braucht eine Geburtsurkunde, ein Erbschein muss beantragt werden. Und was macht Igor? Er trifft sich mit einem alten Kumpel, der nach Hamburg gezogen ist. Hat man da noch Worte?«

Herr Pfründer hatte sich in seiner Rage kurz aufgebäumt und sackte jetzt wieder kraftlos in sich zusammen. Leicht nach vorne gebeugt, mit hängenden Schultern. Bleich wie ein Leintuch war er.

»Das ist aber nett von Ihnen«, sagte Frau Helbing. »Wenn ich helfen kann …«

Herr Pfründer schüttelte den Kopf.

»Ich muss mal eine rauchen«, sagte er mürrisch und ging durch die Küche in Richtung des Balkons.

Frau Helbing sah ihm hinterher. Herr Pfründer machte einen verzweifelten, hoffnungslosen Eindruck. Der Verlust seiner Frau und seines besten Freundes schien ihm arg zugesetzt zu haben. Frau Helbing erinnerte sich noch an die Zeit, nachdem Hermann gestorben war. Als hätte man ihr Energie abgesaugt, hangelte sie sich geschwächt durch den Tag.

Alles kostete so viel Kraft. Aufstehen, anziehen, sogar das Atmen war anstrengend. Sie konnte vieles nachvollziehen, und trotzdem wurde sie den Eindruck nicht los, Herr Pfründer habe ein Geheimnis. Über die Trauer hinaus. Er hatte etwas Aggressives an sich. Etwas Unberechenbares. Etwas Angsteinflößendes. Zweifellos stand er unter Druck. Als würde er erpresst werden oder hätte von einer unheilbaren Krankheit erfahren.

Frau Helbing ging ins Badezimmer. Unbedingt wollte sie noch untersuchen, ob hier eine Fußmatte entfernt worden war. Dieser Verdacht beschäftigte sie bereits seit Dienstag, als sie glaubte, aus den Augenwinkeln den Abdruck eines Teppichs erkannt zu haben. Wobei der Abdruck nicht durch das Objekt selbst entstanden war, das durch seine Masse oder Verfärbungen Spuren hinterlassen hatte. Frau Helbing hatte eine schmutzfreie, unberührte Fläche inmitten des Badezimmers wahrgenommen, die offensichtlich unter einem Teppich konserviert worden war, allein dadurch, dass der Vorleger die Fliesen geschützt hatte und der Boden um ihn herum eine Patina aus abgelagerten Schwebeteilchen, Wasserspritzern und Haaren angenommen hatte.

Jetzt waren keine Spuren mehr zu erkennen. Frau Helbing war nicht sehr gelenkig und es dauerte eine

Weile, bis sie sich auf die Fliesen gekniet hatte. Die Rückenschmerzen ignorierend, beugte sie ihren Oberkörper weit nach vorn. Mit der Nase berührte sie fast den Fußboden. Leider konnte sie die Umrisse einer Fußmatte auch aus nächster Nähe nicht ausmachen. Abdrücke diverser Sohlen waren gleichmäßig auf der glasierten Oberfläche verteilt. Wahrscheinlich hatten in den letzten Tagen mehrere Leute die Toilette benutzt und den wertvollen Beweis verwischt.

»Normal ist das nicht, was Sie da machen.«

Herr Pfründer stand mit verschränkten Armen im Türrahmen und schüttelte den Kopf. Frau Helbing war nicht ganz so erschrocken wie eben, als Herr Pfründer unerwartet hinter ihr stand, aber sie fand ihre Lage unangenehm und peinlich.

»Mir ist nur etwas runtergefallen«, log sie und zog sich etwas ungelenk am Waschbecken hoch.

»Was zum Teufel machen Sie überhaupt in dieser Wohnung?«, fragte Herr Pfründer barsch.

Er machte nicht einmal Anstalten, Frau Helbing auf die Füße zu helfen.

Frau Helbing fand ihn nicht nur unfreundlich, sondern geradezu widerlich. Wie konnte ein kultivierter Mann wie Herr von Pohl einen so unangenehmen Menschen zum Freund haben? Jetzt, wo sie direkt vor ihm stand, fand sie auch, er roch komisch. Ungepflegt war er. Sein Oberhemd musste dringend mal gewaschen werden.

»Besser, Sie kommen wieder, wenn Igor da ist. Ich kann Sie hier nicht gebrauchen«, pampte er Frau Helbing ohne Umschweife an.

Frau Helbing ärgerte sich, ihm eben noch Hilfe angeboten zu haben. Diesem Ekel. Ihre Lust, hier weiter nach Indizien zu suchen, die ihre Mordtheorie stützten, war plötzlich verflogen. Sie hatte einen Schlüssel und konnte jederzeit wiederkommen. Wortlos ging sie an Herrn Pfründer vorbei. Im Flur blieb sie spontan stehen und nahm das Treibholz von der Wand.

»Das ist mit Igor abgesprochen«, sagte sie kühn, klemmte sich den Ast unter den Arm und verließ die Wohnung.

11

Gleich nach den Acht-Uhr-Nachrichten beeilte sich Frau Helbing, ihre Wohnung zu verlassen. Während der Sendung hatte sie bereits den Tisch abgeräumt und gespült.

Heute war Freitag. Freitags ging Frau Helbing stets zum Einkaufen auf den Wochenmarkt. Und zwar direkt nach dem Frühstück. Nicht erst um zehn oder um elf Uhr, wenn Heerscharen von Touristen die Isestraße verstopften, weil dieser Markt in praktisch jedem Stadtführer als besonders authentisch angepriesen wurde.

Ein »Must-see« für den Hamburg-Besucher sozusagen. Und selten waren Musicalfans aus der Provinz und Rucksackträger in ausgelatschten Treckingsandalen so vereint wie hier, um gemächlich unter einer U-Bahnbrücke entlangzumäandern, als hätte der Vormittag zwanzig Stunden. Gegen Mittag kamen dann noch die Kochbuch-Kocher dazu, die sich einmal im Monat am Herd austobten, um für ein paar Freunde irgendetwas Exotisches aus einem möglichst weit entfernten Kulturkreis zu zaubern. Diese Menschen fanden es keineswegs rücksichtslos, seelenruhig hundert Zuckerschoten einzeln zu begutachteten, um die besten auszusuchen, während sich hinter ihnen eine Schlange aus Kunden bildete, die einfach nur schnell was einkaufen wollten.

Auf dieses Publikum konnte Frau Helbing verzichten. Sie versuchte immer zackig ihre Besorgungen zu erledigen und sich gegen neun wieder auf den Rückweg zu machen. Lange bevor Rudel von Kurzurlaubern mit lauten »Ahs« und »Ohs« ihre Selfies vor Gemüseständen machten.

Bevor sie losging, blieb Frau Helbing kurz im Flur stehen und warf einen Blick auf das Treibholz an ihrer Wand. Gestern Abend noch hatte sie das Schiffbild abgenommen und den Ast aus Herrn von Pohls Wohnung an den frei gewordenen Nagel gehängt.

Das Ergebnis war nicht zufriedenstellend. Hier wirkte das Objekt nicht mondän und exklusiv, wie im Flur des Fagottisten, sondern deplatziert. Geradezu grotesk. Frau Helbing vermutete, das läge an der gestreiften Tapete in Braun und Ocker, die Hermann in den Siebzigern an die Wand geklebt hatte. Damals war das sehr modern gewesen. Frau Helbing selbst hatte die Tapete ausgesucht. Hermann hatte dann auf ihr Drängen hin einen ganzen Sonntag im Flur rumgewerkelt. Sie konnte sich noch gut daran erinnern. Schnittchen hatte sie für ihn geschmiert und abends alles geputzt und aufgeräumt, als Hermann schon auf dem Sofa lag und die Zusammenfassungen der Bundesligaspiele im Fernsehen verfolgte.

Eine ganze Stunde lang hatte Frau Helbing wegen der Wandgestaltung am gestrigen Abend noch mit Heide telefoniert.

»Dein Flur sieht aus wie ein Gruselkabinett«, hatte Heide ihr schonungslos offenbart. »Wer hat denn heute noch Tapete?«

Immerhin hatte Heide Frau Helbing auf die Idee gebracht, den Flur weiß zu streichen und nur eine Wand farbig hervorzuheben. Eine verrückte Idee. Frau Helbing versuchte sich vorzustellen, das Schwemmholz vor eine zartgrüne Wand zu hängen. Heide wiederum war sehr überrascht, dass Frau Helbing ihre Wohnung mit einem Stück Treibholz zu dekorieren gedachte. »Progressiv« nannte sie das, mit einer gewissen Anerkennung für den Mut und die ungeahnte Abenteuerlust ihrer Freundin.

Das ganze Thema Inneneinrichtung hatte Frau Helbing so beschäftigt, dass sie zumindest für ein paar Stunden nicht an die rätselhaften Todesumstände ihres Nachbarn gedacht hatte. Wie unfreundlich und abweisend Herr Pfründer zu ihr gewesen war, hatte sie Heide gegenüber nicht einmal erwähnt. Auch nicht, dass Herr von Pohl bewiesenermaßen mit einem einzigen Griff in die Kommodenschublade sein Leben hätte retten können.

Wegen der Nähe zum Meer wäre eine blaue Wand auch nicht schlecht, dachte Frau Helbing, als sie, den Hackenporsche hinter sich herziehend, schnellen Schrittes den Grindelberg hochging. Wobei es sich hier nicht, wie man aus dem Namen fälschlicherweise ableiten könnte, um einen Berg handelte, sondern um eine ganz gewöhnliche Straße. Die minimale Steigung war mit dem bloßen Auge kaum zu erkennen, aber für Hamburger Verhältnisse war das schon eine beachtliche Erhebung.

Frau Helbing ging gerne auf den Markt. Vor allem, wenn die Sonne schien, so wie heute. Am Morgen hatte sie bereits zufrieden festgestellt, dass es tagsüber nicht nur trocken, sondern auch spätsommerlich schön bleiben würde. Jetzt, im September, schleppten die Bauern in Hülle und Fülle frisches Gemüse aus den Vier- und Marschlanden in die Stadt. Frau Helbing käme nie auf die Idee, Tomaten im Supermarkt zu kaufen. Auf einem Styroporbett liegend, in Plastik eingeschweißt. Dieser ganze Verpackungsmüll war ihr zuwider. Seit vielen Jahren kaufte sie praktisch alle frischen Lebensmittel an den Marktständen ihres Vertrauens. Heute erstand sie Pastinaken, Wurzelspinat und Brechbohnen. Auch Zwiebeln, Zucchini und dunklen Eichblattsalat. Außerdem griff sie nach einem Bund Suppengrün. Um die Pfifferlinge kam sie auch nicht herum. Frau Helbing liebte Pfifferlinge. Ganz besonders, wenn sie mit ein bisschen Speck und einer Zwiebel in der Pfanne geschwenkt waren. Äpfel aus der neuen Ernte kaufte sie noch, bevor sie zum Stand ihres Metzgers ging. Dieser Fleischer aus dem Holsteinischen schlachtete noch selbst. Frau Helbing schätzte diese Qualität sehr. Schließlich war sie vom Fach. Hier lagen in der Auslage Dinge, die man in einem Discounter vergeblich suchte. Kalbsbacken, Lammnieren oder Zickleinkeule. Heute entschied sich Frau Helbing für einen kapitalen Ochsenschwanz, ein Stück durchwachsenen Speck und eine Lammhüfte. Jetzt musste sie auf dem Rückweg noch Rosmarin und Knoblauch kaufen. Lamm ohne Rosmarin und Knoblauch ging gar nicht. Dazu würde sie die Brechbohnen kochen und kleine Kartoffeln glasieren. Während sie mit ihrem voll beladenen Ziehwagen am Bezirksamt vorbei nach Hause marschierte, kombinierte sie bereits die Zutaten. Den Spinat würde sie in einer Sahnesoße mit Bandnudeln zubereiten. Der Ochsenschwanz schmorte in ihren Gedanken bereits zusammen mit dem Suppengrün und Tomatenmark in einer Brühe. Der Speck passte natürlich zu den Pfifferlingen. Und die grünen und gelben Zucchini mochte sie am liebsten mit Rosinen gedünstet auf einem Reisbett serviert. Dann hatte sie noch die Pastinaken für eine Suppe und den Salat. Kartoffelpuffer fielen ihr spontan ein. Puffer mit Salat und Apfelmus. Für diese Woche hatte sie ausgesorgt.

Frau Helbing war ganz in ihre kulinarischen Gedanken vertieft. Erst unmittelbar vor ihrer Haustür bemerkte sie Herrn Borken. Er stand auf dem Bürgersteig und schien auf Frau Helbing zu warten.

»Einen schönen guten Tag, Frau Helbing«, sagte er übertrieben höflich. »Ich hatte schon vergeblich bei Ihnen geklingelt.«

Herr Borken schien allein zu sein. Frau Schneider war nicht zu sehen.

»Was wollen Sie denn schon wieder?« Frau Helbing machte sich nicht die Mühe, freundlich zu klingen.

»Ich möchte Sie bitten, mich zum Kommissariat zu begleiten. Das ist, wie Sie bestimmt wissen, gleich hier um die Ecke in der Sedanstraße. Wenn Sie bereit wären, ein bisschen Zeit zu opfern, könnten Sie uns sehr weiterhelfen.«

»Ich muss Ihnen ja dauernd weiterhelfen«, sagte Frau Helbing spöttisch. »Wie haben Sie eigentlich ermittelt, bevor Sie mich kannten?«

Herr Borken lächelte tapfer. Man konnte merken, dass ihm die Situation sehr peinlich war.

»Es geht um jemanden aus Ihrem Bekanntenkreis«, versuchte er die Dringlichkeit seines Anliegens zu unterstreichen.

Frau Helbings Interesse hatte er damit geweckt.

»Bekanntenkreis?«, fragte sie nach.

Herr Borken nickte.

»Na, dann schießen Sie mal los.« Frau Helbing wartete gespannt auf weitere Informationen.

»Ich kann Ihnen hier nichts dazu sagen. Das darf ich nur, wenn auch Frau Schneider dabei ist. Ich hoffe, Sie haben dafür Verständnis.«

»Nein«, sagte Frau Helbing knapp. »Aber wenn es nicht anders geht.«

Frau Helbing schloss die Haustür auf.

»Sie sind sicher so nett und tragen meinen Einkauf nach oben.«

Herr Borken nickte notgedrungen. Seine Augen wurden ganz groß, nachdem er den Trolley angehoben hatte.

»Das ist aber schwer«, stellte er erstaunt fest.

»Sie werden doch nicht an der Tasche einer alten Frau scheitern«, erwiderte Frau Helbing lapidar.

Dreimal musste Herr Borken eine Pause einlegen, bis er den zweiten Stock erreicht hatte. Frau Helbing war schon mal vorgegangen und reichte ihm ein Glas Wasser, als er endlich vor der Wohnungstür stand. Dicke Schweißperlen standen auf seiner Stirn. Hoffentlich wird er nie einen flüchtenden Verdächtigen verfolgen müssen, dachte Frau Helbing und wartete, bis Herr Borken wieder gleichmäßig atmete. Der Weg zum Kommissariat siebzehn war zum Glück nicht weit.

Frau Helbing war nervös, als sie von Herrn Borken in ein Verhörzimmer geführt wurde. Zumindest glaubte sie, es handele sich hier um ein richtiges Verhörzimmer, wie man es als gesetzestreuer Bürger nur aus Kriminalromanen und entsprechenden Filmen kannte. Der Raum war schlicht mit einem Tisch und sechs Stühlen möbliert. An der Decke hing eine Rasterleuchte mit zwei ungemütlich hellen LED-Röhren. Die Wände waren kahl und in einer deprimierenden Farbe gestrichen, die Frau Helbing nicht hätte beschreiben können und die wahrscheinlich von Polizeipsychologen zusammengemischt worden war, um eine besonders unangenehme, beklemmende Atmosphäre zu schaffen. Dieser Raum wirkte einschüchternd und suggerierte jedem Angeklagten, schuldig zu sein. In was auch immer.

Auch Frau Helbing fragte sich sofort, was man ihr denn vorwerfen könnte. Genau genommen ist ja niemand frei von Schuld. Bereits das Überqueren einer roten Ampel ist ein Gesetzesverstoß. Auch eine Zigarettenkippe auf die Straße zu werfen, ist eine Ordnungswidrigkeit. Eine lächerliche Bagatelle könnte man meinen, aber wer schon mal in einem solchen Verhörzimmer gesessen hatte, wusste, dass man hier automatisch an noch so kleine Vergehen aus der Vergangenheit erinnert wurde. Das musste an der Wandfarbe liegen.

Frau Helbing dachte plötzlich an das Nachtsichtgerät. Was hatte sie sich nur dabei gedacht, ein an Herrn von Pohl adressiertes Paket zu öffnen? Das war ein Verstoß gegen das Postgeheimnis. Da verstand die deutsche Rechtsprechung keinen Spaß.

Es schien aber um etwas ganz anderes zu gehen, denn

als die Tür aufging, betrat Frau Schneider zusammen mit Uwe Prötz den Raum. Frau Helbing staunte nicht schlecht. Der Kioskbesitzer schien sehr erleichtert zu sein, Frau Helbing zu sehen. Dankbar lächelte er sie an. Er trug eine Trainingshose mit drei Streifen, Crocs und das *Ex Porn Star*-Shirt, das er bereits am Dienstag am Leib hatte. Frau Helbing mutmaßte, dass er es zwischenzeitlich nicht ausgezogen hatte. Seine Gesichtshaut war von tiefen Furchen durchzogen, als rasierte er sich ab und an mit einer Kartoffelreibe. Wie eben aus der Mülltonne gezogen wirkte er auf Frau Helbing. Wenn das die alte Frau Prötz sehen könnte, dachte sie. Handschellen oder eine Stahlkugel an einer Kette um das Fußgelenk hätten Prötz in dem Aufzug gut gestanden.

Frau Schneider nickte Frau Helbing kurz zu. Sie hätte sich lieber die Hand abgeschnitten, als freundlich zu grüßen. Frau Helbing war gespannt. Es musste einen wahnsinnig wichtigen Grund geben, warum sie hier war, sonst wäre Frau Schneider nicht über ihren Schatten gesprungen. Bestimmt hatte es die Kommissarin einiges an Überwindung gekostet, Frau Helbing zum Gespräch einzuladen.

Nachdem sich alle gesetzt hatten, begann Frau Schneider zu reden.

»Sie kennen Herrn Prötz, nehme ich an.«

Frau Helbing quittierte die Frage mit einer kurzen Kopfbewegung.

»Würden Sie mir bitte sagen, wann Sie Herrn Prötz das letzte Mal gesehen haben?«, fragte Frau Schneider und hob leicht die Augenbrauen.

»Was wird Herrn Prötz denn vorgeworfen?«, fragte Frau Helbing zurück.

Natürlich hätte sie Frau Schneiders Frage leicht beantworten können, aber Frau Helbing hatte Erfahrung mit Verhören. Wenn auch nicht im wirklichen Leben, so hatte sie doch in Hunderten von Büchern den unterschiedlichsten Ermittlern bei der Befragung von Zeugen, Tätern und unschuldigen Opfern über die Schulter geschaut. Dabei hatte sie gelernt, dass es immer ratsam ist, nicht gleich sein ganzes Pulver zu verschießen. Vor allem dann nicht, wenn man selbst auch an ein paar Informationen gelangen möchte. Nein, das Ganze war immer eine Art Kuhhandel. Ein Geben und Nehmen. Frau Schneider sollte eine Fleischereiverkäuferin nicht unterschätzen.

Die Kommissarin verdrehte die Augen.

»Bitte beantworten Sie meine Frage«, zischte sie gereizt.

»Ich muss hier nicht sitzen«, sagte Frau Helbing keck. »Wenn ich mich richtig erinnere, *bat* mich Herr Borken, ein bisschen Zeit zu opfern, um *Ihnen* weiterzuhelfen.«

Frau Schneider drehte den Kopf in Richtung ihres Mitarbeiters. Ihre Gesichtsmuskulatur verhärtete sich. Herr Borken war intensiv damit beschäftigt, mit der Kraft seines Blickes ein Loch in die Tischplatte zu starren.

»Frau Helbing, machen Sie keinen Scheiß«, rief Uwe Prötz plötzlich. Er hielt die Anspannung kaum noch aus. »Sie können mich doch nicht hängen lassen.«

Für Uwe geht es wohl um die Wurst, dachte Frau Helbing und registrierte seinen flehenden Blick.

»Sie sagen erst mal gar nichts«, fauchte Frau Schneider Herrn Prötz an.

Dann lehnte sie sich zurück, verschränkte die Arme und atmete tief durch.

»Herr *Prötz* braucht Sie, Frau Helbing«, stellte sie klar. »Nicht *wir*.«

Dann legte sie eine kleine Pause ein.

»Ich mache Ihnen einen Vorschlag. Sie beantworten meine Frage und ich die Ihre. Einverstanden?«

Das schien Frau Helbing fair zu sein.

»Gut«, begann Frau Helbing. »Am Mittwochvormittag war ich im Kiosk von Herrn Prötz. Also vorgestern, so um elf Uhr etwa. Ich habe eine *Morgenpost* gekauft. Auf dem Titel ging es um Lotto. Jemand hat viel Geld gewonnen und es nicht abgeholt oder so. Ich interessiere mich nicht für Glücksspiel. Jedenfalls stand Herr Prötz in seinem Laden. Außerdem war da noch sein Freund Thorsten. Der müsste das auch bestätigen können.«

Frau Helbing überlegte kurz, ob sie noch etwas vergessen hatte. Dann nickte sie, um den Wahrheitsgehalt ihrer Beobachtung abschließend zu unterstreichen.

Uwe Prötz strahlte erleichtert über das ganze Gesicht.

»Jetzt sind Sie dran«, forderte Frau Helbing lächelnd ihren Teil der Abmachung ein.

Frau Schneider sah an Frau Helbing vorbei. Es war ihr eindeutig zuwider, mit einer lästigen, alten Pseudoermittlerin zu sprechen.

»Es gibt einen Anfangsverdacht gegen Herrn Prötz im Mordfall Maja Klarsen. Wir haben Fingerabdrücke von Herrn Prötz am Tatort gefunden«, fasste sie sich kurz. »Herr Prötz bleibt auf freiem Fuß. Die Anschuldigung wird sich wohl nicht verfestigen, da er sich offensichtlich zum Zeitpunkt der Tat in seinem Laden aufgehalten hat. Ich hoffe, Ihre Frage ist damit beantwortet.«

Frau Schneider war, noch während sie geredet hatte, aufgestanden.

»Sie können jetzt gehen«, sagte sie.

In der Tür drehte sie sich noch einmal um.

»Beide«, rief sie genervt.

»Mensch, Frau Helbing. Das kann ich nicht wiedergutmachen. Die wollten mir da was in die Schuhe schieben. Und ich hab ja noch Bewährung.«

Uwe Prötz schlurfte neben Frau Helbing durch die Sedanstraße. Bei jedem Schritt schabte eine Sohle seiner Crocs über die Betonsteine des Bürgersteigs.

Nachdem sie aus dem Polizeigebäude getreten waren, hatte Uwe Prötz Frau Helbing aus Dankbarkeit an sich gedrückt. Er hatte das nett gemeint, aber Frau Helbing hätte gerne darauf verzichtet. Prötz roch unangenehm nach Bärengehege.

»Wie kommen denn deine Fingerabdrücke in die Wohnung von Maja Klarsen?«, wollte Frau Helbing wissen, nachdem sie sich mit einem Zitrus-Erfrischungstuch die Hände gereinigt hatte.

»Die haben meine Fingerabdrücke auf einer Zigarettenpackung gefunden. Auf der Klarsichtfolie. Aber ich war da gar nicht. Ich schwör.«

Zum Beweis blieb er kurz stehen und hob die rechte Hand. Dann setzten die Schleifgeräusche wieder ein. Frau Helbing hätte ihm gerne gesagt, er solle beim Gehen gefälligst seine Füße hochheben.

»Ich meine, ich verkaufe Zigaretten. Und jede Packung fasse ich an«, redete Uwe Prötz weiter. »Mindestens zweimal. Ich räume sie ins Regal ein und reiche sie über den Tresen. Klar sind da Spuren drauf. Und meine Fingerabdrücke haben die bei der Polizei natürlich gespeichert. Ich hatte ja mal … Also früher …«

Er unterbrach sich.

»Ach, ist ja auch egal, warum«, murmelte er und machte eine wegwerfende Handbewegung.

»Die Frage ist, wie die Packung in die Wohnung von Frau Klarsen gelangt ist«, sagte Frau Helbing nachdenklich. »Und, ob das Zufall war oder der Täter absichtlich eine Fährte zu dir legen wollte.«

Schab, schab, schab. Prötz ging, als hätte er eine Fußheberschwäche. Es fiel Frau Helbing schwer, sich zu konzentrieren.

»Sie meinen, dass mich da jemand in so 'ne Scheiße reinziehen will?«

Uwe Prötz war ungehalten.

»Wo wohnte Frau Klarsen noch mal?«, fragte Frau Helbing.

»Ich hab doch keine Ahnung, Frau Helbing. Mann, Mann, Mann!«

Rot zeigten sich die Adern an Uwe Prötz' Hals.

»Ich hab die Tante doch gar nicht gekannt«, rief er genervt.

Gleich um die Ecke, in der Grindelallee, war der Prötz'sche Kiosk. Vor dem Schaufenster ging Thorsten auf und ab. Er wartete.

»Wo bleibst du denn, Dicker!«, rief Thorsten ungeduldig. Er tippte mit dem Zeigefinger auf seine Uhr.

»Die Bullen«, rief Uwe Prötz ungeniert über die Straße. »Ich bin Tatverdächtiger in einem Mordfall.«

Jetzt schwang ein bisschen Stolz in seiner Stimme mit. Tatverdächtiger in einem Mordfall. Damit konnte man schon angeben. In bestimmten Kreisen war das eine Auszeichnung. Eine Art Ritterschlag. Dass sich einige Passanten irritiert umdrehten, schien ihm nicht aufzufallen. Frau Helbing dagegen war das sehr peinlich.

Thorsten riss die Augen auf.

»Alter!«, rief er ehrfürchtig. »Scheiße!«

»Aber die Helbing'sche hat mich rausgehauen«, grinste Uwe Prötz und klopfte Frau Helbing kumpelhaft auf den Rücken.

»Nee!« Thorsten bekam den Mund gar nicht mehr zu. Mehrfach pendelte sein Blick zwischen Uwe Prötz und Frau Helbing.

»Is ja 'n Ding«, staunte er.

Uwe Prötz zog einen Schlüsselbund aus seiner Hose und bückte sich. Er fummelte an einem Vorhängeschloss rum, mit dem das Rollgitter vor der Ladentür am Boden gesichert war. Dabei öffnete sich ein fünfzehn Zentimeter breiter Spalt zwischen dem nach unten gerutschten Bund seiner Trainingshose und dem ohnehin zu knappen T-Shirt. Betreten wandte Frau Helbing ihren Blick ab.

»Dicker, deine Kimme hängt raus«, sagte Thorsten trocken. »Und jetzt mach ma hinne, ich hab Brand.«

»Schönen Tag noch«, verabschiedete sich Frau Helbing.

Sie sah zu, dass sie hier wegkam.

12

Frau Helbing war ganz in ihrem Element. Der angenehme und sehr spezielle Duft gebratener Pilze flutete ihre Küche. Es roch nach Wald und Humus, nach Spätsommer und Lagerfeuer. Erst hatte sie den Speck mit Zwiebeln in der Pfanne geschwenkt und anschließend die geputzten Pfifferlinge untergerührt. Jetzt schmurgelte das Ragout auf kleiner Flamme und verbreitete ein köstliches Aroma. Die gekochten Kartoffeln warteten bereits darauf, gepellt zu werden. Mit dem Wiegemesser schnitt Frau Helbing noch ein wenig krause Petersilie zum Drüberstreuen.

Nachdem sie zu Hause angekommen war, konnte Frau Helbing keinen klaren Gedanken fassen. Immer wieder hatte sie darüber nachgegrübelt, warum die Freundin von Herrn von Pohl hatte sterben müssen und wieso eine Zigarettenpackung ausgerechnet mit den Fingerabdrücken von Uwe Prötz bei der Leiche gefunden worden war.

Frau Helbing beunruhigte auch noch ein anderer Gedanke. Wenn Nanni ermordet worden war, könnte natürlich auch Hanni in großer Gefahr schweben. Aber sollte sie jetzt zu Frau Schneider gehen und ihre Bedenken äußern? Was sollte sie sagen? Dass eine Frau Klarsen sehr ähnliche Dame, die mutmaßlich ebenfalls eine Freundin Herrn von Pohls gewesen war und deren

Namen und Wohnort sie nicht kannte, ihrer Meinung nach unbedingt Personenschutz benötigte? Frau Schneider würde sie in die Geschlossene einweisen lassen.

Nachdem sich in Frau Helbings Kopf alle Gedanken verklumpt hatten wie feuchtes Katzenstreu, hatte sie zu kochen begonnen. Beim Schnippeln und Rühren konnte sie meist abschalten, und jetzt hatte sie nicht nur Appetit, sondern richtigen Hunger.

Just in dem Moment, als das Mittagessen fertig auf dem Tisch stand, klingelte es.

Melanie stand vor der Tür. Sie hatte einen Lederkoffer in der Hand und lächelte Frau Helbing an.

»Das riecht ja sensationell durchs ganze Haus!«, rief die Musikerin. »Wie in einem Sterne-Restaurant.«

Frau Helbing freute sich, Melanie zu sehen. Mit dieser Frau fühlte sie sich seelenverwandt. Die Aussicht auf eine normale Unterhaltung mit einem normalen Menschen kam ihr gerade recht.

»Das ist ja eine Überraschung«, rief Frau Helbing vergnügt.

»Ich habe Noten aus Hennings Wohnung geholt«, erklärte Melanie und zeigte auf den Koffer in ihrer Hand. »Da wollte ich mal Hallo sagen.«

»Möchtest du mit mir essen?«, fragte Frau Helbing spontan, stieß die Tür zu ihrer Wohnung weit auf und machte eine einladende Armbewegung.

Frau Helbing teilte gerne. Das war ihr noch nie schwergefallen. Als jüngste von vier Schwestern, in der Nachkriegszeit groß geworden, hatte sie eine hohe Kompetenz auf diesem Gebiet.

Melanie wiegte den Kopf hin und her, um ihre Zerrissenheit zu demonstrieren. »Eigentlich stehe ich ganz schön unter Strom, aber ein bisschen Zeit bis zur Probe habe ich noch«, entschied sie dann.

»Was hast du denn für eine Probe?«, fragte Frau Helbing interessiert, während sie in ihrer Küche zwei Teller auffüllte.

»Wir üben ein Requiem für Hennings Trauerfeier. Ich habe ein sensationelles Orchester zusammengestellt. So viele namhafte Musiker haben spontan zugesagt. Henning war sehr beliebt. Die Musikhochschule stellt uns den großen Saal für die Probe zur Verfügung.«

»Was ist denn ein Requiem?«, fragte Frau Helbing.

Das Wort Requiem hörte sie zum ersten Mal.

»Eine Totenmesse. Wir spielen ein Werk von Antonio Salieri. Genau genommen ein Stück für vierstimmigen Chor und Orchester von 1804.«

»Antonio Salieri«, flötete Frau Helbing. »Der Name ist ja schon eine kleine Melodie.«

Melanie nickte zustimmend.

»Als Künstler einen klangvollen Namen zu haben, ist bestimmt nicht von Nachteil.«

Frau Helbing dachte kurz darüber nach und nickte. Uwe Prötz könnte noch so gut komponieren.

»Wann ist denn die Trauerfeier?«, fragte Frau Helbing.

»Nächsten Donnerstag. Ich hoffe, Georg kriegt das alles organisiert.«

»Georg Pfründer!«, empörte sich Frau Helbing. »Also gestern bin ich dem begegnet. Dieser Mann ist ungehobelt wie eine Rauspundwand. Unfreundlich und mürrisch.«

Sie verzog angewidert das Gesicht.

»Was macht der eigentlich den ganzen Tag in Herrn von Pohls Wohnung?«

»Er wohnt da«, sagte Melanie beiläufig. »Übrigens, deine Pfifferlinge sind superlecker.«

»Er wohnt da?« Frau Helbing riss verwundert die Augen auf.

Melanie nickte.

»Georg hat mit seiner Firma Insolvenz angemeldet. Es lief wohl schon seit Längerem schlecht. Unter uns gesagt: Dem steht das Wasser bis zum Hals. Igor hat ihm angeboten, vorübergehend die Wohnung zu nutzen. Unentgeltlich natürlich. Der Junge ist einfach zu gut für diese Welt.«

Während Frau Helbing mechanisch Pilze zwischen den Backenzähnen zerkleinerte, überlegte sie, ob es einen Zusammenhang zwischen Pfründers Pleite und Herrn von Pohls Tod geben könnte.

»Erbt Georg eigentlich auch etwas?«, fragte sie.

»Nein.« Melanie überlegte kurz. »Es sei denn, es taucht noch ein Testament auf.«

»Also, im Moment ist Igor Alleinerbe«, sagte Frau Helbing nachdenklich. »Und der will den kompletten Nachlass verschenken.«

»So sieht's aus«, bestätigte Melanie.

Eigentlich sagte sie: »Fo fiehs auf«, weil sie den Mund voller heißer Kartoffeln hatte. Sie aß mit großem Appetit.

»Weißt du, ich suche noch einen Zusammenhang zwischen Hennings recht großem Vermögen und einem potenziellen Nutznießer, der – sagen wir mal – nicht unglücklich über den Tod des Fagottisten ist.«

Melanie hatte ihren Teller geleert. Sie legte die Gabel aus der Hand und sah Frau Helbing an. Auf ihrer Stirn hatten sich Falten gebildet.

»Wieso?«

Sie schüttelte den Kopf.

»Du hast doch nicht immer noch diese fixe Idee, jemand hätte Henning«, und dann klang sie fast belustigt, »umgebracht?«

Frau Helbing war enttäuscht. Nicht einmal Melanie nahm ihre Bedenken ernst. Lag sie mit ihrem Verdacht so offensichtlich daneben? Sollte sie tatsächlich die schrullige Alte aus der Rutschbahn sein, über die alle nur lächelten, weil sie hanebüchenen Verschwörungstheorien nachhing, die jeglichen Bezug zur Realität vermissen ließen? War ihre Selbstwahrnehmung gestört?

Um etwas Zeit zu gewinnen, nahm sie Melanies Teller und ging zum Herd.

»Pilze sind alle«, sagte Frau Helbing. »Aber du kannst noch zwei Kartoffeln haben. Pellkartoffeln mit Butter und Salz isst heute kein Mensch mehr. Dabei ist das so lecker.«

»Und günstig«, fügte sie hinzu.

»Ich wollte mich nicht über dich lustig machen«, sagte Melanie entschuldigend.

Sie war sensibel genug, um zu bemerken, dass Frau Helbing ernsthaft bedrückt war.

»Was beschäftigt dich?«, fragte sie.

Frau Helbing reichte Melanie den Teller und setzte sich.

»Ich weiß gar nicht, wo ich anfangen soll«, stöhnte Frau Helbing.

Das war natürlich nur so dahingesagt, denn es brach förmlich aus ihr heraus.

»Herr von Pohl wird von drei Wespen in die Füße gestochen. Gleichzeitig. Das allein ist doch schon sehr ungewöhnlich. Aber dann will er telefonieren, obwohl er ein Notfallset in der Schublade seiner Kommode hat. Warum macht er das? Das ergibt keinen Sinn. Es muss ihm doch klar gewesen sein, was zu tun war.«

Frau Helbing schüttelte verständnislos den Kopf.

»Und dann waren da diese Geräusche. Auch wenn die Polizei mich nicht ernst nimmt, habe ich keinen Zweifel daran, dass am Montagabend jemand in der Wohnung war. Das habe ich genau gehört. Herr von Pohl war zu diesem Zeitpunkt aber bereits tot. Da stellt man sich doch Fragen. Wer war da oben? Und warum? Hat jemand nach etwas gesucht?«

Frau Helbing beugte sich zu Melanie vor. Sie war ganz aufgeregt.

»Angeblich fehlt nichts, aber weißt du was?«, flüsterte sie. »Die Fußmatte im Badezimmer wurde entfernt. Da bin ich mir ganz sicher. Fußmatte – Stiche in den Füßen?« Sie wiegte den Kopf bedeutungsschwanger hin und her.

»Und!«, rief sie plötzlich.

Frau Helbings Zeigefinger schnellte nach oben.

»Jemand fährt mit Herrn von Pohls Mercedes herum. Der steht jeden Tag irgendwo anders. Völlig verrückt ist das.«

Sie atmete einmal tief durch.

»Das ist noch nicht alles«, sagte sie. »Jetzt wurde auch noch eine von Hennings Freundinnen tot aufgefunden. Mit einem Messer im Rücken. Stell dir das mal vor.

Muss man nicht mal darüber nachdenken, ob es vielleicht einen Zusammenhang zwischen diesen Ereignissen gibt?«

Fast zornig sagte sie den letzten Satz. Zornig über sich selbst, da sie all diese Ungereimtheiten nicht zu einem großen Ganzen zusammenfügen konnte.

»Außerdem«, erregte sie sich weiter, »Herr von Pohl hat heute Abend eine Verabredung. Heute Abend!« Sie trommelte jede Silbe mit dem Zeigefinger auf die Tischplatte. »Auf dem Segelflugplatz in Fischbek! Was für ein mysteriöses Treffen ist das denn?«

Frau Helbing zerdrückte kraftvoll eine Kartoffel auf ihrem Teller. Sie hatte alles gesagt, was sie sagen wollte. Das Nachtsichtgerät erwähnte sie lieber nicht. Schließlich hatte sie sich hier nicht korrekt verhalten und illegalerweise ein fremdes Päckchen geöffnet. Jetzt wollte sie essen, bevor ihre leckere Pilzpfanne gänzlich erkaltet war.

Melanie dachte offensichtlich nach. Die Butter zwischen ihren Kartoffeln schmolz vor sich hin.

»Ja«, begann Melanie zu reden. »Einiges klingt nicht plausibel. Da hast du recht. Aber um jemanden zu ermorden, braucht es immer einen Grund. Henning war beliebt. Er war ein gern gesehener Gast und ein anerkannter Musiker. Meines Wissens nach hat er niemanden betrogen oder getäuscht. Auch den ganzen Weibern hat er nie ewige Liebe und Treue vorgegaukelt. Man wusste bei ihm, woran man war. Ich spreche aus Erfahrung. Einen Raubmord kann man wahrscheinlich ausschließen. Es fehlt nichts. Also jedenfalls nichts Wertvolles. Und die Fußmatte könnte er auch weggeworfen haben. Außerdem gibt es keine Spuren eines Einbruchs. Und sein einziger Erbe will das Vermögen gar nicht haben. Wer also sollte Henning nach dem Leben getrachtet haben?«

»Vielleicht ein brutaler, eifersüchtiger Ehemann?«, sagte Frau Helbing. »Er könnte eine Affäre mit einer verheirateten Frau gehabt haben.«

»Möglich«, sagte Melanie. »Aber hat der Mann drei Wespen als Auftragskiller angeheuert?«

Frau Helbing resignierte. Auch Melanie konnte sich eine kleine ironische Spitze nicht verkneifen. Es war zum Verzweifeln. Allenfalls Herr Aydin nahm Frau Helbing halbwegs ernst bei ihrem Versuch, Licht in die Causa von Pohl zu bringen. Die meisten Menschen hielten sie für mehr oder weniger vertüdelt, wie der Hamburger sagt.

Nachdem Melanie gegangen und der Abwasch erledigt war, setzte sich Frau Helbing in ihren Ohrensessel. Sie nahm das Buch zur Hand, das sie vor einer Woche zu lesen begonnen hatte. Eine ganze Woche für einen Krimi im Taschenbuchformat. Normalerweise verschlang sie einen Roman diesen Umfangs innerhalb von zwei Tagen. Viel zu viel Zeit hatte sie verbracht mit Gedankenspielen, Recherchen und Gesprächen über den Tod eines ihr eigentlich unbekannten Mannes. Was bildete sie sich eigentlich ein?, schalt sie sich. Niemand hatte sie um ihre Meinung gebeten. Im Grunde ging sie die ganze Angelegenheit überhaupt nichts an. Und warum sollte sie gegen Windmühlen kämpfen, anstatt sich ihren geliebten Krimis zuzuwenden?

Frau Helbing wollte lesen. Lesen und abschalten.

So, wie sie das immer gerne gemacht hatte, bevor der ganze Trubel mit dem Fagottisten über sie hereingebrochen war. Es war Freitag, und sie war die ganze Woche nicht in der Bücherhalle gewesen, um sich Nachschub zu besorgen und mit den netten Angestellten zu plaudern. Wahrscheinlich hielt man sie mittlerweile für verstorben.

Frau Helbing öffnete das Buch an der Stelle, an der ihr Lesezeichen eingelegt war, blätterte etwas zurück und versuchte sich zu konzentrieren.

Murphy hieß der Kommissar. Langsam kam sie in die Geschichte zurück.

Dieser Murphy ermittelte in einem schottischen Schloss. Hier wurde kein Klischee ausgelassen. Ein Unwetter hatte das Anwesen von der Außenwelt abgeschnitten. Die Telefonkabel waren zerschnitten worden. Die zweiundneunzigjährige Mutter des Schlossherrn lag bereits im Kühlraum. Enthauptet mit einer antiken Streitaxt, die von ihrem Platz über dem Kamin des großen Festsaals entwendet worden war. Nun waren alle Anwesenden zum Finale in der Bibliothek versammelt, wo sich Inspektor Murphy in aller Ruhe eine Pfeife anzündete, um die Spannung zu erhöhen.

Frau Helbing liebte diese altertümlichen Klassiker. Mit einem Schnitt durch das Telefonkabel konnte man damals noch eine Gruppe von Schlossbewohnern und ihre Gäste vom Rest der Welt isolieren.

Es gab den alten, bärbeißigen Adligen, der selbstverständlich nur im Kilt umherlief. Seine ungeratenen Kinder, die beide unbedingt ans Erbe kommen wollten.

Selbstverständlich gehörten ein Butler, ein Gärtner

und ein Hausmädchen zu den Protagonisten. Außerdem Besuch aus London, der ungeduldig die Rückreise antreten wollte, und natürlich ein Pärchen, das mit dem Auto liegen geblieben war und im sintflutartigen Regen zu später Stunde hilfesuchend den schmiedeeisernen Türklopfer gegen das mächtige Portal des Hauptgebäudes gehämmert hatte.

Frau Helbing legte eine Decke über ihre Füße und trank in kleinen Schlucken heißen Kamillentee.

Murphy begrüßte alle und gab bekannt, den Fall gelöst zu haben. Es war nicht leicht gewesen, gestand er ein. Viele der anwesenden Personen hatten sich unkooperativ verhalten, aber jetzt habe er alle Fakten zusammen, um den Täter oder die Täterin eindeutig zu überführen. Vor allem ein Gegenstand, der ihm bislang vorenthalten worden war, hätte den Durchbruch gebracht.

Frau Helbing fiel plötzlich ein, dass noch immer das Instrument von Herrn von Pohl unter ihrem Bett lag. Sie musste es unbedingt Igor zurückgeben, bevor der Verdacht aufkommen würde, sie wolle das wertvolle Fagott unterschlagen. Seit Montag schon hatte sie es hier in ihrer Wohnung. Vermisste das niemand?

Was hatte Murphy gesagt? Frau Helbing hatte einen ganzen Absatz gelesen, ohne zu registrieren, was genau da gestanden hatte. Ihre Augen hatten sich von Wort zu Wort gehangelt, doch ihre Gedanken blockierten jegliche Aufnahmebereitschaft. Sie versuchte sich zu konzentrieren und las die ganze Buchseite noch mal.

Gerade hatte sie den Faden der Geschichte wiedergefunden, als das Telefon klingelte.

Frau Helbing legte ihr Buch zur Seite. Wer kein Handy

benutzte, konnte unmöglich auch noch das Festnetz ignorieren. Es war Frank, der sich gut gelaunt meldete.

»Na, Tantchen?«, eröffnete er das Gespräch.

»Hat der Herd sich in der Zwischenzeit selbst repariert oder brauchst du mich noch? Manchmal erledigen sich Dinge von allein, weißt du? Man fährt in Urlaub, und schon funktioniert alles wieder, wenn man zurückkommt. Ich war ja in Busan. Da sind die sehr entspannt mit den Elektroinstallationen. In der Altstadt ranken sich Kabel wie Schlingpflanzen an Hausfassaden entlang und hängen in schweren, verknoteten Bündeln über den Straßenkreuzungen. Abenteuerlich, sage ich dir. War aber toll. Vor allem das Essen in diesen Garküchen. Du musst nur einen Magen haben wie ein Pferd.«

Er lachte kurz auf.

»Wann kommst du denn?«, unterbrach ihn Frau Helbing. Sie musste unbedingt Franks Redefluss stoppen. Er konnte einem das Ohr taub quatschen, ohne Luft zu holen. Keiner in der Familie wusste, woher er diese Sabbelschnute hatte.

»Na ja. Wann bist du denn da?«, fragte er.

»Frank.«

Frau Helbing schüttelte den Kopf.

»Ich richte mich natürlich nach dir. Wenn ich etwas habe, dann Zeit. Wie wäre es denn am Wochenende?«

»Also Wochenende ist schlecht.«

Frau Helbing schloss die Augen und zählte bis drei. Frank redete nicht nur gerne, sondern er war auch kompliziert. De Buttje is ’n beten vigelinsch, hatte sein Vater immer gesagt.

»Ist das eigentlich dringend?«, fragte Frank. »Du

kannst ja kochen *oder* backen. Wann machst du eigentlich beides? Also parallel?«

»Wenn ich zur Weihnachtszeit eine Ente mache«, begann Frau Helbing geduldig, »und ich mache zur Weihnachtszeit immer eine Ente. Dann ist der Vogel im Ofen und auf dem Herd bereite ich Klöße und Rotkohl zu. Parallel.«

»Na gut«, sagte Frank. »Bis Weihnachten ist es ja noch ein bisschen hin.«

Frau Helbing stöhnte.

»Das war nur ein Beispiel«, sagte sie. »Ich hätte einfach gerne, dass mein Herd funktioniert. Als Ganzes. Mit Backofen. Parallel.«

Jetzt setzte sie ihm die Pistole auf die Brust, indem sie sagte: »Ich kann auch den Reparaturservice anrufen, wenn du zu beschäftigt bist.«

Das wollte Frank auf keinen Fall. Er würde großen Ärger mit seiner Mutter bekommen, wenn er Tante Franziska nicht umgehend half.

»Montagabend?«, sagte er sofort.

»Montagabend«, bestätigte Frau Helbing.

»Bis dahin.«

Sie beendete schnell das Telefonat, bevor Frank zu einer längeren Erzählung von seinen Urlaubserlebnissen ausholen konnte.

Nachdem sie aufgelegt hatte, nahm Frau Helbing erneut den Krimi zur Hand.

Inspektor Murphy stand also in der Bibliothek und kündigte an, den Mörder oder die Mörderin nun zu entlarven.

Wo liegt eigentlich dieses Busan?, fragte sich Frau

Helbing. Mindestens Italien oder noch viel weiter weg, überlegte sie. Die jungen Leute fliegen ja heutzutage in der Welt umher, als gingen sie nur mal eben zum Bäcker um die Ecke. Sie selbst war mit dreißig zum ersten Mal verreist. In den Harz. Das war auch schön.

Sie versuchte wieder, in die Geschichte einzusteigen.

Inspektor Murphy hatte gute Laune. Das hatte er immer, wenn er gegen Ende der Geschichte den Fall aufklären konnte. Frau Helbing kannte das. Sie hatte bereits mehrere Bände der Inspektor-Murphy-Reihe verschlungen und liebte eigentlich genau diesen Moment, in dem der Leser von der angestauten Spannung befreit wurde.

Nur jetzt drängten sich ständig Gedanken nach vorn, die mit diesem Buch nichts zu tun hatten.

Herr von Pohl war nämlich auch gut gelaunt gewesen, fiel Frau Helbing ein. Richtig aufgekratzt war er ihr erschienen, als er kurz vor seinem Tod in ihrer Küche einen Kaffee getrunken hatte. Von Dingen, die über ihn hereinbrächen, hatte er gesprochen. Was konnte er damit nur gemeint haben? Ob die Antwort auf diese Frage heute Abend in Fischbek geklärt werden könnte?

Mit einem energischen Ruck klappte Frau Helbing das Buch zu und stand auf. Sie musste herausfinden, was es mit diesem Treffen am Segelflugplatz auf sich hatte.

13

Begeistert bückte sich Frau Helbing über eine wunderschöne Ziegenlippe und drehte sie vorsichtig am Stiel aus der Erde. Ein Exemplar wie aus dem Bilderbuch hatte sie in den Händen. Ganz dicht hielt sie den Hut des Röhrlings an ihre Nase und atmete den Duft feuchten Herbstwalds ein.

»Das Glück ist mir hold«, dachte sie.

Heute war ein sensationeller Tag, um Pilze zu sammeln. In ihrem Körbchen lagen bereits mehrere Maronen, zwei gigantische Steinpilze und eine Rotkappe. Frau Helbing hatte das Jagdfieber oder besser gesagt das Pflückfieber gepackt. Lächelnd ging sie immer weiter in das Unterholz, konzentriert den Boden abspähend. Kindheitserinnerungen ergriffen Besitz von ihr. Nach dem Krieg hatte sie oft mit Mutter und Schwestern den Wald durchstreift. Notgedrungen. Sie hatten nicht viel, und damals sammelte die ganze Familie im Spätsommer Beeren und Pilze, um satt zu werden.

Frau Helbings Mutter hatte kaum Ahnung von Myzelien und Fruchtkörpern, aber sie wusste, dass man bei Röhrenpilzen nicht viel falsch machen konnte. Wenn alle fleißig gesammelt hatten, kochte sie in ihrer kleinen Wohnung, in der man nur die Küche heizen konnte, einen großen Topf Pellkartoffeln und schmorte die geputzten Pilze in echter Butter.

Eigentlich war die Sache mit den Pilzen als Tarnung gedacht gewesen. Als kluge Ermittlerin hatte Frau Helbing überlegt, sich die Identität einer Waldhexe zuzulegen. Nur für den Fall, dass man sie bei ihren Recherchen auf dem Segelflugplatz ansprechen würde. Das war durchaus in Betracht zu ziehen, und bevor man sich in unausgegorene Ausflüchte verhedderte, sollte ein guter Detektiv eine plausible Geschichte parat haben. Eine alte Frau beim Kräuter- oder Pilzesammeln mag den meisten Menschen skurril, aber nicht ungewöhnlich erscheinen.

Die Haare hatte sie sich zu einem Dutt hochgesteckt und ein Kopftuch umgebunden. Dazu hatte sie eine Lodensteppjacke, einen Wollrock und ihre alten Wanderschuhe aus schwarzem Leder kombiniert. Zusätzlich hielt sie einen alten Weidenkorb in der Hand. So ausstaffiert, glaubte Frau Helbing über alle Zweifel erhaben, eine authentische Pilzsammlerin abzugeben.

Am frühen Nachmittag war sie nach Fischbek gefahren, um sich noch bei Tageslicht auf dem Segelflugplatz umzusehen. Im Hellen wollte sie die Örtlichkeiten erkunden und schon mal ein günstiges Versteck für sich auskundschaften. Eine geeignete Beobachtungsposition, von der aus sie einen guten Überblick hatte und selbst nicht auszumachen war. Vielleicht würde das, was auch immer hier stattfinden sollte, gefährlich werden. Da war es besser, im Verborgenen zu bleiben.

Kaum hatte sie ein paar Schritte in den Wald gemacht, stolperte sie förmlich über die erste Marone, und von da an frönte sie erst einmal ihrem Sammlerinstinkt. Sie hatte Zeit. Es war noch nicht einmal halb acht und der Korb war bereits zur Hälfte gefüllt.

Zufrieden mit ihrer Beute ließ sich Frau Helbing erschöpft auf dem Stamm einer gefällten Buche nieder und stärkte sich mit Butterbrot und Sülze. Eine Thermoskanne mit heißem Pfefferminztee hatte sie auch dabei. Obwohl es kühl war und so ein Baum nicht die komfortabelste Sitzgelegenheit darstellte, fühlte sie sich rundum wohl. In der Natur zu sein erfüllt den Menschen im Innersten mit Ruhe, Ausgeglichenheit und Glück, stellte sie einmal mehr fest. Schade, dass der Mensch sich dem Wald immer mehr entfremdet, dachte Frau Helbing.

Irgendwo hatte sie gelesen, dass bis zum Jahr 2030 etwa achtzig Prozent aller Deutschen in Städten leben würden. Eine bedauerliche Entwicklung. Mit der Natur wollten die meisten nichts mehr zu tun haben. Also eigentlich fanden alle Natur »voll toll«, wenn sie nur nicht so nahe an einen herankam. Welcher Großstädter kannte denn noch eine Ziegenlippe? Mit Müh und Not erkannten einige vielleicht eine Ziege.

Frau Helbing streckte ihre Beine aus und schob sich noch ein Stück Aspik in den Mund. Dann schlenderte sie langsam zum Ort des geheimnisvollen Treffens zurück. Unterwegs entdeckte sie am Fuße einer Kiefer eine Krause Glucke. Vorsichtig legte sie diesen gehirnförmigen Pilz in ihren Korb.

Das Gelände des Segelflugplatzes war weitläufig, wobei die Start- und Landebahn den Löwenanteil der Fläche einnahm. Diese Piste hatte nichts mit den asphaltierten, hell erleuchteten Einflugschneisen eines Passagierflughafens gemein. Hier musste man schon sehr genau hinsehen, um im Heidekraut eine Spur zu erkennen, wo die ein- und zweisitzigen Leichtbausegler zu Boden gehen konnten. Dieser Landeplatz hätte genauso gut eine Hundeauslauffläche sein können. Interessant waren die beiden Gebäude, die vermutlich als Garagen für die kleinen Flugzeuge dienten. Sie als Hangar zu bezeichnen, wäre großspurig gewesen, aber massiv gebaut boten die Hallen Schutz gegen Wetter, Diebstahl und Vandalismus. Dort hatte Frau Helbing so etwas wie das Herz des Flugplatzes ausgemacht, und wenn man sich in dieser Einöde treffen würde, dann auf dem Platz, der sich vor den rechtwinklig angeordneten Bauten erstreckte. Da war sie sich sicher.

Praktischerweise umgab ein kleines Wäldchen den Parkplatz, in dem sich Frau Helbing verstecken konnte, ohne allzu weit vom Geschehen entfernt zu sein. Zwischen zwei Birken hatte sie den optimalen Beobachtungspunkt ausgemacht. Von hier aus hatte sie nicht nur den vermutlichen Ort des Geschehens im Blick, sondern konnte auch mit einem kurzen Fußweg durchs Unterholz zu einem Platz wechseln, der ihr freie Sicht auf die Landebahn bot. Auch eine Fluchtmöglichkeit kam in Betracht. Die Dunkelheit schreckte sie nicht, denn sie hatte Herrn von Pohls abgefangenes Nachtsichtgerät dabei. Frau Helbing war sehr zufrieden mit sich und ihrer Vorbereitung. Und warten konnte sie auch.

Kurz nach acht Uhr war es richtig dunkel. Ab und an nippte Frau Helbing an ihrem Tee, der bald zur Neige gehen würde. Um neun Uhr kamen ihr Zweifel, ob die Idee hierherzufahren nicht doch völlig bescheuert gewesen war. Hier, wo sich allenfalls Fuchs und Hase gute

Nacht sagten, auf die Klärung eines Mordfalls zu hoffen, kam ihr jetzt töricht vor.

An einem Freitagabend hätte Frau Helbing auch gemütlich vor ihrem Fernseher sitzen oder endlich den Krimi mit Inspektor Murphy zu Ende lesen können. Jetzt stand sie im Dunkeln am Stadtrand zwischen zwei Bäumen und fröstelte.

Die Minuten zogen sich hin. In der Ferne kämpften zwei Katzen. Das Gekreische ließ Frau Helbing einen Schauer über den Rücken laufen.

Gegen zehn Uhr drängte sich das Geräusch eines Verbrennungsmotors in die Stille des Abends. Obwohl der sich nähernde Wagen nicht zu überhören war, erschrak Frau Helbing, als die Lichtkegel zweier Scheinwerfer sie plötzlich wie riesige Taschenlampen blendeten. In einem forsch gefahrenen Bogen wendete das Auto über den Platz zwischen den Gebäuden und kam vor der Frau Helbing gegenüberliegenden Halle zum Stehen.

Der Motor ging aus. Das Licht blieb an.

Frau Helbing spürte ihren Herzschlag. Überraschenderweise war der Wagen klein. Sehr klein. Frau Helbing hatte mit einem richtigen Gangsterauto gerechnet. Wie auch immer ein solches auszusehen hatte. Eine PS-starke Limousine mit einem riesigen Kofferraum, um Waffen, Drogen oder Gefangene transportieren zu können vielleicht. Mindestens. Oder ein LKW mit einer olivgrünen Plane, gefahren von einem bärtigen Che-Guevara-Typen. So ein Opel Corsa, oder was das war, enttäuschte sie ein bisschen. Personen im Wagen konnte sie nicht ausmachen.

Eine ganze Weile geschah nichts. Deutlich nahm Frau

Helbing Musik wahr, die im Auto gehört wurde. Wenn man das Musik nennen wollte. Hauptsächlich wummernde Bässe.

Dumm, dumm, dumm, dumm …

Wie man das aushielt, ohne Kopfschmerzen zu bekommen, war Frau Helbing ein Rätsel.

Erst eine Viertelstunde später erschien ein zweites Auto. Ein bisschen größer zwar, aber immer noch weit entfernt von dem, was Frau Helbing sich unter einem angemessenen Gefährt für zwielichtige Halunken vorstellte.

Aus beiden Wagen stiegen nun die Insassen aus. Frau Helbing benutzte das Nachtsichtgerät, um die Szene zu beobachten. Jetzt wurde es spannend. Fünf Personen konnte sie ausmachen, die aufeinander zugingen. Drei aus dem kleinen, zwei aus dem großen Auto.

Sie begrüßten sich freundschaftlich. Herzlich geradezu. Mit Umarmung und Küsschen links und rechts.

Frau Helbing war erleichtert. Hier, auf diesem Segelflugplatz, würde heute Nacht kein dubioses Verbrechen stattfinden, so viel stand fest.

Aber was dann? Diese Leute hätten sich auch in einem Wirtshaus verabreden können. In einem wohltemperierten Lokal, bei angenehmer Beleuchtung, wo es Getränke und vielleicht ein paar Schnittchen gab.

Frau Helbing rätselte, was der Grund für dieses Treffen sein könnte. Und was das alles mit Herrn von Pohl zu tun hatte.

Während sie vor sich hin grübelte, löste sich eine Person aus der Gruppe und kam direkt auf Frau Helbings Versteck zu. Es war eine Frau, das erkannte sie an der

Silhouette. Die Dame hatte es eilig. Schnellen Schrittes näherte sie sich dem Unterholz, in dem sich Frau Helbing verbarg. Sofort setzte Frau Helbing das Nachtsichtgerät ab, um zu prüfen, wie weit man mit bloßem Auge in der Dunkelheit sehen konnte. Es war eindeutig zu finster, um entdeckt zu werden. Und eine Taschenlampe hatte die Frau offensichtlich nicht dabei. Wahrscheinlich würde sie am Rande des kleinen Hains ihre Notdurft verrichten und dann wieder zu den anderen zurückgehen, beruhigte sich Frau Helbing.

In diesem Moment schaltete die Frau eine Stirnlampe ein, die sie an einem breiten Stretchband um den Kopf trug. Eine extrem helle Stirnlampe. Diese Lichtquelle hätte ausgereicht, einen Unfall auf der A7 komplett auszuleuchten. Frau Helbing war von diesem Flutlicht geblendet. Sie kniff die Augen zu. Die Frau schrie.

Mit der sich beruhigenden Situation verlangsamte sich auch Frau Helbings Herzschlag. Sie stand auf dem Platz neben den beiden Autos, deren Scheinwerfer genug Licht spendeten, um die Gesichter der Umstehenden erkennen zu können. Zwei Frauen und drei Männer machte Frau Helbing aus. Alle waren schwarz gekleidet und trugen Stirnlampen am Kopf, die sie jetzt wieder ausschalteten.

Unmittelbar mit dem Schrei der Frau war ein lärmendes Durcheinander ausgebrochen. Frau Helbing hielt es für sinnvoll, mit erhobenen Händen aus dem Dunkel der Bäume herauszutreten und sich ihrem Schicksal zu ergeben. Wobei sie nur eine Hand heben konnte, da sie den Korb mit ihren Pilzen nicht zurücklassen wollte.

Wer sie sei? Was sie hier mache? Ob sich noch andere Personen versteckt hielten? Die Fragen prasselten nur so auf Frau Helbing ein.

Jetzt, wo sich die Aufregung etwas gelegt hatte, stellte sie sich mit gefasster Stimme vor.

»Helbing. Franziska Helbing«, sagte sie in die Runde.

»Es tut mir leid, dass ich Sie erschreckt habe. Ich habe Pilze gesammelt und bin vom Weg abgekommen.«

Zum Beweis präsentierte sie ihren Korb.

»Und Sie haben keine Taschenlampe dabei?«, fragte einer der Männer.

»Ich hatte gehofft, bei Einbruch der Dunkelheit wieder zu Hause zu sein«, log Frau Helbing.

»Wo müssen Sie denn hin?«, fragte eine junge Frau mit sanfter Stimme. Sie schien sehr nett zu sein und lächelte hilfsbereit.

In diesem Moment erkannte Frau Helbing, wer vor ihr stand. Es war Hanni. Auch wenn die Freundin von Herrn von Pohl ihr Haar unter einer schwarzen Mütze verborgen hatte und statt figurbetonter Kleidung einen ausgebeulten alten Parka trug, war sich Frau Helbing sicher. Diese Frau hatte sie des Öfteren durch den Türspion im Treppenhaus beobachtet.

»Ich kenne Sie!«, entfuhr es ihr.

Frau Helbing war plötzlich ganz aufgekratzt. Endlich hatte sie einen Zusammenhang zwischen Fischbek und von Pohl. Der Zettel aus dem Sakko war von Hanni geschrieben worden.

»Doch, doch«, sagte sie, »ich kenne Sie vom Sehen. Sie waren mit Herrn von Pohl befreundet.«

»Woher kennen Sie Henning?«, zischte die Frau.

Sie fasste Frau Helbing am Arm und zog sie weg von der Gruppe.

»Lasst uns mal allein«, rief sie den anderen zu.

Als sie ein bisschen Abstand zu den Autos hatten, erklärte Frau Helbing: »Ich wohne in der Rutschbahn. Im selben Haus, in dem Herr von Pohl gewohnt hat.«

»Wieso gewohnt hat? Ist er umgezogen?«

Die Frau hatte offensichtlich keine Ahnung vom Tod des Fagottisten.

Als alte Wurstverkäuferin redete Frau Helbing nicht gerne um den heißen Brei herum.

»Herr von Pohl ist tot«, sagte sie kurz und knapp. Die Frau zuckte zusammen. Die Überraschung war nicht gespielt. Frau Helbing spürte deutlich den Druck an ihrem Arm. Hanni hielt sie noch immer fest.

»Deshalb ...«, sagte die Frau leise. »Die ganze Woche war er nicht zu erreichen. Ich war schon richtig sauer.«

Sie ließ Frau Helbings Arm los.

»Henning wollte heute Abend auch hierherkommen.«

Ich weiß, hätte Frau Helbing fast gesagt, hielt aber den Mund.

»An was ist er denn gestorben?«

»An einem anaphylaktischen Schock. Herr von Pohl war Allergiker, wie Sie sicher wissen«, erklärte Frau Helbing.

»Nein«, antwortete Hanni. »Eigentlich weiß ich nicht viel über ihn. Wir hatten eine Affäre. Nichts Ernstes.«

Sodom und Gomorra, dachte Frau Helbing. Nichts Ernstes! Wie konnte eine Beziehung zwischen zwei Menschen nichts Ernstes sein?

»Sagen Sie, Frau ...«

Frau Helbing blickte fragend.

»Sie können mich Lina nennen«, sagte Hanni.

»Lina«, fuhr Frau Helbing fort. »Was genau machen Sie eigentlich hier? Ich meine, um diese Zeit werden Sie kaum mit einem Segelflugzeug starten wollen.«

»Nein.« Sie lachte kurz auf. »Ich bin mit meinen Freunden zu einem Nightcaching verabredet.«

Frau Helbing wusste mit dem Begriff »Nightcaching« nichts anzufangen.

»Zu einem was?«, fragte sie.

»Einem Nightcaching. Sie wissen, was Geocaching ist?«

Frau Helbing schüttelte bedauernd den Kopf.

»Das ist eine Art Schatzsuche. Ein bisschen wie Schnitzeljagd, nur dass man sich nicht an einer ausgelegten Fährte orientiert, sondern anhand geographischer Koordinaten.«

Frau Helbing zog die Stirn in Falten.

»Man macht das mit einem GPS-Empfänger«, versuchte Lina zu erklären. »Im Prinzip suchen wir nur etwas, das von anderen Leuten versteckt wurde. Ganz einfach.«

»Nachts?«, fragte Frau Helbing ungläubig.

»Ja, nachts. Deshalb führen wir Stirnlampen und auch Nachtsichtgeräte mit uns. Henning hatte sich extra so ein Ding bestellt, um heute dabei sein zu können.«

»Sie suchen also nach Dingen. Im Wald. Im Dunkeln«, stellte Frau Helbing fest.

Lina nickte zustimmend.

»Und was machen Sie mit den Schätzen, wenn Sie welche gefunden haben?«

»Es sind keine wirklichen Schätze. Also nichts Wertvolles«, sagte Lina. »Wir legen alles wieder zurück. Es geht nur um den Spaß.«

»Aha«, sagte Frau Helbing.

Das Freizeitverhalten junger Großstädter war ihr ein Rätsel. Sie selbst wäre früher nicht auf die Idee gekommen, mit Satellitenempfängern und Restlichtverstärkern nachts durch den Wald zu laufen.

Frau Helbing war enttäuscht. Sie hatte gehofft, Erkenntnisse im Fall von Pohl zu gewinnen. Dunkle Machenschaften. Hinweise auf einen Mord. Ein Motiv. Verdächtige Personen vielleicht. Nein. Junge Leute verabredeten sich zum Nightcaching. Ernüchternder hätte der Abend nicht enden können. Ihre Ermittlungen waren für heute abgeschlossen.

»Dann will ich Sie mal nicht aufhalten«, sagte sie.

»Soll ich Sie schnell zur S-Bahn fahren?«, fragte Lina.

Das Angebot wollte Frau Helbing gerne annehmen. So schnell wie möglich wollte sie jetzt nach Hause.

Noch bevor sie antworten konnte, kam unvermittelt ein Wagen um die Ecke gebogen. Der Motor röhrte in hoher Drehzahl. Mit erschreckend hohem Tempo bewegte sich das Auto direkt auf die beiden Frauen zu. Der Fahrer leitete ein holpriges Bremsmanöver ein und würgte schließlich, keine zwei Meter vor Frau Helbing, kläglich den Motor ab. Wer auch immer am Steuer saß, war in der Handhabung eines Verbrennungsmotors nicht geübt.

Hektisch wurde die Fahrertür aufgerissen. Ein Mann stieg aus, eine Dose Pfefferspray auf Lina gerichtet, und brüllte: »Lassen Sie sofort die Frau in Ruhe!«

Einen Augenblick lag eine gespenstische Stille über dem Platz.

Dann rief Frau Helbing überrascht: »Herr Aydin?«

14

Stabile Wetterlage, stellte Frau Helbing fest, als sie am Samstagmorgen aus dem Fenster sah. Der Spätsommer würde sich kühl und überwiegend trocken mit ein paar Sonnenstunden zeigen. Für Hamburg war das durchaus akzeptabel.

Die Wettervorhersage spulte Frau Helbing routiniert ab. Wie jeden Morgen. Ihre Gedanken drehten sich heute aber um den gestrigen Abend. Während sie Quittengelee auf ihr Graubrot strich, sah sie noch einmal die Szene vor sich, in der Herr Aydin mit dem Pfefferspray in der Hand aus dem Wagen gesprungen war.

Breitbeinig hatte er sich aufgestellt, entschlossen, jeden Angreifer abzuwehren, der einer alten Dame Gewalt antun wollte.

Er wirkte dabei nicht wirklich angsteinflößend. Eher wie die Karikatur eines Sheriffs, der gleich über eine Bananenschale fallen oder dem der Hosenbund in die Knie rutschen würde.

Frau Helbing hatte ihm das aber nicht gesagt. Sie wollte ihn nicht kränken. Sein Verhalten war heldenhaft gewesen. Der Gedanke, Frau Helbing würde trotz ihres Versprechens nach Fischbek fahren, hatte Herrn Aydin keine Ruhe gelassen. Nach Ladenschluss hatte er sich spontan den Wagen eines Freundes geborgt. Sein Plan war es gewesen, noch vor zehn Uhr am Segelflughafen zu sein, um Frau Helbing rechtzeitig in Sicherheit zu bringen. Er hatte den Verdacht, dass sie dieses geheimnisvolle Treffen unbedingt beobachten wollte.

Dann hatte er aber die falsche Autobahnabfahrt genommen und sich bei Bostelbek verfahren. Tanken musste er auch noch. Und seine Fahrkünste ließen zu wünschen übrig. Es wurde immer später, und als er endlich am Ziel angekommen war, meinte er, Frau Helbing schon in der Gewalt mehrerer Gangster zu sehen. Entschlossen war er aufs Ganze gegangen, mutig aus dem Wagen gesprungen, dem Tode ins Auge sehend. Mit Pfefferspray in der Hand.

Zum Glück war Frau Helbing nicht in Gefahr gewesen. Im Gegenteil. Man hatte ihr sogar freundlicherweise eine Mitfahrgelegenheit zur S-Bahn angeboten. Das konnte Herr Aydin natürlich nicht wissen. Sein Verhalten kam deshalb allen Anwesenden ein bisschen übertrieben vor. Und dennoch war Frau Helbing gerührt. Dass er sich so sehr um sie gesorgt hatte, trieb ihr fast Tränen in die Augen.

Geduldig und kleinlaut hatte sie dann auf der Rückfahrt die Vorhaltungen Herrn Aydins über sich ergehen lassen. Geschimpft hatte er. Wie sie sich in eine solche Gefahr hatte begeben können. Wie schnell sie ein Versprechen bräche. Was alles hätte passieren können. Er war aufgebracht und laut. Auch, weil ihn seine eigenen Defizite ärgerten. Autofahren war nicht seine Begabung. Und als Retter wäre er im Ernstfall auch nicht zu gebrauchen gewesen.

Frau Helbing sagte auf der Rückfahrt nicht viel. Auch

nicht über Herrn Aydins Fahrstil. Wenn er schaltete, hielt sie den Korb mit den Pilzen fest umklammert und presste sich in den Sitz, um nicht mit der Stirn auf dem Armaturenbrett aufzuschlagen. Beim Bremsen drückte sie zusätzlich ihre Füße gegen das Bodenblech.

Herr Aydin hatte vor vielen Jahren den Führerschein im Urlaub in der Türkei gemacht. Seither war er nicht mehr gefahren, hatte er mal erzählt.

Noch bevor sie den Elbtunnel passiert hatten, beschloss Frau Helbing, einen Kuchen für Herrn Aydin zu backen. Eine Schmandtorte als Dankeschön.

Was brauchte sie für eine Schmandtorte? Butter, Zucker, Milch und Mehl hatte Frau Helbing natürlich im Haus. Fehlten also noch Vanillepudding-Pulver, zwei Dosen Mandarinen und natürlich Schmand.

Nach den Acht-Uhr-Nachrichten am nächsten Morgen ging sie sofort los, alles einzukaufen.

Als sie mit ihren Einkäufen zurückkam, traf sie Uwe Prötz direkt vor ihrer Haustür. Er stand nicht zufällig hier. Uwe hatte offensichtlich auf sie gewartet. Ganz aufgeregt war er und trippelte von einem Bein auf das andere.

»Frau Helbing!«, winkte er, als er sie von Weitem sah.

Er konnte seine Begeisterung kaum zügeln.

»Ich hab was für Sie«, rief er ungeduldig. »Weil Sie mir bei den Bullen geholfen haben. Das war echt Hammer.«

Diskretion war Uwes Sache nicht.

Kaum stand Frau Helbing eine Armeslänge vor ihm, streckte er ihr einen Zettel entgegen. Am Leib trug er wieder Jogginghose und Crocs. Auf seinem T-Shirt stand: *Mein Bauch gehört Bier*.

»Hier«, sagte Uwe Prötz. »Und natürlich viel Glück.«

Es war ein Lottoschein für die Samstagsziehung, stellte Frau Helbing überrascht fest.

»Vielen Dank«, sagte sie.

»Die Zahlen habe ich mir selbst ausgedacht.«

Uwe Prötz sagte das mit Pathos in der Stimme, als hätte er gerade mit einer bahnbrechenden Erkenntnis in Algebra die Mathematik in ihren Grundfesten erschüttert.

»Das ist aber nett von dir. Dann muss ich ja gewinnen.«

»Bestimmt haben Sie nächste Woche eine Million auf dem Konto.«

»Ach«, sagte Frau Helbing, »so viel Geld brauche ich gar nicht.«

»Also ich könnte schon Geld brauchen«, sagte Uwe Prötz. »Der Laden läuft nicht mehr so wie früher. Wissen Sie, es wird immer weniger geraucht. Und Zeitschriften gehen auch den Bach runter. Die Leute lesen Nachrichten heute auf dem Smartphone. Wie soll man denn da mit einem Kiosk Gewinn machen? Und ich steh dort den ganzen Tag rum. Jeden Tag.«

Uwe Prötz wirkte ganz niedergeschlagen.

Frau Helbing wusste, wie es sich anfühlte, wenn man einen Laden hatte und die Kunden nach und nach wegblieben. Manchmal hatte sie abends weinen müssen, wenn Hermann die Abrechnung gemacht und der Tagesumsatz nicht einmal die Betriebskosten gedeckt hatte. Vielleicht gibt es irgendwann gar keine Läden mehr, hatte sie oft gedacht. Also keine inhabergeführten Geschäfte. Nur noch Filialen großer Ketten. Und damals war der Begriff Internethandel noch nicht bekannt.

Uwe Prötz tat ihr wirklich leid, wie er da so unbedarft und hilflos mit hängenden Schultern vor ihr stand.

In diesem Moment öffnete sich die Haustür und Herr Pfründer trat ins Freie. Frau Helbing erschrak, als sie ihn erblickte. Tief hatten sich seine Augen in ihre Höhlen zurückgezogen. Sein Haar klebte auf der Kopfhaut wie getrocknete Kruste aus Tang. Er machte sich nicht die Mühe zu grüßen. Mit versteinerter Miene ging er an Frau Helbing und Uwe Prötz vorbei. Völlig ausgezehrt schien er zu sein. Er hatte was von einem Zombie.

Selbst Uwe Prötz sah neben ihm plötzlich energetisch und frisch aus.

»Ich geh dann mal«, sagte Uwe und schlurfte davon.

Nach ein paar Metern drehte er sich noch einmal um.

»Wenn Sie was gewonnen haben, kommen Sie am Montag mit der Spielquittung in meinen Kiosk«, sagte er.

»Und wenn die Zahlen richtig sind, teilen wir uns den Gewinn«, rief Frau Helbing ihm hinterher.

Sie betrachtete den Zettel in ihrer Hand. Wie aufregend. Noch nie hatte sie an einem Glücksspiel teilgenommen.

Es war bereits zehn Uhr, als Frau Helbing den Kuchen in den Ofen schob. Fast zeitgleich klingelte es an ihrer Tür.

»Heide?«, rief Frau Helbing überrascht, als sich ihre Freundin über die Gegensprechanlage meldete.

Heide kam selten unangekündigt vorbei. Aber wie immer zelebrierte sie ihren Auftritt wie eine Diva.

»Schätzchen!«, rief sie vor Frau Helbings Wohnungstür und breitete weit die Arme aus.

Wahrscheinlich wollte sie dabei ihren neuen Mantel präsentieren, der sich durch die Bewegung entfaltete. Im Gegenlicht der Treppenhausleuchte hatte Heide den Schattenriss einer Fledermaus.

»Sieh mal, was ich mir gestern gegönnt habe«, sagte sie und drehte sich einmal um die eigene Achse.

Dann ging sie zielstrebig durch den Flur.

»Das ist also dein neuer Wandschmuck.«

Sie blieb kurz vor dem Ast stehen, den Frau Helbing aus der Wohnung von Herrn von Pohl mitgenommen hatte. Ohne das vertiefen zu wollen, ging sie weiter in die Küche.

»Und wie das bei dir duftet!«, rief sie. »Nach leckerem Kuchen!«

Den Mantel warf sie achtlos auf einen Küchenstuhl.

»Und diese Pilze! Die sehen ja aus wie gemalt.«

Ein Teller mit Frau Helbings Waldpilzen stand auf dem Tisch. Theatralisch senkte Heide ihren Kopf zwischen Maronen und Ziegenlippe und saugte hörbar Luft durch die Nase.

Frau Helbing hatte noch nichts gesagt. Es dauerte immer eine Weile, bis sie neben Heide zu Wort kam.

»Wo hast du die denn gekauft?«, fragte ihre Freundin schließlich.

»Die habe ich selbst gesammelt«, antwortete Frau Helbing wahrheitsgemäß.

»Nein!«

»Doch. Gestern, in der Nordheide.«

»Du kommst ja auf verrückte Ideen«, sagte Heide.

»Eigentlich war ich wegen meiner Ermittlungen da«, sagte Frau Helbing ernst.

»Du hast in einem Aufwasch Pilze gesammelt und den Mörder deines Nachbarn gefasst?«

Heide hatte einen sarkastischen Unterton. Frau Helbing bemühte sich, diesen zu überhören.

»Stell dir mal vor, da waren Leute, die sich zu einem Nightcaching getroffen haben. Weißt du, was das ist?«

Heide schüttelte den Kopf.

»Nein, aber bei einer Tasse Tee höre ich mir deine Geschichte gerne an.«

Frau Helbing befüllte ihren betagten Wasserkessel.

»Das geht nicht«, seufzte sie plötzlich. »Ich backe gerade.«

»Machst du den Tee im Backofen?«, scherzte Heide.

»Natürlich nicht. Ich kann zurzeit nur nicht gleichzeitig den Backofen und den Herd einschalten. Dann springt die Sicherung raus.«

Heide stöhnte und ließ ihren Blick über das Mobiliar schweifen.

»Die ganze Küche sollte mal renoviert werden. Das ist alles plünnig.«

»Was meinst du damit?«, fragte Frau Helbing beunruhigt.

»Pass auf«, erklärte Heide. »Ich habe mir überlegt, dass wir deine ganze Wohnung sanieren. Du selbst hast mich auf die Idee gebracht. Du wolltest doch den Flur umgestalten. Es reicht aber nicht, ein Stück Schwemmholz vor die Tapete zu hängen, um modern zu wohnen. Deshalb renovieren wir gleich richtig. Raufaser von den Wänden, neuer Teppichboden, ein schickes Bad und eine moderne Einbauküche. Was hältst du davon?«

Frau Helbing sah ihre Freundin verwundert an.

»Das meinst du nicht im Ernst.«

»Doch. Und mach dir keine Sorgen wegen der Kosten.«

»Ich weiß nicht. Eigentlich finde ich die Wohnung, so wie sie ist, gut.«

»Du machst Scherze«, lachte Heide. »Die Einrichtung ist doch nicht mehr zeitgemäß. Ich fühle mich hier wie in einem Museum.«

»Aber ich nicht.«

Frau Helbing war ungehalten.

»Nur weil meine Wohnung nicht so schick ist wie die von Herrn von Pohl, ist sie noch lange nicht sanierungsbedürftig. Zugegeben, vielleicht ist das ein oder andere in die Jahre gekommen. Aber hier ist alles gepflegt.«

Trotzig verschränkte sie die Arme vor der Brust.

»Weißt du was?«, sagte Heide. »Wir sehen uns die Wohnung oben mal an. Zur Inspiration. Hast du nicht einen Schlüssel?«

»Tja.« Frau Helbing überlegte. »Warum nicht? Der Pfründer ist gerade nicht da.«

Ein mulmiges Gefühl beschlich sie, als sie mit Heide die Stufen in den dritten Stock hochstieg. Jetzt, wo sie wusste, dass Herr Pfründer hier wohnte, kam es ihr unanständig vor, einfach so in seine Privatsphäre einzudringen.

Nachdem sie die Wohnung betreten hatte, war Frau Helbing aber nicht peinlich berührt, sondern erbost.

»Wie kann man eine Wohnung in so kurzer Zeit derart verwüsten?«, sagte sie fassungslos, als sie zusammen mit Heide in der Küche stand.

Von der ordentlichen, akkuraten Art eines Herrn von Pohl war nichts mehr zu erahnen. Ungespültes Geschirr stapelte sich auf der Arbeitsplatte, Essensreste lagen herum, und die meisten Schranktüren standen offen.

»Herr von Pohl würde sich im Grabe umdrehen, wenn er das sähe«, sagte Frau Helbing entrüstet.

»Na, dazu müsste er erst einmal beerdigt werden«, bemerkte Heide.

Neben der Unordnung störte Frau Helbing auch der Geruch nach Rauch. Ein großer Aschenbecher voller Zigarettenkippen stand mitten auf dem Küchentisch.

»Das nenne ich mal eine Einbauküche.«

Heide pfiff anerkennend.

»Sieh mal. Der Ofen ist auf Hüfthöhe und vom Herd getrennt. So baut man das heute ein. Da musst du nicht mehr auf dem Boden rumkrabbeln, um nach deinem Kuchen zu sehen.«

Frau Helbing stand nicht der Sinn nach modernen Einbauküchen. Sie fand es entsetzlich, was dieser Pfründer aus der Wohnung seines Freundes gemacht hatte. Schnell öffnete sie ein Fenster, um frische Luft hereinzulassen.

»Und der Dunstabzug ist in die Kücheninsel integriert«, sagte Heide begeistert. »Den nimmst du gar nicht wahr. Beim Kochen fährt der automatisch aus. So könnten wir das bei dir auch machen, Franzi. Diese hässlichen Abzugshauben will doch keiner mehr sehen.«

»Siehst du nicht, wie achtlos hier alles rumsteht?«, ereiferte sich Frau Helbing. »Unmöglich ist das.«

»Hörst du mir eigentlich zu?«, fragte Heide.

Frau Helbing hatte die Küche schon verlassen.

Sie öffnete die Tür zum Arbeitszimmer und blieb mit offenem Mund stehen.

»Sieh dir das mal an, Heide«, rief sie. »Hier ist alles auf den Kopf gestellt. Wie nach einem Einbruch.«

Auf Schreibtisch, Stühlen und Boden verteilt lagen beachtliche Stapel aus Noten, Büchern und Akten. Es war fast unmöglich, durch das Zimmer zu gehen, ohne zu stolpern.

»Warum hat der denn alles ausgeräumt?«

»Na ja«, sagte Heide beschwichtigend. »Wohnungen von Verstorbenen werden in der Regel geräumt. Das ist nichts Ungewöhnliches.«

»Ja, ja«, erwiderte Frau Helbing. »Aber mit Sorgfalt und Bedacht. Hier ist doch alles wahllos herausgerissen worden. Was macht der Pfründer denn hier? Der sucht doch was.«

»Vielleicht hat er nur Unterlagen gesichtet, die für die Beerdigung oder irgendwelche Ämter wichtig sind. Es ist einiges zu regeln, wenn jemand verstorben ist.«

Heide schüttelte vielsagend den Kopf. »Außerdem wohnt hier ein Mann. Mein Gott, was erwartest du?«

»Ich habe gehört, dass der Pfründer pleite ist«, erwiderte Frau Helbing unbeirrt. »Es würde mich nicht wundern, wenn der hier auf der Suche nach Wertsachen wäre. Irgendwie hat der was Halbseidenes. Was Unseriöses.«

Heide verdrehte die Augen.

»Franzi. Warum sollte dieser Mann die Wohnung auf den Kopf stellen? Hier gibt es diverse Dinge, die man sofort zu Geld machen könnte. Schau dir nur diesen schönen Biedermeier-Sekretär an. Für den ist bestimmt ein vierstelliger Betrag drin. Oder hier, diese Bronzeskulptur. Es kann sogar sein, dass die von Ernst Barlach ist. So was ist schnell zum Pfandleihhaus getragen. Und schon hast du Bargeld in der Hand.«

Frau Helbing überlegte kurz. Heides Argumente waren nicht von der Hand zu weisen, auch wenn sie nicht wusste, wer Herr Barlach war. Bestimmt gab es in dieser Wohnung mehr oder weniger wertvolle Antiquitäten, die man schnell verkaufen könnte. Der Pfründer musste etwas anderes suchen. Etwas, dessen Dimensionen Frau Helbing noch nicht abschätzen konnte.

»Er sucht nach etwas Wertvollerem«, sagte sie schließlich. »Es wäre doch völlig bescheuert, wenn dieser Pfründer seinen Freund tötet, nur um dessen Wohnung zu durchstöbern.«

Heide schlug sich mit der flachen Hand auf die Stirn. »Da hätte es doch viel bessere Gelegenheiten gegeben. Herr von Pohl war ab und an auf Konzertreisen. Und bestimmt auch mal im Urlaub. Da hätte dieser Pfründer in aller Seelenruhe die ganze Wohnung ausräumen können.«

»Er muss es jetzt machen«, rief Frau Helbing spontan. Dann hob sie triumphierend den Zeigefinger.

»Weil ihm die Zeit davonläuft. Deshalb! Wir müssen den Pfründer mal unter die Lupe nehmen.«

»Was heißt denn ›wir‹?«, rief Heide spitz. »Du vermutest hier abenteuerliche Machenschaften, nicht ich. Deine Verschwörungstheorien sind ja schon manisch. Bestimmt kommt das von diesen Krimis, die du immer liest. Deshalb muss für dich hinter jeder Kleinigkeit ein Kapitalverbrechen stecken. Das fällt dir gar nicht mehr auf. Du bist davon besessen, dass dein Nachbar ermordet worden ist, und jetzt konstruierst du krampfhaft ein Motiv, um einen Täter zu finden. Stell dich mal der Tatsache, dass es logische Erklärungen gibt.«

Frau Helbing schwieg. Sie war ein bisschen beleidigt.

Und störrisch, wie ein kleines Kind, das sich den Argumenten der Eltern nicht stellen möchte und aus Prinzip an seiner, wenn auch sehr unwahrscheinlichen, Sicht der Dinge festhält. Vergeblich suchte sie nach einer überzeugenden Antwort.

»Weißt du was?«, sagte Heide versöhnlich. »Wir gehen jetzt runter und trinken Tee. Der Kuchen muss ohnehin aus dem Ofen.«

Frau Helbing nickte.

Im Treppenhaus sagte sie: »Es ist ein Gefühl, Heide. Ich kann es nicht belegen, aber ich weiß, dass ich recht habe.«

15

Gegen zwei Uhr ging Frau Helbing, die Schmandtorte mit beiden Händen vor sich hertragend, zum Laden von Herrn Aydin. In wenigen Minuten würde er, wie jeden Samstag, die Tür schließen. Frau Helbing kannte die Geschäftszeiten des Schneiders. Kurz vor Herrn Aydins Feierabend wollte sie sich nicht nur für seinen außergewöhnlichen Einsatz von gestern bedanken, sondern ihm mit der selbst gebackenen Überraschung das Wochenende versüßen. Herr Aydin war eine Naschkatze. Das hatte er Frau Helbing gegenüber oft betont und immer gleichzeitig beklagt, wie ungünstig sich der Hang zur Schlemmerei auf sein Gewicht auswirke.

Frau Helbing war keine hundert Meter von der Schneiderei entfernt, als Herr von Pohls Mercedes schnittig an ihr vorbeizog und in zweiter Reihe vor Herrn Aydins Laden zum Stehen kam. Herr Pfründer stieg aus und schmiss die Wagentür mit einer für einen Oldtimer völlig unangemessenen Brutalität ins Schloss.

Frau Helbing hätte gerne gerufen: »He! Das ist ein antiker Wagen!«

Sie sagte aber nichts, sondern blieb stehen. Zusammen mit diesem ihr unangenehmen Menschen wollte sie den Laden nicht betreten. Was machte der überhaupt hier?

Während sie wartete, bis Herr Pfründer wieder auf die Straße treten würde, wurde sie wütend.

»Wie die Made im Speck!«, dachte sie.

Jetzt hatte sich Herr Pfründer auch noch den Wagen unter den Nagel gerissen. Dabei hatte er weder den Esprit noch das nötige Feingefühl, ein solches Schmuckstück zu würdigen. Das passte für Frau Helbing auch in das Bild, das sich ihr in der Wohnung Herrn von Pohls gezeigt hatte. Hier wurde ihrer Meinung nach die Grenze zur Verwahrlosung überschritten. Für Frau Helbing war das bereits Vandalismus. Unanständig fand sie dieses Verhalten. Eines Freundes unwürdig.

Ob Herr Pfründer es war, der die Pagode unter der Woche bewegt hatte?, grübelte sie. Möglich wäre es gewesen. Der Mann war für Frau Helbing eindeutig der Hauptverdächtige. Ein Sakko über den Arm geworfen ging Herr Pfründer wieder zum Mercedes zurück.

Als er eingestiegen war, spürte Frau Helbing den Impuls, ein Taxi herbeizupfeifen. Gerne hätte sie Herrn Pfründer eine Weile observiert.

»Folgen Sie diesem Wagen!«, würde sie dem Fahrer zurufen und ihm einen Geldschein unter die Nase halten. In den Krimis funktionierte das immer wie selbstverständlich. In der Realität sah das ganz anders aus. Frau Helbing drehte sich um. Hier gab es weit und breit kein Taxi. Die Detektive in den Büchern trugen auch nie Schmandtorten mit sich herum. Frau Helbing hätte nicht einmal winken oder auf zwei Fingern pfeifen können.

Außerdem hatte sie kein Geld dabei.

Als der Wagen um die Ecke verschwunden war, betrat sie die Änderungsschneiderei.

»Guten Tag, Frau Helbing«, begrüßte sie Herr Aydin freundlich.

Frau Helbing hatte mit Tadel oder Verärgerung wegen des gestrigen Abends gerechnet, aber Herr Aydins Lächeln war offen und einladend wie immer.

»Ich wollte mich bei Ihnen bedanken«, sagte sie und hielt ihm mit ausgestreckten Armen die Torte entgegen.

Herr Aydin musste schlucken. Ganz offensichtlich war er ergriffen.

»Oh«, sagte er.

Dann nahm er seine Brille ab und putzte sie umständlich mit einem Stofftuch, das er aus seiner Hosentasche zog.

»Das ist ja …«

Er schluckte.

»Das ist aber sehr lieb.«

Frau Helbing war plötzlich auch berührt.

»Nehmen Sie bitte die Torte«, sagte sie. »Ich kann sie nicht mehr halten.«

Herr Aydin nickte.

»Selbstverständlich.«

Er griff nach der Torte und stellte sie vorsichtig auf die Arbeitsplatte.

»Schmandtorte?«, fragte er.

»Die mögen Sie doch so gerne«, bestätigte Frau Helbing.

»Ich muss mich bei Ihnen entschuldigen«, sagte Herr Aydin und setzte die Brille wieder auf.

»Gestern Abend habe ich Sie ganz schön beschimpft. Dabei war ich ungehalten wegen meines eigenen Unvermögens. Ich kann nämlich nicht Auto fahren.«

»Das habe ich gar nicht bemerkt«, log Frau Helbing charmant. »Aber eigentlich muss ich mich entschuldigen. Ich hatte Ihnen versprochen, nicht nach Fischbek zu fahren.«

Sie seufzte enttäuscht.

»Und gebracht hat es ja auch nichts, wie Sie wissen.« Frau Helbing wirkte niedergeschlagen. Sie schlich zu ihrem Hocker und setzte sich.

Herr Aydin beeilte sich, ihr ein Glas Tee zu holen. Er rührte einen extra Löffel Zucker hinein.

»Geht es Ihnen gut?«, fragte er besorgt.

Frau Helbing schien nicht im Vollbesitz ihrer Kräfte zu sein. Sie nickte schwach.

»Ja, ja«, sagte sie.

Obwohl Herr Aydin jetzt gerne den Laden abgeschlossen hätte, um nach Hause zu gehen, begann er aufzuräumen. Er faltete den ein oder anderen Stoff neu zusammen, sortierte seine Scheren und Nadeln und klaubte Fädchen und Fusseln von der Arbeitsplatte. Wenn Frau Helbing etwas auf dem Herzen hatte, dann wollte er ihr gerne zuhören. Geduldig wartete er und ließ die Stille unangetastet.

»Kennen Sie das?«, begann Frau Helbing schließlich. »Sie treffen jemanden auf der Straße. Sagen wir, einen alten Schulfreund. Er grüßt herzlich und Sie unterhalten sich über alte Zeiten. Natürlich wissen Sie genau, wer vor Ihnen steht, können sich aber nicht an seinen Namen erinnern. Er liegt Ihnen auf der Zunge. Mehrfach glauben Sie den Anfangsbuchstaben zu kennen. Jedes Mal ist es ein anderer. So etwas kann einen ganz hibbelig machen. Jeder kennt das. Sie können nicht mehr aufhören, darüber nachzudenken. Irgendwo in Ihrem Gehirn muss dieser Name gespeichert sein, und trotzdem finden Sie ihn nicht. Es ist zum Verrücktwerden.«

Frau Helbing nippte an ihrem Tee.

»So ähnlich fühle ich mich gerade.«

Herr Aydin nickte. Beängstigend schwermütig wirkte Frau Helbing auf ihn. So kannte er sie gar nicht.

»Ich habe mich verrannt«, sagte sie nachdenklich. »Und die ganze Angelegenheit mit Herrn von Pohl beschäftigt mich zu sehr. Vielleicht war es verrückt zu glauben, eine alte Frau könnte einen Mord lösen, der obendrein vielleicht gar nicht stattgefunden hat.«

Sie lachte gequält auf.

»Es fügen sich auch keine Puzzleteile ineinander. Es passt einfach alles nicht zusammen.«

Herr Aydin setzte sich ebenfalls auf einen Hocker.

»Frau Helbing«, sagte er, »ich glaube, Sie sind erschöpft. Das wundert mich nicht. Die Woche war sehr anstrengend für eine ältere Dame.«

»Erschöpft?«

Frau Helbing hatte einen empörten Unterton.

»Ich weiß, dass Sie Bäume ausreißen könnten«, beeilte sich Herr Aydin zu beschwichtigen. »Aber jeder Mensch braucht mal eine Pause. Nicht nur, um Kraft zu tanken. Auch, um die Sinne zu schärfen. Glauben Sie mir, mit etwas Abstand werden alle Ereignisse in einem anderen Licht erscheinen. Legen Sie den Fall bis Montag beiseite. Denken Sie über das Wochenende gar nicht daran.«

»Sie reden wie meine Freundin Heide. Aber vielleicht haben Sie recht«, sagte Frau Helbing. »Ich sollte mich ein bisschen schonen. Das war eine aufregende Woche.«

Herr Aydin nickte zustimmend.

»Ja«, sagte er, »man muss auch loslassen können. Vor allem im richtigen Moment.«

Frau Helbing leerte ihr Glas.

»Sagen Sie mal«, wandte sie sich vertrauensvoll an Herrn Aydin. »Der Mann, der eben die Jacke von Herrn von Pohl abgeholt hat, hat der irgendetwas gesagt, was von Interesse für mich sein könnte?«

Frau Helbing war wieder ganz wach.

»Das war dieser Georg Pfründer. Der ist ein bisschen unheimlich. Dem würde ich einen Mord glatt zutrauen.«

»Wollten Sie nicht die Ermittlungen über das Wochenende ruhen lassen?«, schmunzelte Herr Aydin.

Frau Helbing fühlte sich ertappt.

»Es ist schwerer, als ich gedacht habe«, sagte sie.

Frau Helbing stand auf und reichte Herrn Aydin ihr Glas. »Ich gehe jetzt spazieren«, sagte sie bestimmt. »Das wird mich ablenken.«

Dann fügte sie hinzu: »Ich will gar nicht wissen, was Herr Pfründer gesagt hat. Ich mach mal Pause.«

Herr Aydin bedankte sich noch mal für die Schmandtorte und schloss hinter Frau Helbing die Ladentür ab.

Frau Helbing lief weit an diesem Nachmittag. Sie nahm, wie gewohnt, den Eingang zu Planten un Blomen am Fernsehturm. Dann ging sie an den Gewächshäusern vorbei zum Wallgraben, weiter zur Wassertreppe, zur Eis- und Rollschuhbahn bis zum Millerntor. Dieser Park war weitläufig und immer gut gepflegt. Als interessierte Spaziergängerin richtete Frau Helbing normalerweise ihre Aufmerksamkeit auf die Pflanzen, die dem Park im Laufe eines Kalenderjahres ein sich ständig verändertes Antlitz verliehen, aber heute war sie tief in ihre Gedanken verstrickt.

Das Gespräch mit Heide hatte sie beunruhigt. Ihre Freundin hatte radikale Renovierungsabsichten geäußert.

Kernsanierung war das Wort, das Heide benutzt hatte. Für Frau Helbing klang das beängstigend. Und alles nur, weil sie aus einer Laune heraus einen Ast an die Wand im Flur gehängt hatte. Ein harmloses Stück Schwemmholz.

Dabei waren ihr Veränderungen schon immer suspekt gewesen. Unnötig auch. Ihre Wohnung hatte ihr jahrzehntelang vollauf genügt. So, wie sie war. Natürlich war alles altmodisch bei ihr. Aber das war sie selbst ja auch. Es passte zusammen. Es gibt kaum etwas Peinlicheres als Unstimmigkeiten. Man muss wissen, wo man herkommt und wer man ist. Nur so kann man in sich selbst ruhen und Authentizität ausstrahlen. Herr von Pohl hatte Antiquitäten in seiner Wohnung. Und modernes Design. Alles war so kombiniert, dass es eine Einheit bildete. Und er selbst war mit seiner dandyhaften Kleidung Teil des Erscheinungsbilds. Das hatte Hand und Fuß. Schließlich war er ein alleinstehender Künstler. Ein Lebemann mit einer Pagode.

Frau Helbing war nicht so. Nicht einmal annähernd. Ihre Wurzeln waren in einem gänzlich anderen Boden verwachsen. Sie war viel einfacher gestrickt, wie man so schön sagte. Im Gegensatz zu Herrn von Pohl war sie ein Leben lang verheiratet gewesen. Sie hatte keine Professur innegehabt oder Konzertreisen unternommen, sondern in einer Fleischerei hinter der Theke gestanden. Die Gelegenheit, mit Kunst in Berührung zu kommen, über Design zu philosophieren oder einen Bezug zu Antiquitäten aufzubauen, hatte sich einfach nie ergeben.

Tatsächlich war Frau Helbing mit ihrem Leben nicht unzufrieden. Sie war pragmatisch. Es war, wie es war, und alles hatte sich gefügt. Und sich auf ihre alten Tage zu verändern, war ihr nie in den Sinn gekommen. Diesen Renovierungsquatsch würde sie Heide wieder ausreden. Oder noch besser, sie würde das Thema gar nicht mehr erwähnen. Oft versandeten die Projekte ihrer Freundin schon im Anfangsstadium, sobald diese wieder eine neue Idee hatte. Und als erfahrene ältere Dame wusste Frau Helbing, dass nichts so heiß gegessen wie gekocht wird.

Auf dem Rückweg war Frau Helbing guter Dinge. Sie hatte in ihrem Kopf aufgeräumt, wie sie das nannte.

Als sie wieder zu Hause angekommen war, hängte sie das Schiffbild wieder an seinen angestammten Platz. Sie machte einen Schritt zurück und betrachtete das Gemälde. Noch nie hatte sie das Bild wirklich angesehen. Ein Dreimaster war abgebildet. Ein antikes Schiff in stürmischer See. Scheinbar aussichtslos kämpfte die Fregatte gegen riesige Wellen an. Der Himmel war ebenso dunkel wie das Meer. Die weißen Segel und die Gischt hoben sich plastisch vom Untergrund ab. Es war eine dramatische Szene. Die Mannschaft war vermutlich bereits entkräftet und stemmte sich verzweifelt gegen den drohenden Untergang. Frau Helbing fand das

Bild gar nicht schlecht. Den Ast würde sie Igor zurückgeben. Und das Fagott. Und das Nachtsichtgerät. Der Gedanke fühlte sich befreiend an.

Frau Helbing setzte sich in ihren Sessel und schlug den Krimi auf, den sie in mehreren Anläufen nicht zu Ende hatte lesen können. Sie nahm ihre Brille zur Hand und atmete einmal tief durch.

Zu ihrer Erleichterung konnte sie nicht nur in die Geschichte einsteigen, sondern fühlte und roch das alte Gemäuer der Bibliothek. Sie spürte die Anwesenheit der Verdächtigen und sah Inspektor Murphy neben dem Kamin stehen, in dem ein mächtiges Feuer loderte. Es war wie früher. Sie hatte wieder Spaß am Schmökern. Am Miträtseln. Glücklich las sie den Krimi zu Ende. Diese Art von Roman lag ihr besonders. Es war keine komplizierte Geschichte, der man nur schwer folgen konnte. Eher eine, wie sie schon hundertmal erzählt worden war. Eine Ermittlung auf einem Schloss. Ohne Gewaltexzesse, Verfolgungsjagden, Sexszenen und sadistische Foltermethoden. Nein, das war klassisch, zeitlos und konservativ.

Ganz nach meinem Geschmack, dachte Frau Helbing und lächelte, als sie das Buch zuklappte.

An Herrn von Pohl oder Georg Pfründer hatte sie nicht denken müssen. Dafür fiel ihr jetzt der Lottoschein von Uwe Prötz wieder ein. Vielleicht würde sie noch heute Abend Millionärin werden.

Schnell machte sie sich ein paar Schnittchen und schaltete gegen acht Uhr den Fernseher ein. Bevor die *Tagesschau* anfing, holte sie noch einen Zettel und einen Stift, damit sie sich die Lottozahlen notieren konnte.

16

»Na, Hermann?«, sagte Frau Helbing zur Begrüßung. Das hatte sie immer so gemacht. Egal, zu welcher Tageszeit und unabhängig davon, wie sie sich fühlte oder was sie von ihrem Mann wollte.

Er brummelte stets »Jo«, mit einem lang gezogenen »o«. Also so was wie ein »Joooo«.

Diese Form der Kommunikation kann eine Ehe über einen langen Zeitraum reibungslos funktionieren lassen. In ein »Na« und ein »Jo« kann man viel hineininterpretieren. Leichte Nuancen in der Aussprache können Tadel anklingen lassen, aber auch Interesse für das Befinden des Partners oder sogar Ideen für den nächsten Geburtstagswunsch ausdrücken.

Andererseits kann man ein »Na« auch auf vielfältige Weise verstehen. So, wie es einem gerade zusagt.

Frau Helbing hatte immer das Gefühl gehabt, Hermann wisse, was sie wolle, ohne jemals hinterfragt zu haben, ob er mit seinem »Jo« auch das meinte, was sie glaubte, verstanden zu haben. Andersherum war es vermutlich genauso. »Na, Hermann«, sagte Frau Helbing also zur Begrüßung und hörte dieses vertraute »Joooo«.

Hermann hatte natürlich nicht wirklich geantwortet. Schließlich war er bereits seit Jahren tot. Aber wenn Frau Helbing an seinem Grab stand und ihn begrüßte, war es ihr, als hörte sie seine Stimme.

Sonntags fuhr sie immer mit der U-Bahn zum Friedhof nach Ohlsdorf. Fast immer. Letzte Woche hatte sie den Besuch ausnahmsweise ausgelassen, wegen des Konzerts. Da hatte Herr von Pohl noch Fagott gespielt. Es kam ihr vor, als wäre es erst gestern gewesen.

»Letzten Sonntag konnte ich nicht kommen«, begann Frau Helbing zu erzählen.

»Da war ich mit Heide auf einem Konzert. Weißt du, der Musiker, der in die Wohnung über uns eingezogen ist, hat mir Karten geschenkt. Sie haben Mozart gespielt.« Frau Helbing bückte sich und zupfte ein paar braune Blüten von den Begonien.

»Mozart mit Bassetthörnern. Am Montag ist er dann gestorben. An einem anaphylaktischen Schock. Herr von Pohl hatte eine Allergie gegen Wespen. Drei Stiche hatte er in den Füßen.«

Sie tippte sich mit den Fingern gegen die Stirn.

»Drei Stück. In den Füßen. Ich denke ja, das war Mord.« Mürrisch fügte sie hinzu: »Aber wer glaubt schon einer alten Frau.«

Frau Helbing hörte auf, an der Pflanze herumzufummeln. Sie hatte schon eine Handvoll Blätter abgerupft, und immer noch wirkte die Blume welk. Das Grab musste dringend für den Herbst hergerichtet werden.

»Stell dir vor, Hermann. Am Donnerstag war ich frühstücken. Ich habe ein Croissant gegessen und einen Macchiato getrunken.« Frau Helbing war ihr Frühstücksabenteuer wieder eingefallen. »Mit dem Sohn von Herrn von Pohl. Du glaubst gar nicht, wie viele Leute unter der Woche frühstücken gehen. Als hätten sie nichts zu tun. Weißt du noch, wie der alte Prötz früher ab und zu rübergekommen ist und ein Brötchen mit zweihundert Gramm schierem Mett gekauft hat? Das hat der auf dem Rückweg gegessen. Von wegen frühstücken gehen. Früher war das nicht drin.«

Sie klaubte ein paar Blätter unter der kleinen Buchsbaumhecke hervor, die das Urnengrab säumte.

»Das ist der Wohlstand heutzutage«, sagte sie.

»Igor, der Sohn von Herrn von Pohl, ist übrigens Streetworker. Was es alles gibt. Ich dachte erst, er wäre Bauarbeiter, aber Streetworker kümmern sich um Leute, die auf der Straße leben.«

Sie warf einen Blick auf das frisch angelegte Grab nebenan. Das sah picobello aus. Hermanns Ruhestätte dagegen wirkte ungepflegt. Nicht nur die Begonien, auch die Husarenknöpfchen machten einen schäbigen Eindruck. Nächsten Sonntag würde sie neue Pflanzen mitbringen. Heidekraut am besten. Oder Köcherblümchen.

»Ich war nach langer Zeit mal wieder im Kiosk. Da sieht's aus! Die Prötz'sche würde tot umfallen, wenn sie das sähe. Einen richtigen Saustall hat Uwe aus dem Laden gemacht. Jetzt war er auch noch Verdächtigter in einem Mordfall. Schlimm, was aus dem Jungen geworden ist.«

Frau Helbing nahm ein Papiertaschentuch und begann, die Messingbuchstaben auf dem Grabstein zu polieren. Wenn schon die Bepflanzung heruntergekommen aussah, sollte wenigstens die Schrift glänzen.

»Uwe hat mir einen Lottoschein geschenkt, weil ich für ihn ausgesagt habe. Es war aber keine einzige Zahl richtig. Lottospielen ist rausgeworfenes Geld. Gut, dass wir das nie gemacht haben.«

Sie spuckte auf das Taschentuch, bevor sie weiterredete. »Der Uwe säuft sich vielleicht tot, aber er bringt bestimmt keinen um. Die Kommissarin hatte da ihre Zweifel. Die war auch bei uns zu Hause. Eine schreckliche Person. Eine von der ganz schlauen Art. Aber die kocht auch nur mit Wasser.«

Frau Helbing hielt kurz inne und betrachtete zufrieden den Grabstein. Der sah immer noch aus wie neu.

»Nehmen Sie polierten Marmor«, hatte der Steinmetz damals gesagt. »Da perlt der Schmutz ab.«

Er hatte recht behalten.

»Vorgestern habe ich Pilze gesammelt«, nahm Frau Helbing ihren Monolog wieder auf.

Sie hatte einiges zu erzählen. Meist war unter der Woche nicht viel passiert, aber heute merkte sie, wie ereignisreich die letzten Tage gewesen waren. Hermann war ein guter Zuhörer. Immer schon gewesen. Auch vor seinem Tod.

»Eigentlich wollte ich in Erfahrung bringen, warum man sich abends auf einem Segelflugplatz trifft. Und weißt du, warum? Zur Schnitzeljagd. Stell dir das mal vor. Da rennen Leute nachts durch den Wald, mit Stirnlampen und GPS-Empfängern. Das sind so Dinger, damit man weiß, wo man ist. Das Ganze nennen sie dann Nightcaching.«

Frau Helbing überlegte, ob sie vielleicht wieder Astern auf dem Grab pflanzen sollte, wie im letzten Herbst. Das hatte hübsch ausgesehen. Drei verschiedene Farben hatte sie kombiniert. Aber dann kamen die Schnecken und die ganze Pracht war dahin gewesen. Das hatte sie sehr verärgert. Heide war unkomplizierter. Robuster.

»Einen Firlefanz veranstalten die jungen Leute. Ich weiß immer, wo ich bin. Auch ohne GPS-Gerät. Weißt du was? Nächste Woche bringe ich Heide mit.«

»Also Heidekraut«, verbesserte sich Frau Helbing schnell. Sie wusste, dass Hermann ihre Freundin immer anstrengend gefunden hatte.

Plötzlich hatte sie Lust, Hermann ein bisschen zu foppen.

»Ich habe übrigens das Bild im Flur abgehängt. Das mit dem Schiff.«

Frau Helbing hielt einen Moment inne. Sie erwartete eine Reaktion ihres Mannes. Zumindest ein Zittern der Marmorplatte auf dem Grab.

Hermann konnte sehr ärgerlich werden, wenn er übergangen wurde. Und an diesem Bild hatte er besonders gehangen. Da war sie sich sicher.

Nachdem nichts passiert war, wollte sie ihn richtig ärgern.

»Ich habe dann einen Ast hingehängt. Ein Stück Schwemmholz. Das ist jetzt modern«, sagte sie.

Frau Helbing unterdrückte ein Kichern. Sie hatte schon immer Spaß daran gehabt, andere aufs Glatteis zu führen. Mit versteinerter Miene konnte sie die unglaublichsten Abenteuer auftischen.

»Stell dir vor. Jetzt will Heide auch noch die ganze Wohnung renovieren. Die Wand zum Wohnzimmer kommt raus, um Platz für eine offene Küche zu schaffen. Kannst du dir das vorstellen? Ich an einer Kochinsel? Am Induktionsherd?«

Sie ließ Hermann kurz zappeln und ging zum Abfallbehälter für Biomüll. Wahrscheinlich konnte Hermann sie ohnehin nicht hören. Frau Helbing hatte mal *Ghost – Nachricht von Sam* gesehen. Schöne Geschichte, aber irgendwie unrealistisch. Und trotzdem kommunizierte sie gerne mit ihrem Mann. Man konnte ja nie wissen.

»Das war natürlich Quatsch, Männlein«, sagte sie, als sie von dem Müllkorb wieder zurückgekommen war.

»Ich lasse alles beim Alten. Keine Sorge.«

Efeu wäre auch eine Lösung, fiel ihr plötzlich ein. Der braucht keine Pflege und kann ganzjährig auf dem Grab bleiben. Nur zurückstutzen muss man ihn ab und zu. So ein Efeu kann sich ausbreiten wie eine Epidemie.

»Nächsten Donnerstag findet die Trauerfeier für Herrn von Pohl statt. Da spielt sogar ein Orchester. Das hat Melanie mir erzählt. Eine Klarinettistin. Die habe ich letzten Sonntag auf dem Sektempfang kennengelernt. Nach dem Konzert. Da gab es wahnsinnig tolle Schnittchen. Ein bisschen etepetete alles. Das war mehr so nach Heides Fasson.«

Als waschechte Hamburgerin sagte sie »Fassong« mit »g« am Ende. Bei Croissant war es nicht anders. Efeu blüht nicht, dachte Frau Helbing. Auf einem Friedhof sind Blüten aber wichtig. Als Symbol für die Hoffnung. Den ewigen Kreislauf. Die Wiedergeburt. Außerdem sind blühende Gewächse hübscher und nicht so trostlos.

»Morgen kommt Frank. Der repariert endlich den Herd. Der war übrigens in Urlaub. In Busan.«

Sie schüttelte den Kopf.

»Busan. Weißt du, wo das ist? Bestimmt weit weg.«

Hermann wusste wahrscheinlich auch nicht, wo Busan lag.

Vier Mal Heide, notierte Frau Helbing im Kopf. Eine kleine Schaufel und den Handrechen. Außerdem die Heckenschere für den Buchsbaum. Das würde sie nächsten Sonntag in ihrem Hackenporsche transportieren können. Gut, dass Hermann ein kleines Urnengrab hatte. Gerade hier auf dem Ohlsdorfer Friedhof gab es alte Gräber von gigantischen Ausmaßen. Frau Helbing mochte sich nicht vorstellen, wie viel Heidekraut man für eine dieser Flächen benötigte. Da reichte ein Einkaufstrolley für den Transport nicht mehr aus.

»Und bei dir so?«

Es war Frau Helbing schon immer wichtig gewesen, Hermann auch zu Wort kommen zu lassen. Auch wenn Hermann meist nicht mehr als ein »Joooo« geäußert hatte, konnte er nicht behaupten, um die Chance, das Wort zu ergreifen, in seiner Ehe beraubt worden zu sein.

Und sein »Joooo« hatte immer eine klare Botschaft, die Frau Helbing aufgrund ihrer Erfahrung hineininterpretierte. Jetzt zum Beispiel äußerte er sich überrascht, was im Leben seiner Frau so alles passiert war. Frau Helbing nickte zustimmend. Diese Woche war wirklich außergewöhnlich ereignisreich verlaufen. Und für jemanden, der tot war, musste das alles noch viel aufregender klingen.

»Ich geh dann mal, Männlein«, sagte sie zum Abschied und berührte mit der Hand die Marmorplatte.

Frau Helbing spazierte zum Haupteingang des Friedhofs zurück. Sie hätte auch den Bus nehmen können, aber das wäre nicht so spannend gewesen. Hier gab es immer etwas Neues zu entdecken. Ohlsdorf war kein gewöhnlicher Gottesacker von überschaubarer Größe. Dies war ein riesiger Parkfriedhof, wie man ihn in Europa vergeblich ein zweites Mal suchte. Zwischen den einzelnen Grabfeldern erstreckte sich ein Straßennetz von siebzehn Kilometern und eine Linie des öffentlichen Personennahverkehrs hielt an nicht weniger als zweiundzwanzig Haltestellen.

Frau Helbing liebte es, diese Grünanlage zu erkunden. Meist suchte sie sich eine ihr bis dahin unbekannte Route abseits der breiteren Gehwege. Nach all den Jahren war Frau Helbing immer wieder überrascht, welch malerische Plätze von umwerfender Schönheit es hier zu bestaunen gab. Bezaubernde kleine Ecken und Winkel mit einem oft morbiden Charme verbargen sich meist hinter Rhododendronsträuchern oder scheinbar verwunschenen Gehölzen. Bei schönem Wetter setzte sich Frau Helbing gerne auf eine der vielen Bänke, die zum Verweilen einluden.

Gerade betrachtete sie verzückt einen Bronzeengel, der sich in einer Nische zwischen ausufernden Nadelgewächsen vor neugierigen Blicken zu verstecken suchte, als sie vor Schreck zusammenzuckte. Nur wenige Meter hinter der Skulptur sah sie Herrn Pfründer. Er stand seitlich zu Frau Helbing und war offensichtlich in Gedanken versunken. Mit Sicherheit hatte er sie noch nicht bemerkt. Die Pflanzen boten Frau Helbing eine gute Tarnung. Bequem hätte sie einen Kirschkern nach Herrn von Pohls Freund spucken können, so nah war sie ihm. Das tat sie natürlich nicht. Frau Helbing hatte keine Kirschen dabei, und außerdem wollte sie besser nicht entdeckt werden. Das würde zwingend den

Eindruck erwecken, sie wäre ihrem seltsamen neuen Nachbarn gefolgt. Das wäre Frau Helbing mehr als peinlich gewesen.

Ganz still verhielt sie sich und wartete. Eine ganze Weile verharrte sie in ihrer Position. Herr Pfründer hatte es nicht eilig. Mit gesenktem Kopf stand er vor einem Grab. Ab und zu bückte er sich, um ein Blatt zu entfernen oder einen Grashalm auszurupfen.

Er machte einen ganz normalen Eindruck. Ein trauernder Mann auf einem Friedhof.

Hätte Frau Helbing ihn nicht gekannt, wäre sie wahrscheinlich an ihm vorbeigelaufen.

Vielleicht hatte Heide doch recht gehabt, und Herr Pfründer war nur durch den Tod seiner Frau und die Insolvenz der Firma aus der Bahn geworfen worden. Solche Ereignisse können einen verändern. Und wer verzweifelt ist, hat keinen Sinn für eine ordentlich aufgeräumte Wohnung.

Als er endlich weggegangen war, ließ sie noch ein paar Minuten verstreichen, bevor sie sich rührte. Vorsichtig bog sie um die Ecke und näherte sich der Stelle, an der Herr Pfründer sich so lange aufgehalten hatte.

Das Grab war noch recht frisch. Ein Stein war noch nicht gesetzt. Lediglich ein schlichtes, provisorisches Holzkreuz steckte in der Erde.

Dagmar Pfründer, las Frau Helbing.

17

Frau Helbing fiel ein Stein vom Herzen, als sie ihr Telefonat beendet hatte. Igor hatte sehr entspannt reagiert. Sogar einen Scherz hatte er gemacht. »Wenn Sie mir bis heute Abend eine Tonleiter vorspielen können, schenke ich es Ihnen«, hatte er gesagt. Vielleicht war das sogar ernst gemeint gewesen. Er verschenkte ja sowieso alles. Aber das Fagott seines eigenen Vaters? Das konnte Frau Helbing nicht nachvollziehen. Dazu müsste man doch eigentlich eine emotionale Bindung haben.

Jedenfalls war Frau Helbing froh, dass Igor sie nicht ausgeschimpft hatte. Bislang hatte er den Verlust des Instruments noch nicht einmal bemerkt.

»Ich hole das Ding in Kürze bei Ihnen raus«, hatte er am Telefon gesagt.

Das Ding! Frau Helbing fand die Wortwahl unangemessen. Dieses Fagott hatte Herr von Pohl täglich in Händen gehalten. Es war ein wichtiger Teil seines Lebens gewesen. Frau Helbing würde nie die Schlachtermesser ihres Mannes weggeben. Diese Werkzeuge hatte Hermann liebevoll gepflegt und sorgfältig geschärft. Und ein Musikinstrument war im weiteren Sinne auch ein Werkzeug. So etwas sollten Hinterbliebene in Ehren halten.

Aber Igor war sowieso ein sehr spezieller Typ. Frau

Helbing konnte es auch egal sein, was mit dem »Ding« passieren würde. Sie hatte sich entschuldigt und die In-meinem-Alter-vergisst-man-leicht-mal-was-Karte gezogen. Igor würde kommen und das Instrument abholen. Und damit wäre dann die Sache erledigt. Die ganze Aufregung hatte ja am Montag mit ebendiesem Fagott angefangen, oder besser gesagt damit, dass Herr von Pohl seinen Koffer hier hatte stehen lassen. Frau Helbing öffnete den Flurschrank und nahm den Instrumentenkoffer heraus. Sie wollte alles parat haben, wenn Igor käme. Nicht nur das Fagott. Auch den Ast und das Nachtsichtgerät wollte sie zurückgeben. Alle drei Gegenstände legte sie nebeneinander auf ihren Küchentisch.

Dann machte sie sich einen Tee. Am liebsten wäre es Frau Helbing gewesen, Igor würde jetzt sofort klingeln und sie von diesen von Pohl'schen Besitztümern befreien.

Was hieß eigentlich: »Ich hole das Ding in Kürze bei Ihnen raus?«, fragte sie sich.

Bei Igor könnte »in Kürze« auch in einer Woche bedeuten. Frau Helbing ärgerte sich, mit Igor keinen genauen Zeitpunkt vereinbart zu haben.

Neben dem Ast war der Koffer ganz schön klein, bemerkte Frau Helbing. Wenn sie gefragt würde, was wohl der Inhalt dieses Behältnisses sei, fiele ihr alles Mögliche ein, aber auf ein Fagott würde sie niemals kommen. Das Fagott war eigentlich viel länger als dieses Etui. Eher wie der Ast, der immerhin auf beiden Seiten über die Tischplatte hinausragte. Frau Helbing hatte das Bild vor Augen, wie Herr von Pohl mit seinem langen Instrument im Orchester saß. Ähnlich einer gigantischen Salzstange hatte er es vor sich gehalten. Wie um Himmels willen passte das Fagott in diesen Koffer?

Ein Klappmechanismus wäre eine Lösung, sinnierte Frau Helbing. Oder eine Vorrichtung zum Schieben, wie bei einem alten Piratenfernrohr.

Ob sie mal nachsehen sollte? Unentschlossen stand Frau Helbing vor ihrem Küchentisch. Sie hatte schon das Briefgeheimnis gebrochen, und jetzt auch noch dreist in Herrn von Pohls ganz privaten Koffer spähen? Andererseits würde das Instrument kaum darunter leiden, wenn sie mal einen Blick darauf werfen würde.

Nach kurzer Zeit obsiegte ihre Neugierde. Vorsichtig betätigte sie die beiden Verschlüsse. Mit einem leisen »Klack« sprangen die Schnallen aus Metall auf. Behutsam hob Frau Helbing den Deckel an.

Da lag es, das Fagott. Aber nicht am Stück, sondern in Einzelteilen.

»Aha«, murmelte Frau Helbing, »ein Stecksystem.«

In vier Stücke war das Instrument zerlegt. Die einzelnen Teile lagen nicht einfach lose im Koffer, sondern waren in passgenaue Aussparungen eingebettet.

Die Fagottstücke waren alle unterschiedlich geformt, und jedes hatte seinen festen Platz. Das sah sehr ordentlich aus. Hübsch auch. Der ganze Koffer war innen mit dunkelgrünem Plüsch ausgeschlagen. Dadurch hatte er die Anmutung eines Schmucketuis.

Ein Mädchenkoffer, dachte Frau Helbing. Vielleicht waren die Männerkoffer vergriffen gewesen, als Herr von Pohl diesen hier käuflich erworben hatte.

Offensichtlich war ein Fagott aus Holz und Metall

gebaut. Beide Materialien waren filigran verarbeitet und auf Hochglanz poliert.

Vorsichtig hob Frau Helbing ein Teil aus dem Koffer. Es roch ein bisschen feucht-muffig. Das kam bestimmt von dem ganzen Speichel, den Herr von Pohl mit der Atemluft in sein Instrument gepresst hatte. So ein Blasinstrument ist eine unappetitliche Sache. Das hatte Frau Helbing bei dem Konzert beobachten können. Die Hornisten hatten sogar auf offener Bühne in den Pausen Spucke aus ihren Instrumenten tropfen lassen.

Frau Helbing versuchte bei dem Viertelfagott, das sie in Händen hielt, zu ergründen, wo oben und unten war. Sie konnte es nicht mit Sicherheit sagen.

Es war eine seltsame Konstruktion. Jede Menge kleine silberne Klappen und Hebelchen waren auf dem hölzernen Korpus angebracht. Vieles war beweglich, aber nicht alles.

Es gab auch richtige Löcher, wie bei einer Blockflöte. Wer erfindet so etwas?, fragte sich Frau Helbing. Und wie sollte man mit nur zehn Fingern diese ganze Mechanik bedienen?

Sie erinnerte sich an einen Schreibmaschinenkurs, den sie in ihrer Schulzeit besucht hatte. Das Verhältnis von Tasten zu ihren eigenen Fingern kam Frau Helbing bei den ersten Tippversuchen auch völlig übertrieben vor. Aber nachdem sie das System durchschaut hatte, erkannte sie eine gewisse Logik. Hier wird es wohl genauso sein.

Sie legte das Instrumentenstück wieder an seinen Platz zurück. Es schmiegte sich perfekt in die vorgesehene Mulde ein. Faszinierend. Wie bei einem Steckspiel für Krabbelkinder konnte man jedes Teil des Fagotts nur an einer einzigen Stelle einfügen.

Auch das silberne, S-förmig gebogene Röhrchen hatte seine feste Stelle im Instrumentenkoffer. Da hatte Herr von Pohl reingepustet. Warum musste man die Luft durch diesen Strohhalm pressen, wenn das Instrument selbst einen wesentlich größeren Innendurchmesser hatte?

Frau Helbing hatte so viele Fragen. Herr von Pohl hätte ihr bestimmt alles bei einer Tasse Kaffee und einem Stück Kuchen geduldig erklärt. Aber das ging ja nun nicht mehr. Sie wollte den Koffer wieder schließen, als ihr noch ein weiteres Fach auffiel. Es war unter einem Deckel verborgen. Sie öffnete die mit dunkelgrünem Samt bespannte Klappe.

Darunter sah es rummelig aus. Eine solche Unordnung kannte Frau Helbing nicht von Herrn von Pohl. Das war wohl die Abseite des Instrumentenkoffers. Ein Stauraum, in den man alles Mögliche hineinstopfen konnte. Obenauf lagen Wisch- oder Poliertücher, die dringend mal gewaschen werden mussten. Frau Helbing klaubte sie mit spitzen Fingern heraus. Dann kamen allerlei Utensilien zum Vorschein. Ein Taschenmesser erkannte sie ebenso wie Zigarettenblättchen und Schmerztabletten. Frau Helbing wühlte ein bisschen in dem Fach herum. Das war eine richtige Wundertüte. Münzen lagen darin, eine Zahnbürste, sogar einen Lottoschein fand Frau Helbing. Und ein Kondom. Nachdem Frau Helbings Neugierde gestillt war, stopfte sie alles wieder zurück und schloss den Koffer.

Ein Kondom. Im Instrumentenkoffer. Frau Helbing

schüttelte den Kopf. Herr von Pohl war schon ein Wüstling gewesen. Anscheinend hatte er immer mit dem nächsten Abenteuer gerechnet. Aber ein netter Wüstling. Sie konnte ihm einfach keine Vorhaltungen machen. Schon gar nicht posthum. Wahrscheinlich war Frau Helbing seiner Ausstrahlung ebenso erlegen wie all die Linas, Majas und Melanies, die er um den Finger gewickelt hatte. Herr von Pohl war halt ein Frauentyp gewesen.

Es war sechs Uhr. Bis zum *Tatort* – den Frau Helbing in den letzten zwanzig Jahren nie verpasst hatte – war noch Zeit. Zu lesen hatte sie nichts mehr. Sie beschloss Staub zu wischen. Staub wischen konnte man nie genug. Und aufräumen. Obwohl Frau Helbing allein lebte und im Grunde ein sehr ordentlicher Mensch war, lag immer etwas herum. Zum Beispiel die *Morgenpost* im Flur. Jetzt, da sie die Zeitung wiederentdeckte, ärgerte sie sich. Ein Verlegenheitskauf war das gewesen. Um nicht blöde vor Uwe und seinem verkommenen Freund herumzustehen. Sie hatte nicht einen Blick in dieses Blatt geworfen.

Unnötig verplempertes Geld, dachte Frau Helbing.

Wenigstens zum Fensterputzen wollte sie die einzelnen Seiten noch benutzen. Ihrer Meinung nach brauchte eine gute Hausfrau nur Wasser und Zeitungspapier für streifenfreie Glasscheiben. Heutzutage wird den Menschen durch die Werbung vorgegaukelt, ausschließlich mit teuren Glasreinigern ließen sich Fenster zum Glänzen bringen. Frau Helbing benötigte so etwas nicht. Überflüssige Chemikalien waren das. Und Plastikmüll obendrein. Fenster putzte sie mit Wasser. Und danach wurde das Glas mit zerknülltem Zeitungspapier poliert.

So hatte ihre Mutter das schon gemacht. Und das Ergebnis konnte sich sehen lassen. Frau Helbings Fenster waren immer tadellos sauber. Anders als die von Frau Paulsen aus dem dritten Stock. Da waren Grauschleier drauf wie nach einem Schwelbrand. Frau Helbing ging mit der *Morgenpost* in die Küche, um sie unter der Spüle zu verstauen, wo sie ihre Putzsachen aufbewahrte.

Ein Gedanke ließ sie nicht los. Sie entfaltete die Tageszeitung und las die Schlagzeile.

»Lotto-Millionär gesucht!«, stand da in besonders fetten Lettern.

Hatte sie nicht gerade eben im Instrumentenkoffer einen Lottoschein gesehen? Das wäre ein verrückter Zufall, wenn Herr von Pohl der gesuchte Millionär wäre. Viel zu verrückt. Die Chance, einen Sechser mit Zusatzzahl zu tippen, sei geringer, als vom Blitz getroffen zu werden, hatte Frau Helbing mal irgendwo gelesen. Und sie kannte niemanden – auch nicht vom Hörensagen –, in den der Blitz jemals eingeschlagen war.

Trotzdem ließ ihr die Idee, Herr von Pohl sei der verschollene Gewinner, keine Ruhe.

Möglich wäre es ja, dachte Frau Helbing.

Unentspannt stand sie in der Küche. Jetzt spürte sie wieder diesen Ermittlungsdrang. Dieses zwingende Bedürfnis, Licht ins Dunkel um den Tod des Fagottisten zu bringen. Dabei wollte sie sich bis Montag mit dem Fall nicht beschäftigen, sondern ein entspanntes Wochenende genießen. Es spielte auch keine Rolle, ob Herr von Pohl Lotto-Millionär gewesen war. Igor würde sowieso alles verschenken.

Ganz kribbelig wurde Frau Helbing. Hier war die

Zeitung, da der Koffer mit dem Lottoschein. Ein kurzer Blick würde genügen, um ihr einen angenehmen Abend zu ermöglichen. Wenn sie jetzt nicht nachsehen würde, könnte sie unmöglich unbeschwert den Krimi im Fernsehen genießen.

Energisch ließ sie die Kofferverschlüsse aufploppen.

Zwischen Putztuch und Kondom angelte sie nach dem Schein.

Jetzt brauchte sie ihre Lesebrille. Das machte sie ganz nervös. Schnellen Schrittes ging sie ins Wohnzimmer und holte die Sehhilfe.

Dann verglich sie die Zahlen auf der Spielquittung mit den in der Zeitung abgedruckten Ziffern. Eine nach der anderen. Sie wiederholte das Prozedere dreimal hintereinander. Nur, um sicherzugehen, keinen Fehler gemacht zu haben. Für einen Moment dachte Frau Helbing, ihr Herz wäre stehen geblieben. Die Zahlen stimmten überein. Es gab keinen Zweifel.

Der kleine Fetzen Papier, der hier vor ihr auf dem Tisch lag, war acht Millionen Euro wert. Ehrfürchtig hob sie den Lottoschein hoch und betrachtete ihn. Das war praktisch Bargeld. Jeder, der im Besitz dieser Quittung war, konnte sich den Gewinn auszahlen lassen. So etwas gehörte in ein gesichertes Behältnis. Einen Tresor am besten.

Frau Helbings Hand zitterte ein wenig. Sie hatte natürlich keinen Tresor. Nicht mal eine abschließbare Kasse. Warum auch? Nie war sie in die Verlegenheit gekommen, eine größere Summe Bargeld zu lagern. Wenn Hermann früher Geld von der Bank geholt hatte, steckte er es immer in eine unbenutzte Zuckerdose. Meist etwa dreihundert Mark, um die Wocheneinkäufe zu erledigen. Das war lange bevor bargeldloser Zahlungsverkehr zur Normalität geworden war.

Aber acht Millionen Euro. Das waren rund sechzehn Millionen D-Mark, überschlug Frau Helbing. Ihr Hals war plötzlich ganz trocken. Sie steckte den Schein erst einmal in die Tasche ihrer Küchenschürze. Jetzt bloß nicht den Kopf verlieren.

In der Aufregung wusste sie nicht so recht, was sie tun sollte. Ihr erster Impuls war es, die Polizei zu benachrichtigen. Das verwarf sie aber wieder. Es war ja nichts passiert. Herr von Pohl hatte augenscheinlich im Lotto gewonnen. Na und? Hätte Frau Helbing einen Diamanten im Fagottkoffer gefunden, würde sie auch nicht den Notruf wählen.

Trotzdem fühlte sie eine innere Unruhe. Dieser Lottogewinn war ein Motiv. Ein Motiv, das immerhin acht Millionen schwer wog. Es wurden schon Menschen für weniger Geld getötet. Aber was heißt das schon? Nach wie vor fehlte ein Beweis. Frau Schneider brauchte sie nicht mit einem Lottoschein zu kommen. Da sollte sie mehr in der Hand haben.

Frau Helbing stand auf und ging langsam um den Küchentisch herum. Im Gehen konnte sie besser denken. Die Gedanken sind nämlich an die Bewegung des Körpers gekoppelt. Da war sich Frau Helbing sicher. Deshalb konnte man stundenlang auf dem Sofa sitzen und über ein Problem nachdenken, ohne eine Lösung zu finden. Setzte man aber ein Bein vor das andere, kamen die Gedanken in Fluss. Flüsse führen irgendwohin. Stehende Gewässer kippen nach einiger Zeit.

Herr Pfründer hatte also diesen Lottoschein gesucht. Das stand für Frau Helbing außer Frage. Und er suchte ihn noch immer. Sie wusste jetzt, hinter was er her war, und darüber hinaus, wo sich das Objekt seiner Begierde befand. Nämlich in ihrer Schürzentasche.

Das war ein entscheidender Schritt in ihren Ermittlungen.

Ja, Frau Helbing ermittelte wieder, obwohl es erst Sonntagabend war. Nach der zweiten Runde um den Küchentisch stand das fest. Und sie hatte plötzlich etwas in der Hand. Informationen, die außer ihr niemand kennen konnte. Ausgenommen der Mörder.

Es war immer gut, einen Trumpf im Ärmel zu haben. Der Lottoschein war bei ihr bestens aufgehoben.

Natürlich wollte Frau Helbing den Gewinn nicht einfach einstreichen. Gott bewahre. Auf diese Idee wäre sie niemals gekommen. Igor sollte diesen Teil seines Erbes ganz bestimmt ausgehändigt bekommen. Aber noch nicht jetzt. Vielleicht könnte sie Herrn Pfründer eine Falle stellen und den Lottoschein als Lockmittel benutzen.

Frau Helbing schmiedete verwegene Pläne, bei denen es im Wesentlichen darum ging, Herrn Pfründer, im Tausch gegen den Lottoschein, ein Geständnis abzuringen. Diese Aussage müsste sie natürlich heimlich aufnehmen. Vielleicht mit Hermanns altem Tonbandgerät. Sie könnte auch Frau Schneider anrufen und das Telefon geschickt so halten, dass die Kommissarin live Zeugin des Geständnisses würde. In Gedanken feilte Frau Helbing an den ersten Details, als es an ihrer Wohnungstür klingelte.

»Das ging ja schnell«, dachte Frau Helbing.

Der Streetworker war wohl doch kein trödeliger Typ, sondern erledigte zugesagte Dinge prompt.

»Ich komme!«, rief sie und ging schnellen Schrittes durch den Flur, um Igor hereinzulassen.

18

Frau Helbing hätte sich selbst schlagen können. Mit der flachen Hand direkt ins Gesicht oder mit einer Lederpeitsche auf den nackten Rücken. Ganz egal. Seit so vielen Jahren wohnte sie hier, und normalerweise warf sie immer einen Blick durch den Türspion, bevor sie die Klinke drückte. Man sollte sich in einer Großstadt stets versichern, wer Einlass in die eigenen vier Wände begehrte. Das war für sie fast ein Automatismus. Fast, wie sie jetzt feststellte. In felsenfester Annahme, Igor wolle sein Erbstück abholen, hatte sie ohne zu zögern die Wohnungstür aufgemacht. Aufgerissen konnte man sagen. Der Schwung kam auch durch ihre neue Entdeckung. Einen Lottoschein. *Der* Lottoschein. Das Gefühl, dem Mörder auf der Spur zu sein, hatte sie in Hochstimmung versetzt und unvorsichtig werden lassen.

Wie die sieben Geißlein, dachte sie in dem Moment, als es zu spät war.

Sie beeilte sich, die Tür wieder zu schließen. Sofort nachdem sie ihren Irrtum bemerkt hatte. Und mit aller Kraft sogar, aber Herr Pfründer hatte bereits seinen Fuß in den Rahmen gestellt.

»Ich bin hier, um das Fagott abzuholen«, sagte Herr Pfründer mit einem boshaften Grinsen.

»Das Fagott händige ich nur Igor persönlich aus«,

zischte Frau Helbing zurück. »Nehmen Sie Ihren Fuß da weg!«

Herr Pfründer nahm seinen Fuß nicht weg. Stattdessen drückte er die Tür auf.

»Wenn Sie nicht sofort gehen, rufe ich die Polizei«, drohte Frau Helbing tapfer. Die Angst war ihr aber ins Gesicht geschrieben.

Völlig unbeeindruckt schob Herr Pfründer Frau Helbing in den Flur zurück. Gegen die Kraft dieses Mannes hatte sie keine Chance. Er schloss die Tür hinter sich und verschränkte die Arme vor der Brust.

»Wo ist der Koffer?«, fragte er knapp. Herr Pfründer machte nicht den Eindruck, lange herumdiskutieren zu wollen. Frau Helbing bekam Gänsehaut. Dieser Mann war zu allem fähig. Wenn ihre Theorie stimmte, hatte er innerhalb der letzten Woche bereits zwei Menschen getötet. Es war wohl besser, seiner Forderung nachzukommen.

»Na gut«, lenkte sie ein. »Dann nehmen Sie halt das Fagott und verschwinden aus meiner Wohnung.«

Frau Helbing ging in die Küche. Herr Pfründer folgte ihr wortlos.

Kaum hatte sie die Küche betreten, hätte sie sich schon wieder für ihre Dummheit bestrafen können. Auf dem Tisch stand der offene Instrumentenkoffer und daneben lag die *Morgenpost*. *Millionär gesucht* stand fett auf der Titelseite, und die Zahlen des Acht-Millionen-Scheins prangten direkt darunter.

Es war zu spät, die Zeitung verschwinden zu lassen. Herr Pfründer war dicht hinter ihr und hatte die Situation bereits erfasst.

»Sieh mal einer an«, sagte er.

Ein zufriedenes Grinsen, ein bisschen herablassend, umspielte seinen Mund.

»Sie interessieren sich für den Lottogewinn vom letzten Samstag?«

»Ich weiß nicht, was Sie meinen«, versuchte Frau Helbing abzulenken. »Nehmen Sie das Instrument. Und dann gehen Sie bitte.«

Herr Pfründer dachte nicht daran zu gehen. Er zog einen Stuhl unter dem Tisch hervor und setzte sich.

»Das Instrument interessiert mich nicht. Was soll ich mit einem Fagott? Ich suche nach etwas anderem. Und jetzt bin ich mir sicher, es gefunden zu haben.«

Frau Helbing empfand seinen Blick als unangenehm bohrend. Ohne zu blinzeln, fixierte er sie, während er redete.

»Geben Sie mir den Lottoschein.«

Seine Stimme war nicht laut, aber von einer Eindringlichkeit, die keine Widerrede duldete. Frau Helbing zuckte zusammen. Was würde er tun, wenn sie ihm den Schein gäbe? Sie danach töten? Mit einem Küchenmesser? An den Messern würde es nicht scheitern. Frau Helbing schliff die Klingen regelmäßig. Sie musste Zeit gewinnen, um einen Weg zu finden, sich aus dieser prekären Situation zu befreien.

Eigentlich hatte sie Herrn Pfründer genau da, wo sie ihn haben wollte, um ihm in einem Vieraugengespräch ein Geständnis zu entlocken. Aber sie hatte das noch nicht zu Ende gedacht. Es fehlte nicht nur eine Möglichkeit, das Gespräch mitzuschneiden und die Polizei zu informieren.

Auch Maßnahmen zu ihrer eigenen Sicherheit hatte Frau Helbing nicht eingeplant. Wie sollte sie hier heil herauskommen und im rechten Moment Hilfe herbeiholen? All das hatte sie noch ausarbeiten wollen.

»Ich weiß, dass Sie den Schein gefunden haben. Machen Sie die Sache nicht komplizierter, als sie ist«, sagte Herr Pfründer.

Frau Helbing musste Zeit gewinnen. Zeit, bis sie eine Eingebung hatte oder einen Geistesblitz.

»Also los.« Herr Pfründer wurde ungeduldig. »Rücken Sie meinen Lottoschein heraus!«

»Ihren Lottoschein?« Frau Helbing war überrascht. »Sie meinen den Lottoschein von Herrn von Pohl.«

»Wie kommen Sie darauf? Steht da ein Name drauf?«

Frau Helbing zuckte kurz zusammen. War Herr Pfründer etwa der rechtmäßige Lottogewinner? Hatte Herr von Pohl seinem Freund den Schein entwendet? Vielleicht sogar hinterlistig geklaut? Diese Möglichkeit hatte sie nie in Betracht gezogen. Die Verunsicherung war Frau Helbing anzusehen.

Herr Pfründer saß da und weidete sich an ihrem ratlosen Gesichtsausdruck. Mit einem selbstzufriedenen Lächeln zog er Zigaretten aus seiner Tasche, klopfte eine aus der Packung und zündete sie an.

»Das ist übrigens eine Nichtraucherwohnung«, sagte Frau Helbing.

Herr Pfründer stieß als Antwort eine nicht enden wollende Rauchfahne aus.

»Ich will Ihnen etwas erklären«, sagte er.

Das Rauchen schien ihn zu entspannen. Frau Helbing stellte wortlos eine Tasse auf den Tisch. Irgendwo hätte sie bestimmt auch einen alten Aschenbecher gefunden, aber jetzt war nicht der richtige Zeitpunkt, danach zu suchen.

»Wir hatten eine Tippgemeinschaft. Dreiundzwanzig Jahre lang. Woche für Woche die gleichen Zahlen. Diese hier.«

Herr Pfründer zeigte auf die Titelseite der Morgenpost.

»Dabei haben wir uns immer abgewechselt. Eine Woche hat Henning den Schein gekauft. Eine Woche ich.«

Herr Pfründer zog an seiner Zigarette.

»Und eine Woche Dagmar«, ergänzte er.

»Ihre Frau?«

Frau Helbing setzte sich auch auf einen Küchenstuhl. Jetzt wurde es interessant. Ob Herr Pfründer ihre Küche verpestete oder nicht, sie wollte die ganze Geschichte hören.

»Ja, meine Frau.« Herrn Pfründers Gesichtszüge verhärteten sich. »Wir waren über dreißig Jahre lang verheiratet. Vor fünf Monaten ist sie gestorben.«

»Ich hörte davon«, nickte Frau Helbing. »Mein Beileid.«

»Es war eine Schnapsidee«, fuhr Herr Pfründer fort. »Im wahrsten Sinne des Wortes. Henning hat uns damals im Urlaub besucht. Dagmar und ich waren im Allgäu wandern. Henning hatte ein Konzert in München und danach ein paar Tage frei. Jedenfalls saßen wir nachmittags vor einem Wirtshaus in Bayern und tranken Schnaps. Marille, glaube ich. Auf der gegenüberliegenden Straßenseite war ein Schreibwarenladen mit einer

Annahmestelle und Dagmar wollte plötzlich Lotto spielen. Sie habe ein gutes Gefühl, und die Situation sei gerade so entspannt und harmonisch. Außerdem sei sie ein Glücksschwein, hat sie gesagt. Wenn sie jetzt tippen würde, wären wir morgen Millionäre. Wie bereits erwähnt, wir hatten getrunken. Es war lustig. Henning hielt nichts von Glücksspiel. Er meinte, es sei Geldverschwendung. Er kam mit Zahlen, um seine Theorie zu untermauern. Die Gewinnchancen seien eins zu irgendwas, und wir könnten bis zu unserem Tod spielen und würden nichts gewinnen. Dagmar hielt hartnäckig dagegen. Die beiden haben sich richtig hochgeschaukelt, und irgendwann haben wir gewettet und abgemacht, bis an unser Lebensende Lotto zu spielen, nur um zu sehen, wer Recht behalten würde. Mit Schnaps haben wir den Schwur besiegelt. Dagmar schrieb die ersten sechs Zahlen auf, die ihr spontan in den Sinn kamen. Ich bin dann über die Straße gegangen und habe einen Schein ausgefüllt und abgegeben.«

Herr Pfründer drückte seine Kippe in der Tasse aus.

»Und?«, fragte Frau Helbing, die wissen wollte, wie die Geschichte weitergegangen war.

Herr Pfründer schüttelte den Kopf.

»Nicht eine Zahl war richtig gewesen. Zurück in Hamburg hätten wir das Ganze als lustige Urlaubsanekdote abhaken können, aber Dagmar und Henning dachten nicht daran. Sie hatten sich in diese Wette verbissen. Eine Woche später kaufte Dagmar einen Lottoschein. In der Woche darauf tippte Henning. Dann war ich wieder dran. So hat diese Tradition ihren Anfang genommen. Jahrelang haben wir Woche für Woche reihum unsere Kreuze gemacht. Immer dieselben Zahlen.«

Herr Pfründer steckte sich eine neue Zigarette an. Frau Helbing ließ ihn gewähren. Die Luft in ihrer Küche erinnerte sie ein bisschen an früher, als Rauchen noch salonfähig war. Viele Gäste hatten ganz selbstverständlich geraucht. Sogar ohne zu fragen. Nach Familienfeiern war die ganze Wohnung eingenebelt gewesen.

»Warum haben Sie den Gewinn mit Henning nicht einfach geteilt?«, fragte Frau Helbing. »Sie hatten doch eine klare Abmachung.«

»So klar war sie dann doch nicht.« Herr Pfründer sah verbittert drein.

»Ich wusste am Samstagabend schon, dass wir gewonnen haben. Ich konnte es kaum glauben. Dreimal habe ich im Internet nachgesehen und dann noch zur Sicherheit die Spätnachrichten geguckt. Es war unglaublich. Ich zitterte. Immer wieder habe ich versucht, Henning zu erreichen. Es war kaum auszuhalten. Erst am Sonntagnachmittag ist er an sein Handy gegangen. Ich wollte mich sofort mit ihm treffen, aber er hatte keine Zeit. Keine Zeit! Acht Millionen und keine Zeit! Mit dieser Maja war er verabredet. Der alte Frauenheld. Da war ich schon sauer. Dann erwähnte ich ihm gegenüber, dass Dagmar die Wette gewonnen hätte. Das war mir wichtig. Wie sehr hätte sie sich über ihren Triumph gefreut. Aber Henning reagierte überheblich. Das sei Quatsch, hatte er behauptet. Dagmar sei schließlich schon tot, und er habe gewettet, dass wir bis zu unserem Tod nicht gewinnen würden. Also wäre er derjenige, der Recht behalten hätte. Aber wir leben noch, habe ich ihm erklärt. Also hatte Dagmar gewonnen. Er wollte ihr den Sieg nicht gönnen. Weil er eitel war. Eitel und eingebildet. Henning hat sich immer für etwas Besseres gehalten. Ich habe mich richtig geärgert. Aber das Fass zum Überlaufen gebracht hat er, als er sagte, wir teilen uns den Gewinn. Jeder vier Millionen, hat er gesagt.«

Herr Pfründer ballte seine Hand zur Faust.

»Ich lasse mich aber nicht über den Tisch ziehen«, sagte er aufgebracht.

»Das verstehe ich nicht«, sagte Frau Helbing zaghaft. »Wäre es nicht fair gewesen, den Gewinn zu teilen?«

»Hören Sie mir nicht zu?«, fuhr Herr Pfründer sie unwirsch an. »Wir waren zu dritt. Ein Drittel des Gewinns gehört Dagmar. Ohne sie hätten wir nie getippt. So viele Jahre hatte sie auch finanziell Anteil an dieser Tippgemeinschaft. Das kann man nicht einfach ignorieren. Dieser Erfolg war ihr Verdienst. Und jetzt kam Henning und tat so, als hätte es Dagmar nie gegeben. Der Gewinn musste meiner Meinung nach gedrittelt werden. Und da ich Dagmars Erbe bin, standen mir zwei Drittel zu. In seiner herablassenden Art fing Henning an, sich über mich lustig zu machen. Ob ich schizophren wäre, weil ich zwei Anteile haben wollte, hat er gefragt. Montagmorgen könnten wir darüber reden. Wenn ich mich beruhigt hätte und wieder klar denken könnte.«

Laut wiederholte Herr Pfründer: »Wenn ich mich beruhigt hätte und wieder klar denken könnte! Dieser arrogante Snob!«

Er steckte sich eine neue Zigarette in den Mund und zündete sie an.

Gute Güte, wie viel raucht der denn?, dachte Frau Helbing. Vielleicht stirbt er an Lungenkrebs, noch bevor ich ihm den Schein ausgehändigt habe.

»Und Sie wollten kein klärendes Gespräch am Montag?«, hakte Frau Helbing nach.

»Nein. Und je mehr ich darüber nachdachte, desto klarer wurde mir, dass Henning nicht mehr mein Freund war.«

Frau Helbing sah ihre Chance, das gewünschte Geständnis zu bekommen. Plötzlich hatte sie eine ungefähre Ahnung davon, was passiert war.

»Und dann kam Ihnen eine Idee«, sagte sie. »Sie wollten nicht die Hälfte und nicht zwei Drittel, sondern den ganzen Gewinn für sich allein haben.«

Frau Helbing missachtete die Gefahr, der sie sich aussetzte. Wenn Herr Pfründer ihr einen Mord gestehen würde, hätte er einen guten Grund, sie mundtot zu machen. Aber ihre Neugierde war stärker als ihre Angst. Alle Fragen, die sie sich unter der Woche gestellt hatte, könnten auf einen Schlag beantwortet sein. Sie wollte jetzt die Wahrheit ans Licht ziehen.

»Sie beschlossen, Ihren Freund aus dem Weg zu räumen«, sagte Frau Helbing. »Oder?«

Herr Pfründer antwortete nicht. Er starrte ein Loch in die Küchenwand. Vielleicht sah er die Wand auch gar nicht, sondern ließ im Kopf einen Film ablaufen. Bilder von vergangenem Sonntag. Frau Helbing spürte, dass sie jetzt in die Offensive gehen musste.

»Wie haben Sie es gemacht?«, fragte sie direkt.

Herr Pfründer drehte den Kopf in ihre Richtung und grinste.

»Die Idee kam mir beim Kuchenessen.«

»Beim Kuchenessen?«, wiederholte Frau Helbing interessiert.

»Es war schönes Wetter am Sonntagnachmittag. Ich saß auf dem Balkon. Mit einer Tasse Kaffee und einem großen Stück Schwarzwälder Kirsch. Alle meine Sorgen hatten sich in Luft aufgelöst. Wissen Sie, ich hatte finanzielle Schwierigkeiten. Zweihunderttausend Euro Schulden. Das war mein Ruin. Die Privatinsolvenz schien unausweichlich. Aber jetzt waren das Peanuts. Das Geld würde ich diesen Geiern von der Bank cash auf den Tisch legen können. Es war ein überwältigendes Gefühl. Nur zwei Wespen nervten mich. Die hatten es auf den Kuchen abgesehen. Ich hatte versucht, sie zu verscheuchen, aber es kamen immer mehr von den Viechern. Vier, sechs, acht. Die waren auf die Kirschen scharf. Also ging ich in die Küche, nahm ein leeres Marmeladenglas und stülpte es peu à peu über die Insekten. Schließlich hatte ich zehn Gefangene. Als ich den Kuchen aß und die Wespen beobachtete, wie sie an der Innenseite des Glases herumkrabbelten, reifte mein Plan.«

»Sie dachten an die Allergie von Herrn von Pohl«, soufflierte Frau Helbing. Sie wollte den Redefluss Herrn Pfründers unbedingt in Gang halten.

Herr Pfründer nickte.

»Natürlich wusste ich von Hennings Allergie. Jeder, der ihn kannte, wusste davon. Ich schraubte also den Deckel auf das Glas, stach zwei Luftlöcher rein und bin mit den Wespen in die Rutschbahn gefahren.«

»Sie hatten einen Schlüssel für Herrn von Pohls Wohnung?«, fragte Frau Helbing.

»Ja, klar«, sagte Herr Pfründer.

»Dann hätten wir uns den Schlüsseldienst sparen können, den die Polizei gerufen hat«, sagte Frau Helbing vorwurfsvoll.

»Wir hätten uns einiges sparen können, wenn Sie nicht den Lottoschein gehabt hätten«, knurrte Herr Pfründer zurück.

Frau Helbing wollte Herrn Pfründer jetzt nicht verärgern. Sie wollte wissen, wie er es angestellt hatte, dass die Wespen Herrn von Pohl auch stechen würden.

»Was genau haben Sie mit den Wespen gemacht?«, fragte sie neugierig.

»Ich habe sie vorsichtig mit einer Pinzette aus dem Glas gefischt und auf den Duschvorleger geklebt.«

»Geklebt?«, fragte Frau Helbing.

»Ja. Mit einem Tropfen Sekundenkleber. In dieser hochflorigen Matte sind die Viecher praktisch komplett verschwunden. Das war eine ziemlich geniale Idee. Ich bin dann wieder nach Hause gefahren. Jetzt musste ich nur noch warten.«

»Vorher hatten Sie natürlich noch das Notfallset an sich genommen«, ergänzte Frau Helbing. »Und das Telefonkabel aus der Dose gezogen.«

Jetzt war ihr plötzlich klar, was in den Tagen danach passiert war. Alles ergab einen Sinn. Herr Pfründer steckte sich die nächste Kippe an. Das war Frau Helbing aber egal. Aufgeregt knüpfte sie an Herrn Pfründers Geschichte an.

»Sie wussten, dass Herr von Pohl die Nacht bei seiner Geliebten verbringen und am Morgen des folgenden Tages in seine Wohnung zurückkehren würde. Sie waren ja verabredet. Aber Sie sind nicht hingegangen. Erst als Sie bis zum Nachmittag nichts von Ihrem Freund gehört hatten, sind Sie wieder in die Rutschbahn gefahren. Und dort fanden Sie Henning. Tot in seiner Wohnung. Er ist tatsächlich barfuß in die Wespen getreten und hat immerhin drei Stiche abbekommen. Was danach passiert ist, kann man nur mutmaßen.«

Frau Helbing versuchte die Situation zu rekonstruieren.

»Vermutlich wollte Herr von Pohl sein Notfallset aus der Schublade holen. Es war aber nicht an seinem Platz. Hektisch begann er, danach zu suchen. Da ihm die Zeit weglief, versuchte er irgendwann, über Festnetz einen Rettungswagen zu rufen. Das Telefon funktionierte aber nicht. Spätestens da geriet er in Panik. Er muss dann schnell das Bewusstsein verloren haben und gestürzt sein.«

Herr Pfründer saß regungslos auf seinem Stuhl. Er dementierte nichts. Frau Helbing deutete das als Zustimmung.

»Ihr Plan war aufgegangen«, konstatierte sie, zufrieden mit ihren Ausführungen. »Ein guter Plan, zugegeben. Perfide, aber gut. Sie haben das Telefon wieder angeschlossen und das Notfallset an seinen Platz zurückgelegt. Alles war glattgelaufen. Den Badezimmerteppich haben Sie zum Entsorgen zusammengerollt. Den würden Sie einfach verschwinden lassen. Niemand würde Verdacht schöpfen. Es schien, als hätten Sie ihr Ziel erreicht. Aber jetzt gab es ein Problem. Es fehlte ein entscheidendes Detail. Der Lottoschein. Wo könnte Henning den aufbewahrt haben?«

Frau Helbing hielt inne. Mittlerweile war es fast dunkel geworden. Sie stand auf und schaltete die Deckenlampe ein. Das Licht über dem Tisch ließ das Fagott wie einen Schatz funkeln. Die Küchenuhr zeigte kurz vor acht. Frau Helbing würde die *Tagesschau* verpassen. Und den *Tatort*. Das war ihr aber egal. Was war schon ein Krimi im Fernsehen gegen einen ganz realen Mordfall? Oder vielleicht sogar zwei. Was war mit dem Tod von Maja Klarsen? Hatte Herr Pfründer sie auch ermordet?

»Sie haben die Wohnung durchsucht«, fuhr Frau Helbing fort. »Irgendwo musste der Lottoschein sein. Ein kleiner Fetzen Papier. So etwas kann man leicht übersehen. Vielleicht lag er offen rum. Vielleicht war er versteckt. Es war wie die Suche nach der Nadel im Heuhaufen, nicht wahr? Sie sahen in Herrn von Pohls Jackentaschen nach, in seinem Portemonnaie. Sie zogen Schubladen auf und öffneten Schränke. So war es doch, oder?«

»Sie sind ganz schön neugierig«, sagte Herr Pfründer. Es klang wie eine Drohung.

»Das haben alte Frauen so an sich«, sagte Frau Helbing unbeirrt. »Wissen Sie was? Ich habe Sie gehört. Die halbe Nacht haben Sie da oben rumgewühlt.«

Herr Pfründer nahm sich eine neue Zigarette aus der Packung.

»Was für eine blöde Situation. Sie waren so weit gegangen. Ohne Lottoschein konnten Sie nicht fliehen. Wo wollten Sie eigentlich hin? Vielleicht nach Busan?«

Etwas Exotischeres fiel Frau Helbing gerade nicht ein. Herr Pfründer lachte kurz auf.

»Busan«, sagte er abschätzig.

Frau Helbing ließ sich in ihrem Redefluss nicht aufhalten.

»Am Dienstag hätten Sie gerne weitergesucht, aber das Risiko war zu groß, dass man Sie beim Betreten oder Verlassen der Wohnung beobachten könnte. Deshalb haben Sie bei mir geklingelt. Wenn man Henning jetzt finden würde, eröffnete das für Sie neue Möglichkeiten, ganz unverdächtig an den Tatort zu gelangen. Man kann einen toten Freund auch nicht ewig rumliegen lassen.«

Frau Helbing stand auf und schenkte sich ein Glas Wasser ein. Der Rauch machte ihr einen rauen Hals.

»Irgendwann musste Ihnen aufgefallen sein, dass der Instrumentenkoffer nicht in der Wohnung war«, sagte sie und trank das Glas aus.

»Das war ungewöhnlich. Herr von Pohl hatte das Fagott praktisch immer bei sich. Sie haben natürlich in seinem Auto nachgesehen. Der Wagen war leer. Vielleicht stand der Koffer noch bei seiner Geliebten. Der Koffer, mit dem Lottoschein. Nicht unwahrscheinlich.«

Frau Helbing machte eine kleine Pause. Sie hielt Herrn Pfründers Blick stand.

»Sie sind mit der Pagode zu Maja Klarsen gefahren. So war es doch, nicht wahr? Und vorher haben Sie im Kiosk in der Grindelallee Zigaretten gekauft.«

»Sie sind nicht nur neugierig, Sie wissen auch zu viel«, sagte Herr Pfründer.

Da hat er wahrscheinlich recht, dachte Frau Helbing. Sie wusste vieles. Aber nicht alles.

»Warum haben Sie die junge Frau erstochen?«, fragte sie. »Tat das not?«

Herr Pfründer schüttelte gedankenverloren den Kopf.

»Ja, ich bin dahin gefahren. Ich habe vor ihrem Haus gewartet, bis sie weggegangen ist. Henning hatte mir mal erzählt, wo sie wohnte. Er hatte sogar einen Schlüssel zu ihrer Wohnung. Es schien so einfach zu sein. Ich bin rein und habe mich in Ruhe umgesehen. Aber dann stand sie plötzlich hinter mir. In der Küche. Irgendetwas hatte sie vergessen und war zurückgekehrt, die blöde Kuh. Und anstatt abzuhauen, ist sie auf mich losgegangen. Die hat um sich geschlagen, getreten und gekratzt wie eine Furie. Die Frau war völlig außer sich. Ich konnte mich kaum wehren. Und dann fing sie an zu schreien. Aber richtig laut.«

Herr Pfründer hielt kurz inne, bevor er weiterredete.

»Ich habe ein Messer von der Arbeitsplatte genommen und zugestochen.«

Frau Helbing atmete hörbar aus. Dann war es still. Frau Helbing hatte keine Fragen mehr. Es war alles gesagt.

»Herr Pfründer«, sagte sie leise. »Man wird Ihnen zwei Morde vorwerfen.«

»Gar nichts wird man mir vorwerfen«, sagte Herr Pfründer wütend. »Die Plauderstunde ist vorbei.«

Seine Stimme war aggressiv. Er stand auf, stützte die Arme energisch auf die Tischplatte und beugte sich nach vorne.

»Sie geben mir jetzt den Lottoschein«, brüllte er.

Frau Helbing konnte seinen Atem riechen. Sie wich zurück. Eine Flucht schien unmöglich. Hinter ihr war die Küchenzeile. Die Tür war gegenüber, und sie würde niemals an Herrn Pfründer vorbeikommen.

Mit einer schnellen Bewegung griff Frau Helbing das Nachtsichtgerät vom Tisch. Dann drehte sie sich um, schaltete im Aufstehen eine Herdplatte ein und stellte den Backofenschalter auf Umluft. Mit einem Knall flog die Sicherung raus. Es war sofort stockdunkel in der Küche. Frau Helbing hatte bereits den Restlichtverstärker eingeschaltet und beobachtete Herrn Pfründer.

Damit hatte er nicht gerechnet. Mit weit aufgerissenem Mund stand er verblüfft an der gegenüberliegenden Tischseite. Er konnte nichts mehr sehen. Frau Helbing dagegen hatte ihn genau im Blick. Die Frage war, ob er rechts oder links herum um den Tisch gehen würde.

»Sie sind so gut wie tot«, sagte er in die Dunkelheit.

Frau Helbing schwieg. Sie hatte hier die Oberhand, auch wenn Herr Pfründer das nicht ahnte. Noch nicht.

Unschlüssig stand er da und befühlte den Tisch wie ein Orakel. Links oder rechts, das war hier die Frage. Dann ruderte er mit den Armen in der Luft herum. Ein lächerlicher Versuch, Frau Helbing zu fassen zu kriegen.

»Ich bringe Sie um!«, brüllte er wütend und entschied sich für die rechte Tischseite. So schnell es einem im Dunkeln tappenden Menschen möglich war, ging Herr Pfründer mit ausgestreckten Armen um den Tisch herum. Frau Helbing beobachtete ihn. Sie wartete einen Augenblick und warf ihm ihren Stuhl vor die Füße. Herr Pfründer stürzte. Mit Genugtuung beobachtete Frau Helbing, wie er mit dem Kopf auf dem Boden aufschlug. Mit aller Kraft schob sie den Tisch über seinen Körper. So schnell würde er nicht wieder aufstehen können. Schon gar nicht, ohne sich den Kopf erneut zu stoßen. Frau Helbing rannte zur Tür, zog den Schlüssel ab und verschloss die Küche von außen. Auch die Wohnungstür versperrte sie vom Treppenhaus aus. Jetzt brauchte sie kein Nachtsichtgerät mehr. Im Licht der Treppenhausbeleuchtung stieg sie die Stufen hinab und rannte auf die Straße.

»Hilfe!«, rief sie, so laut sie konnte. »Helfen Sie mir!«

19

Sensationell, so ein Croissant«, sagte Frau Helbing und leckte sich mit der Zunge Erdbeermarmelade von den Lippen. »Das ist so zart und luftig gebacken. Wer hat das eigentlich erfunden?«

Sie lächelte über das ganze Gesicht.

»Die Franzosen«, sagte Igor. »Nicht nur die Backwaren, auch die französische Küche genießt weltweit höchste Anerkennung. Vielleicht darf ich Sie einmal nach Paris einladen?«

»Vergessen Sie es«, sagte Heide. »Franzi reist nicht.«

»Wer weiß«, bemerkte Herr Aydin. »Frau Helbing ist bis vor Kurzem auch nicht frühstücken gegangen. Irgendwann gibt es immer ein erstes Mal.«

Igor grinste. Er freute sich, dass Frau Helbing so begeistert von ihrem Croissant war. Es war bereits ihr zweites an diesem Morgen.

Nachdem Frau Helbing den Mord an seinem Vater aufgeklärt hatte, wollte sich Igor bei ihr erkenntlich zeigen. Er war nicht nur dankbar, sondern auch beeindruckt gewesen, mit welcher Hartnäckigkeit diese alte Dame ihrem Instinkt gefolgt war, der sich letztlich als richtig erwiesen hatte. »Ich würde Ihnen gerne einen Wunsch erfüllen«, hatte er zu ihr gesagt. »Egal um welches Anliegen es sich handelt. Es ist mir eine Herzensangelegenheit. Ich stehe in Ihrer Schuld.«

Frau Helbing musste nicht lange überlegen.

»Wir gehen noch mal frühstücken«, erwiderte sie. »In diesen Laden mit dem Macchiato.«

Igor fand ein Frühstück in einem Studentenlokal extrem bescheiden und vermutete, Frau Helbing habe die Tragweite seines Angebots falsch eingeschätzt.

»Also, es kann ruhig ein größerer Wunsch sein«, sagte er. »Die Kosten spielen dabei keine Rolle.«

»Na gut«, sagte Frau Helbing. »Dann nehmen wir Heide und Herrn Aydin mit.«

Sie lächelte über das ganze Gesicht.

Igor war ein außerordentlich einfühlsamer Mensch. Er besaß einen inneren Seismographen, mit dem er empfindlich kleine Nuancen in Körpersprache, Ausdrucksweise und Sprachmelodie seines Gegenübers wahrnehmen und deuten konnte. Einer sensiblen Goldwaage gleich, verstand er es, Frau Helbings Worte auszutarieren. Und ihre Aussage hatte Gewicht. Sie wog sogar schwer, weil sie so ehrlich war. So direkt. Und sie kam von Herzen.

Igor war beeindruckt.

Den Impuls, Frau Helbing in Richtung eines kostspieligeren, umfangreicheren Wunsches zu drängen, unterdrückte er sofort. Er verwarf auch den Gedanken, ein hochpreisigeres, niveauvolleres Frühstückscafé vorzuschlagen. Darum ging es Frau Helbing gar nicht. Ihr Wunsch hatte keinen materiellen Wert. Sie hatte sich klar ausgedrückt, und Igor schätzte die Wahrhaftigkeit ihres Anliegens.

So saßen sie zu viert in eben jener Studentenkneipe, in der Frau Helbing zum ersten Mal in ihrem Leben auswärts gefrühstückt hatte.

Herr Aydin hielt an diesem Morgen sogar extra sein Geschäft geschlossen. Das machte er nicht oft. Das Leben eines Selbstständigen dreht sich nämlich immer um die Arbeit.

»Rund um die Uhr«, hatte Frau Helbing früher gesagt. »Vierundzwanzig/sieben«, sagten die jungen Leute heute.

Wobei das nichts an der Tatsache änderte, dass jede Fehlzeit im Geschäft mit einem Verdienstausfall einherging.

Das war Herrn Aydin heute aber egal. In seinen Augen war Frau Helbing eine Heldin. Es war ihm eine Ehre, mit seiner Freundin zu frühstücken.

»Warum nicht mal nach Paris?«, sagte Frau Helbing beiläufig. »Steht da nicht auch dieser Eiffelturm?«

Heide riss die Augen auf.

»Das meinst du nicht im Ernst!«, rief sie überrascht. »Mit mir bist du noch nie verreist, und ich habe dich oft eingeladen. Sehr oft sogar.«

Heide biss beleidigt in ein Brötchen mit Krabbensalat. Frau Helbing genoss es, im Rampenlicht zu stehen. Sie hatte natürlich gar keine Lust, nach Paris zu fahren. Ihrer Meinung nach wurde ohnehin viel zu viel gereist. Wenn die Menschen nicht ständig fliegen würden, sagte sie oft, oder mit Kreuzfahrtschiffen die Meere durchpflügten, wäre für das Klima schon viel gewonnen.

Viel lieber als zu reisen hörte Frau Helbing *Zwischen Hamburg und Haiti* im Radio. Eine spannende Hörfunksendung, die seit Jahrzehnten immer sonntagvormittags vom NDR ausgestrahlt wurde. Oft fühlten sich die Beiträge so real an, dass Frau Helbing glaubte, selbst den brasilianischen Dschungel zu durchqueren oder mit mongolischen Nomaden in einer Jurte warme Yakmilch zu trinken. Auf diese Art und Weise konnte man die ganze Welt entdecken, ohne ihr zu schaden. Und währenddessen auch noch die Bügelwäsche erledigen.

»Das war ein Scherz«, sagte sie. »Was soll ich denn in Paris?«

»Aber wisst ihr, was ich mir wirklich wünsche?«, fragte sie.

Abrupt hörten alle auf zu kauen. Heide, Igor und Herr Aydin starrten Frau Helbing an. Dass sich Frau Helbing etwas wünschte, kam nicht oft vor.

»Ich möchte, dass alles so bleibt, wie es ist«, sagte sie.

Frau Helbing blickte ihrer Freundin eindringlich in die Augen.

»Auch meine Wohnung.«

Heide nickte.

»Ja, ja«, sagte sie, »leb weiter in deiner Rumpelkammer, wenn es dich glücklich macht.«

Frau Helbing lächelte zufrieden.

»Und ich trinke gerne Tee mit Herrn Aydin. Es freut mich sehr, dass ich immer zu ihm kommen darf.«

»Aber bitte, Frau Helbing.«

Der Schneider breitete einladend seine Arme aus.

»Ich würde es sehr vermissen, wenn Sie mich nicht in regelmäßigen Abständen besuchen würden.«

Frau Helbing strahlte.

»Und Igor. Sie sind ein außergewöhnlicher Mensch. Es war mir eine Freude, Sie kennengelernt zu haben.«

Frau Helbing erhob ihre Kaffeetasse.

Igor prostete ihr mit einem Glas Sekt zu.

»Ich werde übrigens ab und zu einen Blick auf das Grab Ihres Vaters werfen«, fügte Frau Helbing an. »Sonntags bin ich fast immer auf dem Ohlsdorfer Friedhof.«

»Aber nicht, dass Sie sich verantwortlich fühlen, Unkraut zu jäten«, beeilte sich Igor zu sagen. »Ein Gartenbaubetrieb ist mit der Pflege beauftragt.«

»Das weiß ich doch«, lächelte Frau Helbing. »Das wäre mir auch viel zu viel Arbeit. Das ist ja ein halbes Mausoleum, das sich Herr von Pohl hat bauen lassen.«

»Da haben Sie recht«, bestätigte Igor Frau Helbings Ansicht. »Ein bisschen größenwahnsinnig war mein Vater schon immer. Ein normaler Grabstein wäre für sein Selbstverständnis offensichtlich zu profan gewesen. Es mussten schon mehrere Granitstelen sein. Und diese alberne Lyra spielende Putte aus Bronze. Entsetzlich kitschig, wie ich finde. Dass diese Anlage schon in Auftrag gegeben und bezahlt war, habe ich nun wirklich nicht geahnt. Georg war der Einzige, der das gewusst hat. Und ich war bis zuletzt im festen Glauben, der Pfründer kümmere sich um diese Bestattungsangelegenheiten. Dabei hat er die ganze Zeit die Wohnung nach dem Lottoschein durchkämmt.«

»Trau, schau, wem!«, rief Heide mit erhobenem Zeigefinger.

Igor nickte.

»Besser ist das«, sagte er. »Aber wir haben ja Gott sei Dank mit Frau Helbing eine Meisterdetektivin in unseren Reihen. Als Einzige hat sie in Erwägung gezogen, dass ein Verbrechen stattgefunden haben könnte.«

»Ja, Frau Helbing hat ein Ohr für diese Dinge«, warf Herr Aydin ein.

»Sie meinen eine Nase«, korrigierte Heide.

»Oh, natürlich. Mein Deutsch ist leider immer noch nicht perfekt.«

»Das stimmt nicht, Herr Aydin«, widersprach Frau Helbing. »Sie sprechen ganz hervorragend Deutsch. Wollen Sie mal hören, was ich auf Türkisch sagen kann?«

Sie presste demonstrativ ihre Lippen aufeinander und schwieg. Das fanden alle lustig. Auch weil sie dabei eine komische Grimasse schnitt. Frau Helbing war heute in selten gelöster Stimmung.

»Möchten Sie noch ein Croissant, Frau Helbing?«, fragte Igor charmant.

Frau Helbing wog unschlüssig den Kopf hin und her.

»Ich hatte doch schon zwei«, gab sie zu bedenken.

»Ach, Franzi«, rief Heide. »Da ist doch nur Luft reingebacken.«

»Und Ihr Macchiato ist auch alle«, bemerkte Herr Aydin. »Zum Croissant sollten Sie unbedingt noch einen Kaffee trinken.«

Er nickte Frau Helbing ermunternd zu.

Igor winkte bereits die Bedienung herbei.

»Ach, was soll's.« Frau Helbing lehnte sich tief in ihren Stuhl zurück. »Heute lasse ich mal fünfe gerade sein.«

OKTOPUS VERLAG

Eberhard Michaely
Frau Helbing
und der verschollene Kapitän

Tätowierungen, Stückgutfrachter,
Klabautermänner – Frau Helbing ermittelt
im Seemannsmilieu.

Fiete, der alte Seebär! Als Frau Helbing ihre ehemalige Nachbarin Frau Paulsen im Pflegeheim besucht, begegnet sie dort zufällig einem alten Angelfreund ihres verstorbenen Mannes. Früher ist Fiete Jacobsen von Hamburg aus als Kapitän um die halbe Welt gefahren, jetzt hockt der Arme buchstäblich auf dem Trockenen. »Gift ja nix hier«, beschwert er sich. Dem bringe ich mal eine Portion Labskaus vorbei, sagt sich die pensionierte Fleischereifachverkäuferin. Allerdings eröffnet ihr Fietes Betreuerin Frau Fischer unter geheimnisvollen Andeutungen, Herr Jacobsen werde bald umziehen. Und dann passiert es: Gerade als Frau Helbing das Heim verlässt, stürzt Frau Fischer aus dem Fenster im dritten Stock. Sterbend haucht sie noch ein letztes rätselhaftes Wort: »Morf.« Die passionierte Krimileserin Frau Helbing weiß sofort: Hier liegt ein Verbrechen vor. Als dann auch noch Fiete spurlos verschwindet, steckt Frau Helbing, sehr zum Unmut der Hamburger Polizei, mitten in ihrer zweiten Mordermittlung.

»Miss Marple im Grindelviertel …
Naiv, aber nicht dumm. Schlau und schlagfertig
zwischen Rutschbahn und Grindelhof.«
Danny Marques/NDR

OKTOPUS VERLAG

Eberhard Michaely
Frau Helbing
und das Vermächtnis des Malers

Ein toter Maler, ein falscher Vermeer
und ein Kater Namens Chagall – Frau Helbing
ermittelt in der Welt der Kunst.

Mit Kunst hat Frau Helbing wenig am Hut. Trotzdem willigt die pensionierte Fleischereifachverkäuferin ein, ihre Freundin Heide auf eine Vernissage in die Hamburger Galerie Kleidermann zu begleiten. Denn der kürzlich verstorbene Marcel Poisson, dem sich die Ausstellung widmet, ist mit Frau Helbing zur Schule gegangen. Obwohl ihm der große Durchbruch als Künstler zu Lebzeiten verwehrt blieb, hat Poisson ein beträchtliches Vermögen hinterlassen. Noch während der Vernissage wird in die Villa des Malers eingebrochen. Poissons Lebensgefährte Jacques bittet Frau Helbing, deren detektivische Fähigkeiten sich herumgesprochen haben, um Mithilfe. Doch als sie in der Villa eintrifft, ist Jacques tot. Um den Mörder zu überführen, muss sich Frau Helbing in eine ihr völlig fremde Welt begeben.

»Frau Helbing ist eine von uns –
eine, bei der man gleich sagt: Die kenn ich doch!«
Aus der Begründung der Jury des Glauser-Preises

Wenn Ihnen dieses KAMPA POCKET
gefallen hat, gefällt Ihnen vielleicht auch der
Lesetipp auf der gegenüberliegenden Seite.

Schicken Sie uns bitte Ihren LIEBLINGSSATZ
aus einem Kampa Pocket, bei einer Veröffentlichung auf unseren Social-Media-Kanälen
bedanken wir uns mit einem Buchgeschenk:
lieblingssatz@kampaverlag.ch